———— 阅读之前 没有真相

午夜文库

苔丝·格里森
Tess Gerritsen (1953—)

美籍华裔女作家，母亲是中国移民，父亲是华裔海鲜厨师。苔丝·格里森在加利福尼亚州圣地亚哥长大，自幼梦想创作出自己的《神探南茜》故事。一九七五年，她毕业于斯坦福大学人类学专业，一九七九年，取得加州大学旧金山分校医学博士学位，并开始在夏威夷檀香山担任内科医生。

产假期间，她向《檀香山》杂志的小说比赛投稿了一篇短篇小说，获得一等奖及五百美元奖金。之后，因酷爱写作，并且为了照顾两个幼儿，她辞去医生职务专注于创作，于一九八六年出版了第一本浪漫惊悚小说《半夜铃声》(*Call After Midnight*)。

一九九五年，苔丝·格里森出版了第一本医疗惊悚小说《宰割》，刚上市就迅速跃居《纽约时报》畅销书排行榜前列。之后，她又接连出版了三部医疗惊悚小说《急诊医生》《生命线》《太空异客》，成为畅销榜的常客。

二〇〇一年，她的第一本犯罪惊悚小说《外科医生》甫一面世便获得瑞塔文学奖。自此，波士顿警察局凶案组女警简·里佐利作为配角首度登场，在随后的十二本小说里，她作为核心人物，与女法医莫拉·艾尔斯搭档冒险，共同探案。本系列的第五部小说《消失》入围爱伦·坡奖,并获得尼洛·沃尔夫奖年度最佳侦探小说。从此,苔丝·格里森被《出版人周刊》誉为"医学悬疑女王","里佐利与艾尔斯系列"为她的代表作,后被改编为美剧《妙女神探》,已制作七季,时间跨度长达七年,受到许多观众的喜爱。

苔丝对女性心理刻画入微,擅长营造紧张氛围,故事情节曲折离奇,对人性的把握精准深邃。她的作品已在四十个国家和地区出版,全球销量突破三千万册。

苔丝·格里森主要作品年表

"妙女神探"系列(Rizzoli & Isles series)
2001 The Surgeon《外科医生》
2002 The Apprentice《学徒》
2003 The Sinner《罪人》
2004 Body Double《替身》
2005 Vanish《消失》
2006 The Mephisto Club《梅菲斯特俱乐部》
2008 The Keepsake《祭念品》
2010 Ice Cold《寒冰之地》
2011 The Silent Girl《沉默的女孩》
2012 Last To Die《最后的幸存者》
2014 Die Again《再死一次》
2017 I Know A Secret《我知道一个秘密》
2022 Listen To Me《听我说话》

医疗惊悚系列
1996 Harvest《宰割》
1997 Life Support《急诊医生》
1998 Bloodstream《生命线》
1999 Gravity《太空异客》
2007 The Bone Garden《人骨花园》

我知道一个秘密
I Know a Secret

[美] 苔丝·格里森 著
王冉 译

新 星 出 版 社　NEW STAR PRESS

献给最美好的,玛格丽特·卢雷

1

我在七岁那年第一次体会到,在葬礼中悲伤落泪是多么重要。那年夏天,叔祖父奥森去世了。他生前给人印象最深的就是臭烘烘的味道,混合了呛人的烟味、熏人的口臭,还有毫不掩饰的臭屁。叔祖父活着的时候,似乎从来都不知道有我这么个人,我也从来不理睬他,我们漠视对方的存在。因此对于他的死,我没感到丝毫伤心,甚至不明白为什么要参加他的葬礼,不过我那时才七岁,对于这种事情还不能自己做主。那个闷热的午后,我身着黑色裙子坐在教堂的长椅上,百无聊赖地扭来扭去,浑身冒汗,心里想着为什么我不能像爸爸一样留在家里。爸爸当时断然拒绝参加葬礼,说他瞧不上叔祖父,若是假惺惺地来参加葬礼,还要装出哀恸的模样,那就是虚伪,他才不要这样做。我不懂"徐伟"是谁,不过我也不想做"徐伟"。但令人无奈的是,我还是来了,夹在母亲和西尔维娅姨妈中间,被迫听着人们对奥森叔祖父乏善可陈的一生啰唆而虚假的赞美。

"一个傲然自立的男人!对自己的爱好有着长足的热情!他多爱收集邮票啊!"

没有一个人提到他的口臭。

人们追念叔祖父的悼文冗长且乏味,为了给自己解闷,我开始研究坐在我前排长椅上那些人的脑袋。唐娜姑妈的帽子上沾了好多头皮。查理叔叔在打盹，头上的假发歪歪斜斜地滑到了一边，看上去像是一只棕色的大老鼠正顺着他的脑袋爬下来。看到这一幕，七岁的我表现得像所有正常的七岁女孩子一样——

在葬礼上笑出了声。

人们对此惊诧莫名，瞬间转头，皱着眉看过来。母亲难堪地低下头，修剪尖锐的五枚指甲深深地嵌进我的肉里，她悄声说道："闭嘴！"

"可是他的头发要掉下来了！像只大耗子！"

母亲的指甲掐得更狠了："我晚点儿再跟你聊！霍莉！"

回到家后，母亲并没有跟我聊什么，而是一通叫骂，还扇了我一巴掌。也就是从那时起，我明白了在葬礼上要怎么表现：你一定要忧郁地沉默不语，有时候还得哭出几滴眼泪来。

四年后，在母亲的葬礼上，我号啕大哭，涕泪不止，表现得极度伤心。我知道，这正是人们想要看到的。

但今天，在萨拉·巴斯塔拉什的葬礼上，我觉得不会有任何人苛求我为她哭丧，毕竟我上次见她还是在十多年前。我们是同学，她那时还叫萨拉·拜恩。就算在那时，我们走得也不近，所以她的死并没有真的触动我。实话说，我大老远来到纽波特出席她的葬礼不过是出于好奇。我想知道她是怎么死的，我需要知道。"天灾人祸啊！"教堂里的每个人都这么哀叹着。事故发生时萨拉的丈夫出城了，萨拉喝了点儿酒，随后睡着了，但是床头柜上的蜡烛没有熄。她葬身于一场意外的火灾。至少人们都是这样说的。

这也是我愿意相信的，她的死因。

纽波特的小教堂里挤满了人，来的都是萨拉这短暂的一生中遇到的朋友，其中大部分人我都没见过，包括萨拉的丈夫凯文。

若是场合不这么悲伤,他应该是个很迷人的男人,那种会让我想要撩拨一番的类型,不过今天他看起来已经崩溃了。这就是所谓的悲痛欲绝吗?

我转头环顾教堂,发现一个高中同学此时就坐在我身后,我记得她叫凯西。她的脸上长了很多雀斑,睫毛膏因为泪水晕成一团。教堂里的男男女女似乎都在哭,是因为女高音歌手唱的这首歌吧——来自贵格会古老神圣的赞美诗:《简单的礼物》。这首歌不管什么时候响起,总会引来人们的泪水。几乎在我看到凯西的瞬间,我们的目光就相遇了。她的眼中饱含泪水,晶莹而湿润,我的眼睛却是干爽的,冷淡而疏离。高中之后,我的变化很大,任她再怎么念旧,也不大可能会认出我,但她还是一直盯着我,仿佛中了邪。

我转回身,继续看向前方。

《简单的礼物》唱完了,我也和别人一样掉了几滴泪。

我站在吊唁者的队伍中,排队与往生者遗体进行道别。走到紧闭的棺材旁,我仔细地端详着萨拉的遗像,照片就放在过道旁边。她才二十六岁,比我小四岁。照片中的萨拉脸庞水嫩,少女般淡粉的脸颊上露出迷人的微笑,与我记忆中学生时代那个漂亮的金发女孩别无二致。那时的我几乎没有存在感,对他人来说,我就像一个虚幻的影子,从来不会被人注意到。而现在,我还鲜活地活在人间,可萨拉,漂亮可爱的小萨拉,却变成了一堆盒子里的骨灰。我猜旁人也是如此,他们看到萨拉的照片,想到的也都是烧焦的皮肉和焦黑的头骨吧。

队伍继续向前挪动,我向凯文表示了关切和安慰之情。他轻声回答着:"谢谢你能来。"他根本不知道我是谁,也不知道我是怎么认识萨拉的,但他能看到我脸颊上的泪痕,于是礼貌地握了握我的手。我为他的亡妻落了泪，这就是我的通行证。

我快步走出教堂，步入十一月的寒风中。我之所以这样迅速地离开，就是怕碰上凯西或是别的熟人。这么多年来，我一直都在躲，尽量避免和他们碰面。

又或者说，是他们在躲着我。

现在才下午两点，虽然老板给我批了一整天的假，但我还是想先回办公室处理一下邮件和来电。我是一名营销公关，在"高才生传媒"工作，现在负责联络十几位作者的出版业务。我要安排每部作品的媒体宣传，还要寄发样书，写推销信。不过，在动身回波士顿之前，我必须先去一个地方。

我开车来到了萨拉家——或者说她曾经的家。现在，这里只剩下被烧得黑漆漆的断壁残垣。曾经围在房子前院花园外的白色尖桩篱笆已经七零八落，被消防队员从街上拖来的水管和梯子弄得东倒西歪。消防车赶到的时候，这里的火势应该已经很大了。

我下了车，走近废墟。空气里还残留着浓重的烟味。站在人行道上，我能看到埋在黑色废墟下的一道微弱反光，那是一台拥有不锈钢表层的冰箱。我大致看了看纽波特的这片街区，就能够推断出萨拉家的房子价值不菲。不知道她丈夫是做什么生意的，是富二代吗？我从来没那么好命。

阵阵冷风扫动落叶，从我鞋边吹过，沙沙作响。这枯叶的脆响让我想起二十年前的秋天，十岁的我走在树林里，脚下的落叶随着我的步伐发出嘎吱嘎吱的呻吟。那天的阴影依旧萦绕在我心中，久久未散。这就是我今天来到这里的原因。

我低头看了看废墟旁人们为萨拉设立的临时祭坛。那里摆放了许多花束，其中有枯萎的玫瑰、百合和康乃馨，都是众多深爱这位年轻女子的人留下的哀思。忽然，我发现了一抹绿色，那并不是其他花束里的配饰绿植,更像是被谁故意放在那里的,有些故作神秘地被掩藏在一堆花束下。

一片棕榈叶,象征着殉道身死的圣徒。

想到这里,我觉得脊背一阵发凉,立刻后退。我心如擂鼓地走向车子,听到身后有汽车驶近,转过头,看见一辆纽波特的巡逻警车缓缓开了过来。车窗摇上去了,我看不见里面警官的脸,但我能感觉到他经过时细细地盯着我看了好久。我转回身,躲进了车里。

我在车里坐了一会儿,等待心跳平静,手也不再发抖。再次看向萨拉家房子的废墟,我又一次想起六岁的萨拉,漂亮可爱的小萨拉·拜恩,蹦蹦跳跳地登上校车,坐在我前排的座椅上。那天下午校车上一共只有我们五个人。

现在只剩下四个人了。

"再见了,萨拉。"我喃喃低语道,而后启动车子,开回波士顿。

2

再穷凶极恶的恶魔也难逃生老病死。

透过玻璃窗，病床上躺着的那个女人看起来和其他重症监护室里的病人没有什么不同，但莫拉·艾尔斯深知，阿玛提亚·兰克是一个不折不扣的恶魔。在小隔间窗户的另一边，是莫拉一生的噩梦，是笼罩在她过去人生里一片漆黑的暗影。女人年华老去的脸，也预示了莫拉未来的模样。

那是我的母亲。

"我们听说兰克太太有一个女儿，但不知道您就在波士顿。"王医生说道。莫拉从他的语气里听出了一丝异样，是在责备她吗？是在谴责她没有在重病母亲的床前尽孝吗？

"她只能算是我的生母。"莫拉说道，"她把我送去给人领养时我还是个婴儿，几年前我才知道有她这么个人。"

"但是您见过她，不是吗？"

"见过，不过我已经很久没和她讲过话了，自从……"莫拉停住了。自从我发誓和她再无关系。"我不知道她进了重症监护室，今天下午护士打来电话我才知道。"

"她两天前就入院了，已经开始发烧，白细胞急剧减少。"

"有多低？"

"兰克太太的嗜中性粒细胞数量——一种特殊类型的白细

胞——只有五百。正常来说应该是这个数值的三倍。"

"你应该已经给她用抗生素了吧?"莫拉注意到王医生有些惊讶地眨了眨眼,于是又说道,"抱歉,王医生,我应该告诉你的。我也是一名医生,在法医办公室工作。"

"哦,我没看出来。"王医生清了清喉咙,立刻用医生之间使用的更为专业的医学术语继续解释,"是的,我们在抽取血液培养物之后就开始对病人使用抗生素。在应用这种化疗方案的所有患者中,大约有百分之五的人出现了发热性中性粒细胞减少。"

"她接受的是哪一种化疗方案?"

"Folfirinox(四药联合化疗方案),共四种药物组合构成,包括氟尿嘧啶和亚叶酸钙。法国学者研究发现,这个四药联合方案确实有效延长了转移性胰腺癌患者的生命,但治疗过程中,医护人员必须密切观察患者是否发热。好在弗雷明翰监狱的护士一直在盯着患者。"他停顿了一下,似乎在寻找合适的措辞,"我想冒昧地问您一句……"

"怎么了?"

王医生的目光下意识地移向别处,仿佛有些尴尬,不愿开口。他觉得和莫拉讨论血细胞数量、抗生素治疗方案和其他科学数据要轻松得多,因为这些是客观的事实,没有善恶之分,他们没有立场和必要去评判什么。"我们收到了兰克夫人的病历,是弗雷明翰监狱送来的,那上面并没说明她为什么入狱,我们只知道她在服无期徒刑,而且没有假释的机会。负责看守的警卫坚持要把她铐在床栏杆上,我觉得有些太残忍了。"

"狱警只是按规矩办事,对待入院的囚犯都是这样。"

"她得了胰腺癌,已经快不行了,谁都能看出来她现在的状况有多差,绝对不可能跳起来逃跑。可是警卫跟我们说,兰克夫人比看上去要危险得多。"

"没错。"莫拉说道。

"她到底犯了什么罪?"

"谋杀,多重谋杀。"

男人瞪大了眼睛,透过玻璃盯着病床上的阿玛提亚:"就是那位夫人?"

"现在你懂了吧,警卫为什么要铐住她,还在她病房外看守。"莫拉说着,瞥了一眼坐在重症监护室门口的警官,那人穿着制服,监视着这边。

"我很抱歉,"王医生说道,"你一定很不好受吧,令堂居然——"

"是个杀人犯?是啊。"不过这并不是最可怕的,你还不认识我的另外几个家人。

透过监护室隔间的窗户,她看到病床上的阿玛提亚缓缓睁开了眼睛,并且也看到了她,伸出一根瘦骨嶙峋的手指打招呼。在莫拉看来,这无异于撒旦伸出魔爪,冰冷而恐怖。莫拉觉得自己应该转身走开,这个女人不值得任何人一丁点儿的怜悯和善意。然而血浓于水,她们之间的确有着深深的羁绊,一种深植于基因中的牵连。莫拉是她的骨肉。

莫拉穿上隔离服,戴上口罩,门边的男警卫一直密切地注视着她。这并不是什么私人探视,警卫会监视她们这次见面的一举一动。医院里很快就会有流言蜚语传开,无可避免——波士顿法医莫拉·艾尔斯是连环杀手的女儿,她手持冰冷的手术刀,紧跟死神的脚步,剖开无数具尸体;他们一家都喜欢与死亡打交道。

阿玛提亚抬头看向莫拉,漆黑的瞳仁如同两颗黑曜石。氧气被吸入她的鼻腔,发出嘶嘶的声响,床头的监视器上,心脏跳动出有节奏的图谱。这表明即使是阿玛提亚这样没有灵魂的人,居然也有心。

"你还是来看我了。"阿玛提亚虚弱地小声说道,"就算你发过誓,说你永远都不会再见我。"

"他们告诉我你病得很重。这可能是我们最后的对话机会了,我想趁现在见你一面。"

"因为我有你想要的东西?"

莫拉难以置信地看着她,摇了摇头:"你有什么东西会是我想要的?"

"这个世界就是这样,莫拉。人不为己天诛地灭,每个人做的一切,最终都是为了自己。"

"你的世界也许是这样,但我的不是。"

"那你为什么来见我?"

"因为你快死了。因为你不停地给我写信,要求我来看你。因为我和你不同,我还是有些悲悯之心的。"

"我就没有这种东西。"

"不然你觉得你为什么临死了还会被铐在病床上?"

阿玛提亚皱起脸,闭上了眼睛,嘴唇因突然的疼痛而绷紧。"这是我罪有应得吧。"她喃喃道,嘴唇上方的汗水微微发亮。她一动不动地躺了一会儿,仿佛最轻微的动作,即便是呼吸,对她来说都是痛苦的负担。莫拉上次见到她时,她还满头浓密的黑发,中间只点缀着几根银丝。而现在,她的头皮上只有稀疏的几缕头发,这是几轮化疗后的幸存者应有的样貌。她的太阳穴也塌陷下去,皮肤像是倒塌的帐篷,搭在突出的头骨上。

"很疼吧?要给你打点儿吗啡吗?"莫拉问道,"我这就叫护士来。"

"不，"阿玛提亚呼出一口气，说道，"现在还不用，我得保持清醒。我还有话要对你说。"

"你想说什么？"

"说你，莫拉，说说你是谁。"

"我知道我是谁。"

"你真的知道吗？"阿玛提亚漆黑的眼睛望着她，如同寂静的深渊，"你是我的女儿，这一点你不能否认。"

"但我一点儿都不像你。"

"就因为你在旧金山长大？因为你的养父母是善良可敬的艾尔斯夫妇？因为你念了最好的学校，接受了最好的教育？因为你从事追求真理和正义的事业？"

"因为我没有动手宰过二十多个女人。也许更多？你最终的犯罪记录里是不是没有记全？还有别的被害人吗？"

"那都是过去的事了，我想聊聊将来。"

"何必呢？你又没有将来。"这么说很残忍，但莫拉此刻没心情假惺惺地同情她。她突然觉得自己被耍了，被一个十分清楚如何操控人心的女人骗了。几个月以来，阿玛提亚一直给她写信。"我得了癌症，快死了。我是你仅有的血亲。这是你最后和我道别的机会了。"没有什么字比"最后的机会"更能牵动人的心神，因为它意味着一旦错过，将悔恨终身。

"是，我活不了多久了。"阿玛提亚亲口说出了这个事实，"可是你会一直想，你的同类是什么人。"

"我的同类？"莫拉笑了，"你说得好像我们是个什么物种。"

"我们确实是，我们是一群靠死亡生存的人。你父亲和我都是这样，你弟弟也是。如果说你是个例外，那简直是笑话。问问自己吧，莫拉，你为什么做法医？为什么选了这么个奇怪的职业？为什么你没有做教师或是银行家？是什么促使你选择一刀一刀地切割尸体？"

"是出于科研目的。我想知道他们的死因。"

"当然了，这是比较科学的解释。"

"你还有更好的答案？"

"因为我们共有的东西——对黑暗和死亡的向往。不同的是，我没有害怕它，但是你怕了。为了解决你的恐惧，你拿起手术刀，想要一刀刀地剖开死亡的秘密。但是没用，对吗？这么做并没有从根本上解决你的问题。"

"我的什么问题？"

"藏在你内心的，你的黑暗面，那是你不可分割的一部分。"

莫拉定定地看着母亲的双眼，那双眼睛映出的影像突然间让她口干舌燥。天哪，我看到了自己。莫拉移开了目光。"就这样吧，你求我做的事情我已经做到了。不要再给我写信，因为我不会回信。"她转过身，说道，"再见，阿玛提亚。"

"你不是唯一一个收到信的人。"

莫拉刚要开门，然后停住了。

"我听到了一些消息，也许你想知道。"阿玛提亚说着，闭上了眼睛，叹息道，"你看起来好像不是很感兴趣，不过你早晚会的，因为你很快就会发现另一个。"

另一个什么？

莫拉僵在原地，保持着将要离开的动作，在心底努力克制自己不要去回应她的话。不要理她，莫拉想，不能再被她欺骗。

这时，手机震动声响起，将她从艰难的挣扎中拯救了出来。低沉的嗡鸣声从口袋里传来，莫拉头也不回地走出了房间，扯下口罩，在隔离服下摸索出手机，按下了接听键："我是艾尔斯医生，请讲。"

"提前送你一份圣诞节礼物。"警探简·里佐利的声音从听筒中传来，如此轻描淡写的语气与她接下来说的话完全不搭，"一名二十六岁的白人女性，死在了自己的床上，穿着整齐。"

"在哪里？"

"皮革区尤蒂卡街，我们在这条街上的一间阁楼公寓里。你快点儿来，我想听听你的意见。"

"你说死者躺在床上？她一个人吗？"

"对，尸体是死者父亲发现的。"

"确定是他杀吗？"

"非常确定，不过后来发生在她身上的事情太诡异，弗罗斯特都要发疯了。"简顿了一下，接着小声说道，"至少，我希望她遭遇的事情是在死后发生的。"

透过监护病房的小窗户，莫拉看到阿玛提亚正注视着她打电话，目光锐利又兴致盎然。她当然会感兴趣，他们一家都喜欢与死亡打交道。

"你多久能赶过来？"

"我在弗雷明翰，可能会晚一点儿，得看交通状况了。"

"弗雷明翰？你去那儿做什么？"

莫拉不想讨论这个话题，尤其不想和简讨论。"我这就过去。"莫拉说道，随后挂断了电话，看了一眼监护室内日薄西山的母亲。结束了，莫拉想，以后我们再也不用见到彼此了。

阿玛提亚却微微翘起嘴角，露出一个意味深长的微笑。

3

莫拉终于赶到波士顿时,夜幕已然降临,寒风刺骨,路上行人寥寥。尤蒂卡街本就很窄,此时已经挤满了当局的各类车辆,她只好在街角处停下车,看着有些荒凉的街道。前几天刚下了雪,没等大雪化干净,城里就迎来了一阵寒流,人行道上亮晶晶的冰面着实有些令人不安。该干正事了,该把阿玛提亚的事情放下了,她想。这也正是几个月前简对她苦口婆心的劝导:不要去探视阿玛提亚,想都不要想她,让那女人烂在监狱里。

现在一切都结束了,莫拉想,我已经和她告别,今后的人生里再也不会有她了。

莫拉下车,冷风顺着她黑色大衣的下摆直接穿透了羊毛裤,寒意凛凛。她打起十二万分的精神,在结冰的人行道上快步前行,经过一家咖啡店和一家已经关门的旅行社后,拐进了尤蒂卡街。两边耸立着砖红色的厂房和仓库,这条街就像是一条穿行其间的狭长山谷。这里曾是许多皮革工人和批发商的聚集地。十九世纪的建筑现在多数已被改造成了阁楼公寓,曾经的工业区也变成了众多艺术家们居住的时尚社区。

一堆施工废料挡在街道上,莫拉小心地绕过,看到前方一辆警车上蓝色的巡逻灯正闪烁着,像是某种指引迷途的不祥灯塔。透过车子的挡风玻璃,莫拉看见里面坐着两名巡警,车子的引擎并没有熄,大概是为了保持车内温度。见她走近,一名巡警摇下了窗。

"你好啊,法医!"巡警朝莫拉咧嘴一笑,"好戏都被你错过了,救护车刚走。"虽然此人莫拉看着眼熟,而且对方显然已经认出了她,但她完全想不起他的名字。这对莫拉来说很正常,她总是记不住人名。

"什么好戏?"莫拉问。

"里佐利刚刚在里面向一个男人问话,他突然弯腰捂着心口,好像是心脏病发作了。"

"那人还好吗?"

"被救护车带走的时候他还活着。要是你在就好了,当时就需要个医生。"

"可惜我是个法医。"她看了一眼身旁的建筑,问道,"里佐利还在里面吗?"

"在的,她刚上楼。这公寓是真不错,在这里生活应该挺好的,要是人没死的话。"巡警说着摇上了车窗,莫拉可以听见车内两人还因为这句抖机灵的玩笑乐个不停。呵呵,和死亡有关的笑话,一点儿都不好笑。

莫拉在室外猛烈的冷风中戴上鞋套和手套,然后推门走了进去。随着身后"砰"的关门声,她定定地站在了原地。正对门口的墙上挂着一张画,画上是一个浑身浴血的女孩,就像恐怖电影《魔女嘉莉》的海报,像是一个恐怖的欢迎标语,骇人而猩红的色彩会给来访者带来不小的冲击。沿着楼梯的红砖墙上挂满了各式各样的恐怖电影海报,莫拉走过了《三尖树时代》《陷坑与钟摆》《群鸟》和《活死人之夜》。

"你总算来了。"简在二楼楼梯口处向莫拉喊道。她指着那幅

《活死人之夜》的电影海报说:"想象一下,每天晚上回到家都要看到这个令人'愉悦'的画面。"

"这些都是原作,虽然不是我的菜,但应该很值钱。"

"进来吧,看看这些是不是你的菜。反正绝对不是我的菜。"

莫拉跟着简走进公寓,忍不住停下脚步欣赏头顶巨大的木梁。这里的地板保留了建筑原本的橡木板,现在已经被擦得锃亮。看得出改建这个仓库的人很有品位,不然也不会有眼前这幢令人赞叹的砖墙阁楼,这种大手笔的改造可不像是一个食不果腹的艺术家能够负担得起的。

"比我住的公寓可好太多了。"简说道,"我可以立刻搬进来,不过得把墙上那些吓人的东西扔掉。"她说着,伸手指了指另一张恐怖电影的海报,那上面瞪着一只可怕的血红的眼睛,"看到那部电影的名字了吗?"

"《我看见你了》(*I see you*)?"

"记住这个片名,也许是很重要的线索。"简有些神神道道地说。她领着莫拉穿过一间开放式厨房,又经过一个插满玫瑰和百合花的花瓶,这簇鲜活的色彩为十二月的夜晚增添了一抹春意。黑色的花岗岩料理台上放着一张随花附送的卡片:

生日快乐!

爱你的,爸爸

几个字都是用紫色墨水写的。

"你说是死者的父亲发现了尸体?"莫拉问。

"没错,这房子就是死者父亲的,他让她免费住在这里。她今天本来应该去四季酒店和她父亲见面,庆祝生日。不过她一直没出现,手机又打不通。她父亲开车找来这里,说房门没有锁,不过看不出任何异样,直到他来到卧室。"简停顿了一下,接着说,"他说到这儿,脸一下子就白了,抓着胸口,我们赶紧给他叫了救护车。"

"外面的巡警说,救护车带走他的时候他还活着。"

"不过看他的样子,情况不大好。我们进入卧室后,我曾担心弗罗斯特顶不住,没准儿还得给他叫一辆救护车。"

警探巴里·弗罗斯特此时正远远地站在卧室的一角,专心致志地在笔记本上记着什么。他的脸色比平时还要苍白,见到莫拉走进来,他只是点了点头。莫拉瞥了他一眼,然后全部注意力都被卧室床上的情景吸引了,被害人就躺在上面。这名年轻女子的姿态有种诡异的安详,她的手臂放在身体两侧,仿佛只是躺下小憩片刻。被害人穿着一身黑色:黑色的紧身裤和黑色的高领毛衣。在衣服的映衬下,她的脸色愈发惨白,像个幽灵一般。她的头发也是黑色的,不过靠近头皮的金色发根还是表明了她原本的发色。死者的耳朵上戴了好几个金色耳钉,右边眉毛上还穿了一个金光闪闪的眉环。不过引起莫拉注意的,是死者眉毛下面的东西。

她的两只眼窝都是空的。眼球被挖了出去,只剩下两个血淋淋的空洞。

莫拉被眼前惊骇的景象震慑住了,她低头看向女人的左手。在那摊开的手掌里,放着两枚令人汗毛倒竖的眼球。

"这就是为什么我会说今晚很有趣。"

"双边眼球摘除术。"莫拉轻声说。

"是用来描述'挖出眼球'的高级医学术语吗?"

"是。"

"我真是佩服你,能把所有事情都用术语说得干巴巴的。你这么一说,她握着自己的眼球听起来好像也没那么糟糕。"

"跟我讲讲被害人的情况。"莫拉说道。

弗罗斯特有些不情愿地从笔记本上抬起头来,开口道:"卡桑德拉·科伊尔,二十六岁,独居——生前独居在这里,目前没有男朋友。她是一名独立电影制片人,有自己的制作公司,叫'疯狂红宝石影业',工作地点就在南街的一个小工作室里。"

"那里也是她父亲的房产。"简补充道,"很明显,她是个富二代。"

弗罗斯特继续说:"死者的父亲说,他最后一次与之交谈是在昨天下午五六点钟,当时她正离开电影工作室。我们接下来会去找她的同事问话,看看能不能查到她离开工作室的具体时间。"

"他们都拍什么样的电影?"莫拉问,虽然答案已经很明显了,从她进门看见的那些电影海报中就能知道。

"恐怖片。"弗罗斯特回答道,"她父亲说,他们工作室刚刚拍完第二部电影。"

"这和她的时尚品位一致。"简说着,看向被害人脸上的各种穿孔装饰和染成黑色的头发,"我还以为哥特风已经过时了,不过她这身打扮看起来棒极了。"

莫拉强迫自己再次看向被害人手中握着的两枚眼球。因为长时间暴露在空气中,眼球上的角膜已经变干,曾经熠熠生辉的蓝色眼珠此刻显得木讷且浑浊。虽然被切断的肌肉已经萎缩,但莫拉还是能够找到那四条直肌和两条斜肌,正是这六条肌肉使人们能够精准地控制眼球转动,它们协调工作,让猎人可以猎杀空中的鸭子,学生能够浏览课本上的知识。

"拜托,千万别告诉我眼球是在她活着的时候被……弄出来的。"简说道。

"从上睑提肌的情况来看，摘除是在死后进行的。"

"从什么来看？"

"她的眼皮。你看，外伤组织边缘看起来损害并不严重，不管是谁，摘除眼球都要花费一些时间，那么若是被害人还有意识，她一定会挣扎，切口就不会这么整齐。而且失血不多，说明死者当时已经没有脉搏了，凶手开始摘除眼球时，死者的血液循环已经停止。"莫拉停顿了一下，仔细看着被害人空洞的眼窝，"这种做法的象征意义很有趣。"

简转头看向弗罗斯特，说道："我是不是跟你说过她会这样说？"

"人们常说眼睛是心灵的窗户，也许凶手不喜欢被害人的心灵之窗里映出来的东西，或者不喜欢被害人看他的眼神。还有可能是凶手觉得被害人的目光威胁到他了，所以挖出了她的眼球。"

"又或者，这个案子和被害人的上一部电影有关。"弗罗斯特说道，"《我看见你了》。"

莫拉转头问弗罗斯特："那张海报是被害人拍的电影的？"

"她是电影的编剧和制片人。据被害人的父亲说，那是她的第一部剧情片，你根本猜不到有什么人看过它，也许其中就有一个变态。"

"这人看了电影之后被鼓惑了。"莫拉说着，看向被害人手中的两枚眼球。

"你碰到过这种案子吗，医生？"弗罗斯特问，"眼睛被挖出来的被害人？"

"在达拉斯，"莫拉说道，"不是我经手的案子，我是从同事那里听说的。接连三个女人被枪杀，凶手都在她们死后挖掉了她们的眼睛。对第一个被害人下手时，凶手的手法还很仔细，就像咱们这位一样。但是到了第三个被害人时，凶手就开始有些漫不经心了，警方由此抓住了他。"

"所以……是连环杀手。"

"还是个标本制作爱好者。在凶手被捕后，警方搜查了他的公寓，在里面发现了十几张女人的照片，照片上每个女人的眼睛都被他挖掉了。凶手仇视女性，只有在伤害她们的时候，他才会有'性趣'。"莫拉看了弗罗斯特一眼，又说，"不过我也只听说过这么一件相似案例。这种残害并不多见。"

"我们是第一次碰见这种案子。"简说道。

"希望这是我们的第一个也是最后一个。"莫拉伸手握住死者的右臂，试图弯曲她的手肘，发现尸体的关节已经无法活动，"死者皮肤已经凉透，肢体也已完全僵直。根据死者与她父亲的通话时间判断，昨天下午大约五点之前被害人还活着，这也将她的死后时间缩短到了十二到二十四小时之间。"她抬起头，"有证人能帮我们进一步缩短被害人的死亡时间吗？这里有监控摄像头吗？"

"这个街区没有，"弗罗斯特回答道，"但我在大楼拐角发现了一个摄像头，应该是正对着尤蒂卡街入口的位置。也许被害人走回家的时候被拍到过。运气好的话，它还可能拍到些别的东西。"

莫拉·艾尔斯拉下被害人高领毛衣的衣领，检查她的脖子上有无瘀伤或是绳结勒痕，但什么都没发现。接着，她又掀开死者的毛衣，露出尸体的躯干部分，在简的帮助下翻转尸体，使其侧躺。尸体的背部呈现深紫色，因为在被害人死后，尸体的血液都瘀积在了这里。莫拉戴着手套的手指轻轻按压已经略微发黄的尸体,发现机体组织已经僵硬,并没有出现凹陷,证明死者死亡至少已达十二个小时。

但是她的死因是什么呢?除了眼睛上的损伤之外,莫拉没有发现任何外伤痕迹。"没有枪伤,没有血迹,也没有掐扼的痕迹,"莫拉说,"我没看到别的伤痕。"

"凶手挖出了被害人的眼睛,却没有带走。"简说着,皱起了眉头,"反而把它们放到了被害人的手里,就像是什么恶心的离别礼物一样。这他妈的到底是什么意思?"

"只有心理学家才知道答案。"莫拉站直身体,说道,"我现在无法确定死者的死因,只能等尸检之后再说了。"

"也许是吸毒过量致死。"弗罗斯特说道。

"当然有这种可能,只要做一下药物和毒品筛查就知道了。"莫拉说着摘下了手套,"我把她的尸检安排到明天第一个。"

简跟着莫拉走出了卧室,开口问道:"莫拉,你没有什么事想对我说吗?"

"得做完尸检我才能告诉你。"

"我不是在说这件案子。"

"我不懂你的意思。"

"之前在电话里,你说你在弗雷明翰。千万别告诉我你去见那个女人了。"

莫拉沉着地扣上大衣扣子,说道:"你说得好像我犯了什么罪一样。"

"这么说你真的去了。我们不是说好了吗?你要离她远点儿。"

"阿玛提亚被送进重症监护室了,简,她在化疗过程中出现了并发症,我不知道她还能活多久。"

"她就是在利用你,利用你的同情。天哪,莫拉,她还会伤害你的。"

"你知道的,我真的不想聊这个。"莫拉头也不回地走下楼梯,出了公寓。外面一阵寒风吹过街道,猛烈地拍打着她的面颊。她继续朝自己的车子走去,身后的公寓楼大门又传来"砰"的关门声。莫拉回头,看到简也跟着她走了出来。

"她想从你这儿得到什么?"简问道。

"她得了癌症,已经快死了,你说她能有什么目的?也许只是需要一点儿同情?"

"那女人就是在给你灌迷魂汤,她知道该用什么方法接近你。你想想,她儿子被她扭曲成了什么样的怪物?"

"你觉得我会变成他那样?"

"当然不是!但你自己也说过,你说你也是兰克家的一员,生来就有着黑暗的一面。那女人肯定会想方设法地利用这一点。"

莫拉打开车锁,说道:"我自己的问题已经够多的了,不需要你再来给我上课。"

"好吧,好吧。"简举起双手,做出投降的姿态,"我只是在担心你,我得替你想着这些。你平时挺聪明的,可千万别在这件事上犯傻。"

莫拉看着简大步走回公寓里的犯罪现场。她会回到那间卧室,那里躺着一个死去的女人,身体冰冷而僵硬,没有眼睛。

突然间,阿玛提亚的话在她脑海里浮现——你还会发现另一个。

莫拉转过头,快速扫视着街道,仔细打量着每一扇门、每一扇窗。二楼那里是不是有个人正在看她?刚刚小巷里是不是有个人影闪过去?简警告过她的,阿玛提亚会扰乱她的心神,让她疑神疑鬼。这就是阿玛提亚的诡计。她拉开了莫拉生活里紧闭的窗帘，露出一幅可怕的画卷，那里所有风景都刻画在阴恻恻的暗影中。

莫拉颤抖着爬进车里，发动引擎。空调排风口喷出一股冷气。该回家了。

她要逃离黑暗。

4

我坐在一家咖啡店靠窗的位置,看到窗外有两个女人。这两人我都认得,我在电视上看过她们接受访谈,还在新闻报道里读到过她们的故事,通常和谋杀案有关。长着一头黑发的那位是一个专门调查凶杀案的警探,穿着长外套的那个优雅的高个子女人是一名法医。我在咖啡厅里听不到她们说了什么,但我能看懂她们的肢体语言。那名警察有些激动地手舞足蹈,医生却在回避她。

忽然,警探转身走了。医生独自在原地站了一会儿,好像是在想要不要追上去。然后她有些无奈地摇摇头,钻进一辆豪华的黑色雷克萨斯,开车离去。

我好奇,这是演的哪一出。

我知道她们今晚为什么会赶过来。一个小时之前,我在新闻报道中听说了:尤蒂卡街上发生了一起谋杀案,死者是一名年轻女性。尤蒂卡街,卡桑德拉·科伊尔就住在这条街上。

我向尤蒂卡街的街口张望,只能看到巡逻车的警灯闪烁。死者是卡桑德拉吗?还是另一个不幸的女人?中学毕业之后,我就再没见过凯西[①],若是再次见面,我不知道自己还能不能认出她

[①]卡桑德拉的昵称。

来。不过她肯定认不出我了，现在的霍莉就站在你面前，直视你的眼睛，不再徘徊于人群外围，嫉妒那些活泼美丽的金发少女。岁月雕琢了我，塑造了我的自信，提高了我的时尚品位。我的一头黑发剪成了精致的波波头，我学会驾驭那些尖细的高跟鞋，风情万种地走路，身上穿着两百美元的衬衫，那是我慧眼识珠地从打折货架上买下来的。身为一名公关营销从业者，我深知外在"包装"的重要性。我已经深谙此道。

"这是出了什么事，你知道吗？"一个声音问道。

一个男人突然出现在我身旁，吓得我忍不住瑟缩了一下。一般来说，我会注意到身边每个人的存在，但刚刚我一直在观察咖啡店外警察们的行动，没有注意到这人靠过来。看着突然出现的男人，我的第一印象是：不错，是个帅哥。他看起来应该比我大几岁，三十五岁左右，身材瘦削而紧实，长着一双蓝色的眼睛，头发呈小麦色。他喝拿铁咖啡，这一点我要给他扣分。晚上这个时候，真正的男人会喝意式浓缩咖啡。不过他的眼睛很漂亮，看在他迷人双眸的分儿上，我可以忽略这个瑕疵。但此时此刻，男人的双眼并没有关注我，它们正看着窗外的活动。在卡桑德拉·科伊尔居住的这条街上，聚集了各式各样的公务车。

或者说，是她曾经居住的地方。

"这么多警车停在那边。"男人说，"出了什么事呢？"

"坏事。"

他伸手指着外面："看，那是电视台第六频道的采访车。"

我们都坐在那儿，一边喝着咖啡，一边看着街上的热闹。现在又来了另一家电视台的新闻采访车，又有几位咖啡店的顾客被吸引到窗边。我能感受到他们慢慢从我周围聚拢过来，不停地张望，想要看得更清楚。但他们只能看到几辆警车，这已经无法刺激波士顿人麻木的兴奋点了。不过，一旦电视台的记者们带着长枪短炮的设备出现，我们的雷达就会启动，因为大家知道，仅仅一起小型车祸或是违章停车可不会有这么大的阵仗。这说明真的出事了。

似乎是为了证实大家的猜想，法医办公室的一辆白色面包车出现在人们的视野中。是来接卡桑德拉的吗？还是别的不幸被害人？看到这辆车，我的脉搏突然开始加速跳动。我心里默念着：千万不要是她，死的是别人吧，不要是我认识的人。

"糟糕，法医办公室的车。"蓝眼睛说道，"这可不妙啊。"

"有人看到发生了什么吗？"一个女人问。

"就看到一大群警察涌进来。"

"你们谁听到枪声之类的了吗？"

"你是最早坐在这儿的，"蓝眼睛对我说，"你看到什么了？"

所有人都立刻看向我。"我走进来的时候，警车已经在那儿了。不管出了什么事，应该都已经有一阵子了。"

其他人依旧看着窗外，似乎是被闪烁的警灯催眠了。蓝眼睛在我身边的凳子上坐了下来，又往自己那杯"夜晚不宜"的咖啡里加了些糖。我不知道他坐在这里是为了选个更好的视角，还是在对我示好。若是后者的话我会很开心。说真的，他一坐下来，我就感觉大腿内侧传来了电流一般的酥麻。我来这里并不是为了寻找伴侣慰藉，虽说我也确实有一阵子没有享受过和男人的亲密接触了。要是不算上周在柱廊酒店的那个男侍者的话，已经有一个多月了。

"所以，你住在这附近吗？"蓝眼睛开口问我。虽然有点儿老套，倒也算是不错的开场白。

"并不是，你呢？"

"我住在后湾那边。本来约了朋友在这条街上的一家意大利餐厅见面,不过我来早了,就想着先到这儿来喝杯咖啡。"

"我住在北角区,也是来这边见朋友的,不过他们在最后一刻爽约了。"谎言毫不费力地从我唇齿间流出,如同呼吸般自然,而他对此深信不疑。人们大都选择相信对方说的话,这也让我这样的人活得更加自由,更加如鱼得水。我主动握了握他的手,一般来说,女人这么做都会让男人略微不安,不过我就是要让他知道,这是一次公平的游戏。

我们相伴坐在一起,喝着各自的咖啡,看着窗外的动静。多数情况下,警察办案的过程都没什么好看的。你能看到的只有车辆来了又走,穿着制服的人们进进出出,根本不可能看到里面到底发生了什么。你只能通过一些蛛丝马迹去推测,根据出现的人物判断当前的情况。此刻警察们脸上的表情很平静,甚至有些无聊。不管尤蒂卡街发生了什么,应该已经过去好几个小时了,警方的调查还处于东拼西凑破解谜团的初级阶段。

再没更多热闹可看,咖啡店里的其他顾客渐渐散去,最后只剩我和蓝眼睛坐在窗边的吧台前。

"看来,只有等明天看了新闻才能知道到底发生了什么。"蓝眼睛说道。

"是谋杀。"

"你怎么知道?"

"刚才,我在这边看到了一个专门调查谋杀案的警探。"

"怎么,警探先生走过来说他是凶案组的吗?"

"是警探女士。我不记得她的名字,但我在电视上看到过她。因为是个女警探,所以我的印象特别深。我很好奇,为什么一个女人会选择去调查谋杀案?"

男人靠过来，更为专注地看着我："你，嗯，会关注这种事吗？谋杀案？"

"不，我只是很擅长记住别人的脸，但是很难记住他们的名字。"

"嗯，现在就到记名字这一步了，我叫埃弗里特。"他微笑着，迷人的眼睛旁边出现可爱的笑纹，"忘了就忘了吧，随意就好。"

"我要是不想忘记呢？"

"我希望你的意思是说，我值得被你记住。"

我想象着，我们之间会发生什么。一看进他的眼睛，我就知道自己期待的是什么：我会跟着他回家，去后湾，把咖啡换成红酒，小酌几杯，然后在他的床上彻夜狂欢。只是可惜，他约了朋友吃晚餐。我一点儿也不想见他的朋友们，也不想傻傻地浪费时间守着电话等他联系，所以，我们之间只有乍见之欢，一面之缘罢了。这种奇妙的缘分即使是主动相求都很难遇到。

我喝光了杯中的咖啡，从座位上站了起来。"很高兴能认识你，埃弗里特。"

"啊，你记住了我的名字。"

"希望你和朋友用餐愉快。"

"如果我不想和他们吃晚饭呢？"

"你来这里不就是为了这个吗？"

"计划可以改。我可以打电话告诉他们，说我临时有事，要去别的地方。"

"你要去什么地方？"

他站起了身，我们四目相对。我能感觉到大腿内侧的酥麻顺着骨盆一路攀爬，带来一阵温热的浪潮。一瞬间，我忘记了卡桑德拉和她的死意味着什么,我的眼里只有这个男人,还有我们之间将要发生的事情。

"我家还是你家?"他问。

5

安贝尔·沃里斯的一头金发中挑染了几缕紫色，她还做了黑色的美甲，这些简都能接受，唯有这位姑娘的鼻环让她有些不自在。因为随着安贝尔轻轻啜泣的动作，总有鼻涕顺着金色的鼻环流出来，她不得不一直用纸巾小心地擦拭着。她的另外两个同事——特拉维斯·张和本·法尼虽然并没有悲伤落泪，但显然也被卡桑德拉·科伊尔遇害的消息吓到了，面上皆是惊骇与痛苦。三个年轻人都是电影人，也都穿着年轻嬉皮士的标准着装：T恤衫加连帽衣，还有破洞牛仔裤。他们此时形容倦怠，头发乱糟糟的，好像几天都没梳过。屋子里的味道也从侧面证明，他们应该有好几天没洗澡了。工作室里凌乱不堪，放眼看去，到处都是比萨盒子、空的红牛饮料罐，还有散落各处的电影剧本。在工作室的一张操作台上，一台显示屏正播放着一幕处理中的电影场景：金发少女在黑暗的丛林中奔跑，她脸上流着惊恐的泪水，脚下磕磕绊绊，努力逃离身后潜藏在暗处、穷追不舍的恐怖杀手。

特拉维斯此刻转向电脑，暂停了正在播放的影片，而隐藏在树木间模糊的杀手的脸，刚好被定格在了屏幕上。"妈的，"他低吼道，"不可能，我他妈的不信。"

安贝尔伸出手环抱住特拉维斯，年轻的男孩这时也抽泣出声。本走了过去，三人抱在一起，显示屏微弱的光映衬出他们的身影。

简看了一眼旁边的弗罗斯特，后者微微眨眼，也流下了眼泪。悲伤是会传染的，即便弗罗斯特已经做了多年的警察，无数次向人们传递噩耗，然后眼睁睁地看着他们崩溃颤抖，他还是做不到无动于衷。警察有时就像是恐怖分子，向人们平静的生活里投掷炸弹，给被害人的朋友和家人带来晴天霹雳般的绝望，而后，他们还要站在一旁，观察他们所带来的伤害。

特拉维斯第一个松开了手。他走到已经下陷的沙发前，瘫坐在软垫上，头深深地埋进双手间："上帝啊，她昨天还在这儿，就坐在这儿。"

"我就知道，她不会无缘无故不回我信息的。"安贝尔说着，用纸巾捂住鼻子，"她不理我，我还以为是因为她爸的事儿所以心情不好而已。"

"她是从什么时候开始不回你信息的？"简顺着她的话问道，"你可以查一下记录吗？"

安贝尔开始四下寻找手机，终于在一堆散乱的电影剧本下翻到了。她滑动屏幕上的通讯记录，说道："我昨晚给她发了短信，大概凌晨两点。她没有回复。"

"你认为她那个时间还会回复你吗？凌晨两点？"

"她会的，尤其现在，电影已经做到这个阶段了。"

"我们最近一直都在忙这个，常常通宵。"本开口说道，接着也坐在沙发上，揉着脸，"我们已经连着熬夜剪了好几天片子，每次都做到凌晨三点左右。谁都没想过回家休息，都是在这儿凑合着睡。"他用下巴指了指房间角落的几个睡袋。

"你们三个都是在这儿过夜的？"

本再次点头："截止日期快到了，不赶进度不行。凯西本来也要和我们一起忙的，但除了这个，她还要打起精神见她爸。我们都知道她多抵触这件事。"

"她昨天是几点走的？"简又问。

"六点左右？"本问了问两位同伴，二人都点了点头。

"当时比萨刚送过来。"安贝尔说道，"凯西没留下来吃。她说有点儿自己的事要忙，所以只有我们三个留下来接着干活儿了。"她说着，伸手擦了擦眼睛，脸颊也蹭上了晕开的睫毛膏，"我真没想到，那就是我们最后一次见到她。她临出门的时候还说，片子定剪之后，我们就出去好好放松一下。"

"定剪？"弗罗斯特问。

"就是片子差不多剪辑好了。"本解释说，"基本上电影就定型了，只差加音效或是配乐之类的。我们已经快做完了，再有一两周就差不多可以定剪了。"

"时间上的话，确实只差一两周。钱上，还差两万。"特拉维斯喃喃地补充道。他的脸从手掌中抬起，油腻的黑发凌乱地翘着。"妈的，要是没有凯西，这笔钱又该从哪儿弄？"

简皱眉，看向他："这钱原本是要卡桑德拉出的吗？"

三个电影人面面相觑，似乎拿不准要谁来回答这个问题。

"她原来打算今天和她爸吃午饭的时候提这件事。"安贝尔说道，"她也因为这事而发愁。凯西不喜欢向她爸开口要钱，更别提要在四季酒店吃饭的时候开这个口。"

简环顾房间，看着屋子里脏兮兮的地毯、破旧的沙发，还有那几个堆在一边的睡袋。这几个电影人都已经二十几岁，但看起来比实际年龄还要小一些。他们不过是三个对电影痴迷的孩子，还像是挤宿舍的学生一样生活着。

"你们几个真的靠拍电影吃饭吗？"简问道。

"吃饭？"特拉维斯耸了耸肩，似乎这个问题并不值得一提，"我们热爱电影，这才是重点。我们在为自己热爱的梦想而活。"

"花着卡桑德拉父亲的钱？"

"他不是白给我们的，他是在用这笔钱投资女儿的事业。这部电影对于凯西来说是一种身份的象征，证明她是一名电影人，而且整个故事对于她来说具有特殊的意义。"

简看了一眼桌子上的电影脚本："《西米安先生》？"

"别被这名字骗了，别以为这只是一部普通的恐怖电影。这部电影讲的是一个很严肃的故事，有关一个女孩失踪的事件，而且是根据凯西小时候经历过的真实事件拍摄的，肯定会比我们的第一部电影反响好，会有更多观众喜欢的。"

"你说的第一部，是那部《我看见你了》？"弗罗斯特问。

特拉维斯惊讶地看向他："你看过？"

"我们看过电影的海报，在卡桑德拉家里的墙上挂着。"

"你们是……"安贝尔哽咽道，"你们是在那里发现她的吗？"

"是她父亲发现的。"

安贝尔蜷缩身体，双臂环抱住自己，似乎是突然觉得很冷。"发生了什么？"她含糊不清地问道，"是有人闯进去了吗？"

简并没有回答她的问题，而是接着问道："过去的二十四个小时里，你们都在哪儿？"

三人再次交换眼神，依旧拿不准到底该谁先回答。

特拉维斯先开了口，他回答得谨慎而确定："我们就在这里，这幢楼里。我们三个，白天和晚上都在这儿。"

另外两人点头表示认同。

"其实，我知道你为什么要问这些问题，警探。"特拉维斯接着说,"这是你的工作——问问题。但我们和凯西在纽约大学读书时就认识了,而且我们一起做电影,那是一种很特别的羁绊。我们同吃同住,一起工作。对,我们确实也会吵架,不过很快就会和好,因为我们是家人。"他说着指了指电脑屏幕,屏幕上依旧是杀手阴暗的面孔,"我们很快就要发行这部电影,向世界证明,我们不用拍那些大工作室的马屁也能做出好电影。"

"跟我们说说,你们几个在制作《西米安先生》的过程中,都负责些什么工作?"弗罗斯特拿着一个有些破烂的笔记本,一边问,一边尽职地将他说的话都记录下来。

"我是导演。"特拉维斯答道。

"我是DP,"本杰明说,"就是摄影师。"

"制片人。"安贝尔回答,"人事上的事情都是我来做,雇人、赶人,还有给他们开工资,确保所有事情都正常运转。"她略略停顿,又轻轻叹息道,"实际上,我差不多什么都做。"

"那卡桑德拉呢?她是做什么的?"

"她写剧本,还是执行制片人,负责整个电影拍摄过程中最重要的那部分。"特拉维斯说,"电影的投资方。"

"用她父亲的钱。"

"对,但我们只需要再用一点点。只要再来一张支票,她只需要跟她父亲要最后这一点儿就够了。"

然而,他们可能再也见不到这张支票了。

安贝尔坐在本身旁,三个人沉默地坐在一起。房间里弥漫着变质的食物和失败的味道。

简抬头看了一眼沙发后面,那面墙上挂着一张海报,与卡桑德拉公寓里挂着的那张一模一样。《我看见你了》。"那部电影,"简指了指海报,在一片漆黑中,一只血红的眼睛瞪着外面,"说说那部电影吧。"

"那是我们拍的第一部剧情片。"特拉维斯说，随后又愁苦地补上一句，"希望不是最后一部。"

"这部电影，你们四个都参与制作了？"

"是的。这部电影最开始只是我们在纽约大学电影学院的一个项目。做那部片子的时候，我们从中学到了很多。"他表情懊悔地接着说道，"也犯了不少错误。"

"票房怎么样？"弗罗斯特问。

三人的沉默有些苦涩，这就是问题的答案了。

"电影没能在影院上映，拿不到发行。"特拉维斯承认道。

"所以这电影没人看过？"

"哦，它在一些恐怖电影节上放映过几次，像是这个。"特拉维斯说着，给他们展示了自己连帽衣里面的衬衫，上面印着"尖叫盛宴电影节"几个字，"买DVD或是在网上找视频点播也可以看。而且，我们听说，影迷都说它是邪典电影。这对于恐怖片来说，算是最好的成绩了。"

"那你们赚到钱了吗？"简又问。

"钱真的不是重点。"

"重点是？"

"现在有了支持我们的粉丝，人们知道我们的作品！对于独立电影人来说，有时候，只靠人们口口相传就能打下观众基础，这样你的下一部作品就会有人看。"

"也就是说，没赚钱。"

特拉维斯叹了口气，低头看着肮脏的地毯，承认道："没赚。"

简的目光再次回到电影海报上那只诡异的巨目。"那部电影是讲什么的？关于什么的？"

"一个女孩目击了一起谋杀事件，警察却找不到尸体或证据，所以不相信女孩。其实是因为那起谋杀还没有发生，她只是通过心灵感应与凶手产生了联系，所以知道了凶手将要做但是还没做的事情。"

简和弗罗斯特对视一眼。可惜啊，我们没有这种特异功能，不然这案子早就破了。

"然后，我猜凶手开始追杀她了？"简说。

"当然，"本回答道，"这是基本的套路，恐怖故事必备桥段。最终，凶手是一定要对女主角下手的。"

"电影里面有人被肢解吗？"

"嗯，对，当然，这是必需的，这也是——"

"知道了，知道了，恐怖故事必备桥段。都是什么样的肢解？"

"死者被切掉几根手指。还有一个女孩，额头上被凶手用刀刻上了'666'。"

"还有耳朵。"安贝尔提醒道。

"哦，对。还有一个男的，耳朵被切下来了，像凡·高一样。"

你们这些人可真够变态的！

"眼睛呢？"弗罗斯特问，"电影里有没有角色被挖了眼睛？"听到这个问题，几个电影人看了看彼此。

"没有，"特拉维斯说，"为什么会问这个？"

"因为影片的名字叫《我看见你了》。"

"但是你刚刚特别提到了挖眼睛。为什么？是不是卡桑德拉被……"特拉维斯突然停住，惊恐的神情瞬间爬上了他的脸。

安贝尔用手捂住嘴。"上帝啊，卡桑德拉的眼睛被挖掉了？"

简没有回答，而是继续下一个问题。"有多少人看过那部电影？"她又指了指那张海报。

一时间没有人开口。刚刚得知的可怕事实令三人难以接受。在他们的世界里，残破的肢体和四溅的血液没什么特别的，不过是一些道具而已，就和卡通片一样，都只是不真实的血腥暴力。欢迎来到我的世界，真实的世界。

"多少人？"

"我们也不确定，"特拉维斯说，"我们确实卖出去一些DVD，视频点播下载那边卖出去一千份左右，还在电影节上放过几次。"

"给我一个大致的数字。"

"也许有几千人吧，但我们也不确定都是谁。恐怖片的受众遍布全世界，所以哪里的人都有可能。"

"你们不会是以为，她是被看过我们电影的人杀掉的吧？"安贝尔问，"我的意思是说，那太扯了。恐怖电影的影迷也许看起来吓人，但他们实际上都是很善良、很正常的普通人。"她指着屏幕，又说道："像《西米安先生》这种电影，本来就是为了帮助我们面对恐惧，让我们调节内心的阴暗面和攻击性。这些电影都是有治愈力量的。"安贝尔摇着头："真正的恶人并不会看这种电影。"

"你们知道真正下作的变态喜欢看什么吗？"本说道，"浪漫喜剧。"

特拉维斯拉开一个抽屉，拿出一盘DVD，递给了简："这是一份《我看见你了》的拷贝，是你的了，警探。"

"你们现在正处理的片子呢？有拷贝可以给我们一份吗？"

"不好意思，这个我们还在剪，还没有处理好，不能看。不过你们可以先看看《我看见你了》。要是还有别的什么我们能帮上忙的，尽管说。"

"如果这件事真的和这部电影有关，我们是不是都有麻烦了？"安贝尔问，"凶手会不会也对我们下手？"

三人陷入久久的沉默，显然是在思考这种可能性。

还是特拉维斯先从惶恐的情绪中恢复过来，轻声说道："毕竟这也是恐怖故事的必备桥段。"

6

被注射了镇静剂，此时一动不动地躺在病床上的病人，与几个小时前简见过的男人判若两人。马修·科伊尔，这位毫无生气的父亲，此刻面色灰白，形容枯槁，下巴松垮地耷拉着。与他黯然的形象相比，坐在他身侧的女人更像是打翻了调色盘，色彩浓烈：一头火红的头发，穿着一件祖母绿色的针织衫，涂着亮红色的口红。虽然普利西拉·科伊尔已经五十八岁，与马修年纪相差无几，但她看起来至少比丈夫年轻十岁。因为注射了肉毒素，她的皮肤光滑而泛着微光，身材健美犹如运动员一般。此刻，在她气若游丝的丈夫身边，更显得普利西拉周身散发着蓬勃的生命力。从她的装扮上来看，这身定制长裙和高跟鞋显然不是为丈夫准备的，她今晚本来另有安排。

普利西拉看了一眼手表，对简和弗罗斯特说："你们得明早再过来问他话了。他的情绪过于激动，医生没办法，只能给他注射镇静剂，所以这一整夜他都不会醒。"

"其实，我们是来找您的，科伊尔夫人。"简解释道。

"为什么？我什么都不清楚。今天一下午我都在开董事会，为了嘉纳艺术博物馆的事情。是医院通知我马修住院，我才知道出了事。"

"咱们去外面聊聊？走廊那边有一个访客休息室，咱们可以在那里谈一谈。"

"我真的得早点儿回家。家里还有好些人在等我消息。"

"不会耽搁您太久的,"弗罗斯特继续说道,"我们只需要确定一些案发时的细节问题。"

马修所在的病房位于朝圣医院VIP区,这里的访客休息室装潢考究,有一台宽屏电视机,家具上都配有皮革软垫,还有一台库存充足的科瑞格胶囊咖啡机。普利西拉坐在沙发上,将普拉达鳄鱼皮手包放在身侧,而后又随意地将库奇内利羊绒外套搭在沙发扶手上。简偷偷瞄过一件库奇内利的价签,所以知道这件羊绒大衣到底有多贵。要是她有这么一件衣服,肯定要好好地锁在保险箱里,绝不可能如普利西拉这般漫不经心地把它扔在一边。

弗罗斯特拉过一把椅子,坐在普利西拉的对面:"跟我们说说您今天的事吧,科伊尔夫人。"这是个简单的开放式问题,但普利西拉依旧认真想了一下答案才开口。

"马修本来和卡桑德拉约好今天去四季酒店共进午餐,但卡桑德拉一直没出现。马修给我打了电话,问我有没有她的消息。我什么都不知道。然后,又过了几个小时,医院就打给我,说马修心脏病发作,已经住院了。"

"他们经常一起吃午饭吗?"

"几乎从来没有过。凯西太忙了,她可没空……"普利西拉顿了顿,改口道,"她有自己的生活,所以我们平时见不了几次面。但今天是个特殊的日子。"

"您丈夫还告诉我们,这次午餐其实是生日宴?"

普利西拉点头:"她的生日本来是十二月十三日,但那时候我们有别的计划,不在城里,所以他们打算今天补上庆祝。"

"您没有和他们一起吗?"

"我今天要参加董事会，而且，我觉得……"普利西拉的话音渐弱，她低头摆弄起手包上的黄金搭扣。后半句话她虽然没说出口，简却很敏锐地察觉到了什么，有时候，沉默会比语言传递更多的信息。

"您和您女儿的关系如何？"简问道。

"卡桑德拉其实是我的继女。"她耸了耸肩，继续说，"我们并没有那么亲近。"

"你们之间有什么矛盾吗？"

听到这里，普利西拉抬起头，说道："实话告诉你们吧，马修和卡桑德拉的母亲离婚，然后娶了我。所以，你们应该能想到我们的关系是什么样的。她一直觉得整件事都是我的错，但其实，在我和马修认识之前，她爸妈的婚姻早就名存实亡了，只是她不承认。现在这件事已经过了十九年，我在她眼里依旧是一个'第三者'。就算她花着我的钱读完大学，又花着我的钱去拍那些幼稚可笑的——"普利西拉停住了，没有继续说下去，再次低头看着鳄鱼皮手包，它显然说明了她在这场婚姻里付出了什么。马修离开了他的原配妻子，而他的现任太太是买得起普拉达和库奇内利的女人，经济收入上的不平等会让任何一种关系变得紧张。

"您知道会有什么人想要伤害卡桑德拉吗？"简问，"有没有前男友或是其他合不来的人？"除了您以外。

"我没听说过。但是，话又说回来，我和她本来也没什么联系。马修和我结婚后，卡桑德拉一直和她妈妈住在布鲁克莱恩。"

"她妈妈现在住在哪里？我们也需要和她聊聊。"

"伊莱恩现在在伦敦，正在访友。她会坐明天的飞机回来，反正在邮件里她是这么说的。"

"您发邮件告诉了她卡桑德拉遇害的消息？"

"不然呢，总要有人告诉她啊。"

简试图想象自己收到这么一封邮件：你的女儿被人杀了。从这一细节就能感觉到，这两个女人之间的仇恨一定已经很深了，不然怎么会只在手机上冰冷地敲出几个字，就轻飘飘地告诉另一人"你女儿死了"呢？

"我真的不知道还有什么能说的。"普利西拉说道。

"您认识卡桑德拉的朋友？"

普利西拉皱了皱鼻子说："我见过和她一起工作的那三个孩子。"

"孩子？"

"他们四年前就已经大学毕业，你以为现在他们应该能找到正经工作了吧，但实际上，这几个人看起来还是一副不务正业的样子。我真不知道他们靠什么养活自己，就拍那些乱七八糟的电影……"

"您看过卡桑德拉他们的第一部电影吗？"

"我大概看了前十五分钟的《我看见你了》。我尽力了，那是我能容忍的极限。"普利西拉看向丈夫病房的方向，"马修看完了全片，还骗自己说很喜欢。不然呢，他还能怎么样？他只是想让他的小宝贝开心罢了。这么多年了，他还在试图弥补自己的过错，因为他离开了卡桑德拉的妈妈。卡桑德拉也愿意接受他的补偿，住着免费公寓，用着免费的工作室。但我想，即便这样，她也从来没有真正原谅马修。"

"他们相处得好吗？您丈夫和卡桑德拉？"

"当然好。"

"可刚刚您说，卡桑德拉从没原谅过她父亲。他们之间有过争吵吗？因为钱什么的？"

"孩子们不都会为了钱和父母吵架吗?"

"有些时候,这些争吵会失控。"

普利西拉耸了耸肩。"他们确实有过矛盾。而且我能猜到,他们今天约好的午餐,卡桑德拉就是为了要钱才答应的。她已经铺垫好一阵子了,说自己需要更多的钱来完成新拍的电影。这也是我不想掺和进去的另外一个原因。"她停了一下,"你们为什么问起马修?该不会以为,他会做出这种事吧?"

"只是例行公事罢了,夫人。"弗罗斯特说道,"被害人的家属都要调查。"

"他可是她的亲生父亲。你们就没有别的靠谱的嫌疑人吗?"

"您有什么看法吗,科伊尔夫人?"

普利西拉思索片刻,回答道:"凯西很漂亮,漂亮女孩总会引起人们的注意。要是你真的被哪个男人惦记上了,那些人会做出什么,你永远都猜不到。也许他会变得极端,变得痴迷,甚至会跟着你回家,然后……我们都知道,对于女人来说,这个世界有多危险。"

简当然知道。她在停尸房里看过太多惨剧,那些尸体上总会遍布伤痕,还有拒绝了追求者之后被他们用刀划花的脸。她想起卡桑德拉空荡荡的眼眶,凶手挖掉了她的眼睛,那双眼睛一定看到过凶手吧。她是用什么样的眼神看着凶手的?鄙夷还是厌恶?凶手是因此才挖出她的眼睛吗?让她再也不能那样看着自己?

普利西拉伸手拿过外套:"我得回家了,今天已经够糟了。"

"在您走之前,还有最后一个问题,科伊尔夫人。"简开口道。

"什么?"

"您和您的丈夫昨晚在哪里?"

"昨晚?"普利西拉皱起眉,"为什么这么问?"

"之前说过的,只是例行公事。"

普利西拉抿紧唇,随后说:"好吧,你一定要问的话,我很高兴回答你。我和马修昨晚都在家。我做了晚饭,三文鱼和西蓝花。你要是感兴趣的话,我还可以告诉你,我们在电视上看了一部电影。"

"什么电影?"

"唉!真是够了!我们看的电影频道,《天外魔花》。"

"之后呢?"

"之后,我们就上床睡觉了。"

"你看过《天外魔花》吗?"弗罗斯特问简。两人此时正坐在医院的简餐厅里,狼吞虎咽地吃着三明治。这么晚了,贩卖机里只剩下金枪鱼沙拉、火腿和奶酪这几种三明治可以选。简的金枪鱼三明治软塌塌的,但好歹也算是一顿晚餐——二人都没有按时吃上晚饭。

"那部电影不是已经被翻拍好多次了吗?"简问。

"我说的不是翻拍版的。我是说最早的经典黑白电影,有凯文·麦卡锡那部。"

"黑白电影?那是老古董了吧?"

"是啊,但这种经典电影永不过时。爱丽丝说,那是对人性异化的完美隐喻。她说,当一个人变成另一个样子,空有一副任人摆弄的躯壳,就像是电影里那样,正如你的丈夫或是妻子忽然变成一个陌生人,不再爱你了。这种电影比典型的怪物电影还要吓人,因为它带给你的是心理层面的恐惧。"

"等一下,你什么时候又开始和爱丽丝有联系了?"

"什么时候……我不记得了,有几个星期了。昨晚我们也一起看了《天外魔花》,在电视上看的,晚上九点,所以普利西拉·科伊尔说的是实话。"

"你和爱丽丝一起过夜了?"

"我们就是一起吃了个晚饭,看了一会儿电视。然后我就回家了。"

"来,你帮我算算,你们离婚手续办完到现在已经……几个月了来着?"

"那也并不意味着我们不能和好。"

简叹了口气,放下了手中软塌塌的三明治。为什么最近她身边亲近的人都在做糟糕的人生选择呢?先是莫拉,非要去探望她那个疯了的妈妈——阿玛提亚·兰克;现在又是弗罗斯特,她视为弟弟的人,再次和前妻纠缠不清。她还记得,爱丽丝为了一个读法学院时认识的男同学离开了弗罗斯特,那段时间,弗罗斯特总在夜里打来电话跟她哭诉。当时简一直在纠结要不要没收他的手枪,以防他想不开,做出什么傻事。她又想起过去的几个月,一直听弗罗斯特没完没了地谈论遇到的几个约会对象,要么不够漂亮,要么不够聪明,总之都不如爱丽丝——那个渣女。现在,她可以预见,悲剧又要重演了。从快乐到心碎,再从快乐到心碎。弗罗斯特不该遭受这种痛苦。

是时候让他感受一些严厉的爱了。

"既然你们两个又开始联系,"简说道,"爱丽丝有没有提过,她和她男朋友过得怎么样?就是她在法学院遇到的那个人。"

"她已经从法学院毕业了,拿到了学位证。"

"嗯,这么说来,她在法庭上就能更好地击溃你了。"

"但是她并没有。我们离婚属于和平分手。"

"可能是因为她睡了法学院的同学，所以做贼心虚吧。答应我，这次你一定要多加小心，好吗？"

弗罗斯特低头看着手里的三明治，深深叹息道："你知道的，生活并不像你想象的那样非黑即白。我当初会娶爱丽丝是有原因的。她很聪明，又漂亮，还很幽默——"

"她还有个男朋友。"

"不，他们已经结束了。那男人在华盛顿找到了一份工作，他们分手了。"

"哦，所以她才回头来找你这个老实人了是吧。"

"天哪，你根本不知道现在的婚恋市场是什么样，就像在全是鲨鱼的海域里游泳。我约过二十几次会了，每次都是灾难。女人变了，根本不像之前那样了。"

"嗯，对，我们现在已经进化出尖牙利爪了。"

"而且也没有女人愿意找一个警察。在她们看来，警察都有掌控欲方面的问题。"

"倒也没错，你肯定有，你就喜欢被爱丽丝控制着。"

"我没有。"

"这可能也是她又找上你的原因，因为她知道，只要她动动手指，你就会乖乖听话，被她牵着鼻子走。"简说着，倾身凑近，试图挽救他于另一次心碎，"你值得更好的，真的。你是个很优秀的男人，你很聪明，还拿着不错的津贴。"

"打住吧，你总以为自己更高明。"弗罗斯特总是有些苍白的脸此刻变得通红，"为什么我们会聊到爱丽丝？我们不是在讨论《天外魔花》吗？"

"对，对。"简叹气，"那部电影。"

"我想说的是，昨晚电视上确实播了这部电影，和科伊尔夫人说的一样,所以她没有撒谎。再说,她为什么要杀掉她的继女?"

"因为两个人都恨死对方了?"

"只要等她丈夫醒过来,就能证实她的不在场证明。"

"再说说爱丽丝。你记得她是如何伤害你的,对吧?我不想再看到你受伤了。"

"够了,这个话题到此为止。"弗罗斯特将三明治包装纸揉成一团,站起身。就在他抬头的瞬间,医院呼叫系统传来信息:复苏抢救,七一五号病房。复苏抢救,七一五号病房。

弗罗斯特转头看向简:"七一五号?那不就是……"

马修·科伊尔的病房。

简紧跟在弗罗斯特身后冲出咖啡厅。七楼,走楼梯太慢了。简一次又一次地按着电梯按钮。门终于缓缓打开,她急忙冲进去,差点儿撞到正从里面走出来的一个护士。

"我还以为他已经没事了。"弗罗斯特在电梯里喃喃道。

"心脏病发作不会那么容易就没事。还有好些事我们没跟他问清楚。"

电梯到达七楼,开门后,他们看见一个身穿手术服的年轻女子跑向七一五号病房。透过敞开的房门,简并没有看到病人,只有一群医护工作者围在他床边,犹如一面蓝色手术服围成的高墙。

"升压素无效。"一个女人喊道。

"好,再来一次,两百焦耳。"

"除颤仪准备,我数到三,听到了吗?一,二,三!"

简听到一声闷响。所有人的眼睛都紧张地注视着心脏监护仪的屏幕,短短几秒的时间变得无比漫长。

"好，检测到心跳数据！窦性心动过速。"

"检测到血压，九十，六十。"

"请问，"有人在简的身后问道，"你们两位是患者家属吗？"

简转过身，看到了一名护士："我们是波士顿警察局的。这位病人是一起谋杀案的证人。"

"请二位离开病房。"

"怎么了？"简问。

"请不要打扰医生工作。"

护士推着他们回到走廊，简看到了马修光裸的双脚。在白色床单的映衬下，他的双脚呈现青灰色，出现了淡紫色的斑点。接着，病房的门被关上了，那双无力的脚也消失了。

"他不会有事吧？"弗罗斯特问。

护士看了一眼紧闭的房门，只能回答："我不知道。"

7

第二日清晨，我从床上爬了起来，蓝眼睛还没有醒。我们的衣服散落在地上，画出一条歪歪扭扭的轨迹。我的针织衫和他的衬衫在门口，我的裤子脱在房间中央，粉色的蕾丝内衣卷在床头柜上，像一条眼镜蛇。我捡起自己的衣服和背包，踮起脚走进浴室。浴室的风格很男性化：低调的黑色瓷砖，装着铬色玻璃的淋浴间，没有浴缸，似乎男人都不喜欢泡澡。我在时髦的科勒智能马桶上撒尿，然后又在白玛瑙洗手池旁刷牙洗脸。我习惯在背包里放一把备用牙刷，就是为了这种一时兴起的夜不归宿准备的。不过上一次发生这种情况已经是很久以前了，我甚至记不清有多久了。一般来说，我会在天亮之前就起床离开。这次一定是因为我昨晚累惨了。

又或者是因为我们喝掉的那两瓶里奥哈红酒。

我看着镜子里一夜忙碌的自己，眼睛红肿，头发稻草一样凌乱。我弄湿了头发，梳理整齐，打理成平日里黑色波波头的标准模样。尽管看起来有些凌乱疲惫，但也透露着一脸餍足，这种感觉已经好久没有了。谢谢你，蓝眼睛。

我顺手打开了药品柜，随意翻找了一下，创可贴、阿司匹林、防晒系数三十的防晒霜、止咳糖浆，还有两瓶处方药。拿在手中仔细查看后，我发现这是一瓶维柯丁和一瓶安定片，治疗背痛的常见处方药。这两瓶药看起来已经放了两年了，每瓶都剩下了十几片，也就是说，蓝眼睛最近已经没有背痛的困扰。

所以，即使少了几片药他也看不出来。

我从每个药瓶里倒出四粒药，装进了口袋。我没有什么药瘾，但掉在眼前的馅饼，没有浪费的道理。况且说不定哪一天，这药片就会派上用场，再说蓝眼睛现在又用不上这些。拧上瓶盖，我看了一眼药瓶上的名字。埃弗里特·J.普雷斯科特。多么高贵的名字啊，听这姓氏就能猜到这是一条高贵且延绵已久的血脉。昨天晚上我们都没有说自己的全名。他根本不知道我的姓氏是什么，这样最好，毕竟，也许我们以后不会再见了。

我在浴室里穿好衣服，再次蹑手蹑脚地回到房间，穿上鞋。他还在睡，一条光洁的手臂露在床单外面。我微微停住动作，欣赏了一会儿。那上面有着雕刻般完美的肌肉线条，并不是那种健身爱好者练出来的夸张模样，更像是辛苦劳作老老实实长出来的真诚而可靠的肌肉。昨晚，他告诉我他是一名景观设计师，然后我就在脑子里想象他垒起一堵石墙，背起一包水泥的样子，尽管我并不知道景观设计师到底是做什么的。更遗憾的是，也许我永远也不会知道了。

我早就该离开了。我想在他醒来之前早早离开。这是我一贯的做法，因为我不喜欢尴尬地说再见，或是虚情假意地约下次见面。即便真的约好了第二次约会，我也不会去的。这也是我从来不带男人回自己家的原因。只要他们不知道我的住处，就不会来没完没了地烦我。

但是，埃弗里特有些特别，他甚至让我开始怀疑自己对男人"用后即弃"的做法。不光是因为他作为情人很贴心，会积极满足我一切的突发奇想，或者是因为他喜欢我的幽默。不，是因为他身上的其他东西：一种真诚，我很少在其他人身上感受到的真诚。

又或者，这不过是大脑分泌的催产素在作祟，因为我刚刚经历了一场酣畅淋漓的性爱。

我走到街上，回头看了看这栋红砖联排别墅。房子很美，而且古色古香，是我这辈子不可能住得起的地方，埃弗里特在他那行一定干得十分出色。有一瞬间，我甚至考虑不要偷偷跑掉。也许我可以再逗留一会儿，告诉他我的手机号，或者至少告诉他我的姓氏。

接着，我又开始思考这样做会带来什么样的后果。隐私会被人侵犯，无可避免地，他会对我产生期待，会打电话给我，甚至会有不依不饶的依赖，还有嫉妒。

不，我还是现在就走吧。

不过，我一边逃离，一边记下了他的地址，这样我就能找到他。毕竟说不准哪一天，像埃弗里特这样的男人就会派上用场。

8

"他们花了多长时间给他做复苏？"莫拉一边顺着卡桑德拉·科伊尔尸体的肋骨下刀，一边问身旁的简，后者随着莫拉不断操控断骨钳发出的声响微微向后退了一步。咔嚓，咔嚓，咔嚓，就像是她在自己工作间里做木工活儿的声音一样。肋骨和胸骨组成的胸廓保护着卡桑德拉的心脏和肺，此时就像是一个白骨栅栏一般，阻隔了人们窥探的视线，莫拉手法娴熟且快速地将肋骨和胸骨构成的屏障打开。

"差不多十五到二十分钟吧，"简回答说，"不过马修恢复心跳了。我今早打电话给医院问过，他还活着，至少现在还活着。"

莫拉又剪断了一根肋骨，简看到弗罗斯特的身体随着这声骨头断裂的响动瑟缩了一下。对莫拉来说，验尸房里的这种景象和气味已经是家常便饭，但对弗罗斯特来说，这里一直属于"活人免进"的地方，他那脆弱的肠胃可是在整个凶案组都出了名的。卡桑德拉的尸体被发现得很及时，只隔了一天，还算是相对新鲜的，但在室温条件下，死尸的味道扩散极快。这一丝丝气味就已经让他脸色发白，此时，他举起手臂捂住口鼻，试图挡住不断袭来的味道。

"统计数据表明，在住院有医疗救助的情况下，一个心脏病患者也只有百分之四十的概率能活下来，而且只有百分之二十的概率可以活着出院。"莫拉一边平板地说着统计学事实,一边清理掉最后几根肋骨,"他醒了吗?"

"没有,他还在昏迷。"

"那就不太妙,他的状况应该不乐观。而且就算科伊尔先生能活下来,也一定会出现缺氧性脑损伤。"

"也就是说,他可能会变成植物人。"

"很不幸,结果确实有可能是这样。"

尸体的肋骨现在已经分开,莫拉将胸廓整个掀开,立刻有液体从中流出,随即散发出浓烈的恶臭。弗罗斯特几乎瞬间就被这气味逼得退后了几步,莫拉却倾身凑过去,仔细打量起尸体胸腔内的器官。

"肺部有水肿,积液较多。"莫拉说着,拿起了一把手术刀。

"这说明了什么?"弗罗斯特有些模糊不清的声音传来。

"非特异性发现。肺部液体过多有很多种原因。"莫拉回答道,抬眼看向她的助手,"吉岛,你能去申请一个加急药物和毒物检测吗?"

"已经申请了。"吉岛平稳的声音传来,他一如往常般高效,"我已经定了全自动免疫定量检测仪和药毒物广筛鉴定检验系统检测,还有气相色谱-质谱仪定量检测,这样基本上能涵盖所有已知药物。"

莫拉伸出双手,深深地插进尸体的胸腔,慢慢将不停滴着液体的肺取了出来。"脏器很重。没有发现明显病灶,只有几处瘀点。同样,非特异性发现。"她将心脏分割出来,放在托盘上,随后用戴着手套的手指检查心脏上的冠状动脉,随即开口说道,"有点儿意思。"

"呃,你对每一具尸体都这么说。"简说道。

"因为每具尸体都讲述着不同的故事,但这具尸体没有任何秘密。颈部解剖和 X 光检测没有发现任何异常,舌骨完整。你再看看,她的动脉这么干净,没有一点儿血栓和梗死的迹象,这就是一颗非常健康的年轻女子的心脏。"

确实,简心里想,卡桑德拉状态很好,身材健美,而且绝不是那种瘦弱到无力还击的女孩。然而她的指甲完好,并没有任何损伤,手上也没有伤痕,没有任何迹象表明她曾受到攻击或进行了反抗。

莫拉继续进行腹部的尸检工作。她有条不紊地检查了肝和脾、胰腺还有肠,但她最感兴趣的是死者的胃袋。她将胃慢慢取了出来,动作轻柔,似乎正捧着一个新生儿,随后将其放到解剖盘中。对于简来说,尸检过程中只有这一步是她最为望而生畏的。不管被害人生前吃了什么,到现在为止,已经是两天前的事了。现在,这里面只有胃酸和部分消化了的食物,它们腐烂在了一起,极度恶心。在莫拉举起手术刀的一瞬间,她和弗罗斯特都微微退了一步。弗罗斯特露在口罩外的眼睛眯起,似乎是在准备承受即将迎面而来的刺鼻气味。

然而,手术刀轻轻划开胃袋后,里面流出来的只有一些紫色的液体。

"你们闻到了吗?"莫拉问。

"我不想闻。"简回答道。

"我觉得是红酒。从这个颜色的深浅来看,应该是浓度高一点儿的,赤霞珠或是仙粉黛红葡萄酒。"

"就这样?以你的能耐,还不能告诉我们是什么年份,什么牌子的酒吗?"简说,随后继续打趣道,"退步了啊,莫拉。"

莫拉仔细检查了胃袋,说:"这里没有任何食物残留,也就是说，她在死前的几个小时里一直没吃东西。"莫拉抬头看向两人，"你们在她的公寓里找到了红酒酒瓶吗？"

"没有。"弗罗斯特回答，"也没有发现用过的红酒杯，料理台上或是厨房水槽里都没有。"

"也许她是在别的地方喝的。"简说，"你说，她有没有可能是在某个酒吧里认识的凶手？"

"那也是在她回家不久之前喝的。液体一般很快就会进入人体的空肠，可是她的胃里还有酒水残留。"

弗罗斯特说："卡桑德拉在下午六点左右离开工作室，只要步行十分钟就能走到她的住处。我会去调查一下附近的酒吧。"

莫拉将胃里散发刺鼻气味的残留物收进一个标本瓶中，然后走到尸体的头部位置。她皱紧了眉头，看着卡桑德拉·科伊尔空洞的眼眶。早些时候，她已经检查过了那两枚被挖出来的眼球，现在它们正泡在装有防腐剂的玻璃标本瓶中，看上去就像是泡在杜松子酒里的两枚怪异的橄榄。

"也就是说，她在回家途中去了别的地方，喝了红酒。"简说，试着将发现的碎片按时间顺序拼凑到一起，"然后，她邀请凶手和她一起回家，或者是凶手尾随她回了家。可是接下来呢，他是怎么杀掉她的？"

莫拉并没有回答，而是再次举起手术刀，从尸体的一只耳朵后面开始，刀尖深入皮肤，直抵头骨，一路划过头顶，然后来到另外一只耳后。

人类辨识度最高的面孔就这么轻而易举地被毁掉了，简看着莫拉将尸体头部正面的皮肤稍微剥离，卡桑德拉漂亮的脸蛋变成了一张松垮的人皮面具，染成黑色的头发此时铺盖在她的脸上，像一幅带着流苏的窗帘。锯子切割骨头的声音响起，打断了所有对话和想法，骨头的粉末扬起，气味四散，简不得不转身避开。起码每个人的头盖骨都是一样的，谁的头盖骨都能被锯开。不管是谁，这样一番下来，脑子里有什么都藏不住。

莫拉掀开头盖骨，露出了里面包含着大脑灰质的亮晶晶的表层。这才是令卡桑德拉变得独一无二的原因。就在这三磅重的器官里，储存了这个人所有的记忆和经历，卡桑德拉所知道的、感受过的、爱过的一切。莫拉轻轻拨开额叶部分，切断连接着大脑的神经与动脉，处理完这些，她才能将整个脑组织从颅底中取出。"没有明显的出血，"莫拉指出，"没有挫伤，也没有水肿。"

"所以就是，很正常？"弗罗斯特问。

"是的，很正常。至少表面上看起来是正常的。"莫拉说着，小心翼翼地将器官放进装有福尔马林的桶中，"这是一名健康的年轻女子，心脏、肺部和大脑看起来都没有问题。她没有被扼喉，也没有被性侵，身上没有任何伤痕或是针孔，没有任何明显的外伤。除了眼睛，那也是在死后被挖出来的。"

"那她到底怎么了？死亡原因是什么？"简问。

莫拉并没有立刻回答，而是沉思了片刻。她盯着泡在福尔马林药水中的大脑看了一会儿。一个没有任何异常的大脑。莫拉抬头看了一眼简，开口道："不知道。"

简口袋里的手机嗡嗡响起。她摘下手套，手伸进防护服里拿出手机，屏幕上的号码她并不认识。

"我是里佐利警探。"她按下了接听键，说道。

"啊，对不起，没能早点儿给您回话。"一个男人的声音响起，"不过我刚从博卡拉顿回来，抱歉啊，这鬼天气。"

"您是哪位？"

"我是本尼·利马，您还记得吗？利马旅行社？您昨晚在电话上给我留了言,问我店里那个监控的事儿,就是朝着尤蒂卡大街的那个。"

"那个摄像头还管用吗?"

"管用的。去年我们还用这个摄像头抓到一个熊孩子,他总朝窗户上扔石子儿。"

两人对话中"摄像头"这个词引起了弗罗斯特的注意,他立刻兴致勃勃地转过头。

"我们需要调取周一晚上的录像。"简说道,"录像现在还有吗?"

"还在这儿,我等您过来。"

9

灰暗的天空落下冰冷的雨,简和弗罗斯特将车停在路边,下车以后,在劈头盖脸的雨水里快步冲进利马旅行社。随着他们关门的动作,响起一阵铃声,告知屋主他们的到来。

"你好?"简招呼道,"利马先生?"

办公室里空无一人。看着室内已经落了灰的塑料飞龙和墙上褪色的游船海报,简推测这里的室内装潢已经有十几年历史了。台式电脑的待机桌面变换着热带沙滩的风景图,在这种灰暗又糟糕的天气里格外诱人,这正是每个波士顿人心向往之的地方。

屋内传来一阵马桶冲水声。片刻后,一个男人从办公室里摇摇摆摆地走了出来。与其说那是一个男人,不如说更像是一座移动的肉山,朝他们缓缓逼近。对方伸出湿漉漉的手表示欢迎。

"你们是波士顿警察局的人吧?"他有些黏糊糊的手握住了简的手,热切地招呼两人,"我是本尼·利马。我本来应该早点儿回电话,但我在电话里讲过了,我也是刚刚回来,从——"

"博卡拉顿。"简说道。

"对,到那边参加我叔叔卡洛的葬礼。丧事办得很大,相当隆重。他在当地退休社区算是个有头有脸的人物。我今早回到办公室才听到你的留言。只要能帮到波士顿警察局,什么事我都愿意效劳。"

"在电话里,您说周一晚上的监控录像还在对吧,利马先生?"弗罗斯特问。

"是啊,不过系统里只存四十八小时以内的录像,你们要看的如果在这段时间里的话,应该还在的。"

"我们想看看周一晚上的全部监控录像。"

"应该都还在的。来这边,我给你们看看这里的设备。"

本尼不紧不慢地在前面带路,步伐悠闲得让人抓狂。几人走到后面的办公室,这里空间更为狭小,仅能勉强容下他们三个。弗罗斯特吸气收腹,勉强从大块头本尼边上蹭过去,坐在了电脑旁。

"系统是三年前装上的,当时一个月里我们就遭了三次贼。倒不是因为办公室里放了多少钱,但那群浑蛋总是把这里的电脑搞得乱七八糟,摄像头后来拍到了一个作案的。说出来你都不敢信,那兔崽子就住在拐角那边儿,小王八羔子。"

弗罗斯特在键盘上敲敲打打,监控摄像画面出现在了屏幕上。摄像头对着尤蒂卡街入口方向,距离卡桑德拉住的地方很近。虽然拍摄范围很局限,图像并不完整,画面分辨率也不高,但这是附近街区里唯一一个可能会拍下线索的监控设备。不管是谁进入或离开尤蒂卡街南端,这个摄像头肯定会拍下些什么。屏幕上此刻显示的是摄像头白天拍到的录像,画面内只有三个路人,根据时间栏显示,拍摄具体时间为周一上午十点。

那个时候,卡桑德拉·科伊尔还活着。

"这是摄像最开始的画面。"本尼说,"一接到你们的消息,我马上点了'保存',所以你们想看的那部分应该还在。"

弗罗斯特按下快进:"我们直接快进到周一晚上看看。"

本尼看着简问道:"这是不是和那个姑娘的谋杀案有关?我

在新闻上看到的,就在这附近。但我们这儿不太可能会发生这种事。"

"这种事在哪儿都有可能发生。"简说道。

"我在这里待了有些年头了。七十年代的时候我叔叔就开了这家旅行社,那时候,人们想出去旅行还很愿意跟人打听打听,也愿意接受别人的指导。我们以前总会帮顾客订好多去中国香港和中国台湾的行程,都是街尾中国城那边的顾客。现在,人们都喜欢上网,不管网上弹出啥乱七八糟的,也都敢试试。这片社区一直很安全,打我记事起,还没听说这里出过杀人案。哦,除了纳普街上发生过一次枪击案。"他顿了顿,又继续说,"还有一个倒霉的家伙在仓库被人揍了。"他再次停住,而后又补充道:"哦,对了,还有一次——"

"好戏开始了。"弗罗斯特说道。

简全神贯注地盯着屏幕,时间栏显示,目前是下午五点过五分。

"你看到什么了吗?"

"还没有。"弗罗斯特回答。

"那个时候啊,我还在博卡拉顿。"本尼说道,"我还留着航空公司的收据什么的,你们要是想看的话我都有。"

简并不想看。她拉过一把椅子,在弗罗斯特身旁坐下。排查监控录像是种漫长且极其消耗脑力的事情,往往要一连几个小时一动不动地盯着无聊的画面,而且只有在非常偶然的情况下,才会中大奖一样有所发现。根据卡桑德拉的三个同事交代,她是在下午六点左右离开工作室的,在那之前,她一整天都在工作室制作《西米安先生》。从工作室到她的住所只有十分钟步行的距离。如果她要从沙滩路拐进尤蒂卡街回家,肯定会经过这个摄像头。

"所以，她到底在哪儿？"

弗罗斯特将视频倍速播放，二倍速下，车子一闪而过，行人们在画面里像定格动画一样快速出现又消失。并没有人进入尤蒂卡街。

"六点半了。"弗罗斯特说道。

"也就是说，她从工作室离开以后没有直接回家。"

"也可能是我们错过了。"本尼说道，仿佛他也成了警察队伍的一员。他就站在简的身后，越过她的肩膀看向屏幕。"也许她是从尤蒂卡街的另一头进去的，就是尼伦街，要是那样的话，我的摄像头可拍不到。"

简丝毫不想听到这样的消息，但本尼说得没错。卡桑德拉很可能已经进入尤蒂卡街了，只不过没有摄像头拍到她。

本尼的呼吸已经喷到了简的脖子上，他呼哧不停的呼吸声让她想到了冬天的流感病毒。她试图忽略本尼的存在，将注意力集中到监控录像上。周一晚上很冷，只有零下九摄氏度。监控画面里的路人为了御寒，全都穿着臃肿的外套，用围巾或是衣领遮住脸，要么就戴了帽子。如果这其中有卡桑德拉，他们真的能认出来吗？简再次倾身向前，身后的本尼也靠得更近，简控制不住地想象，他每一次贴着自己脖子的呼吸都在不断地喷出病毒。

"利马先生，有一件很重要的事情，您能不能帮我们一个忙？"简说道。

"可以啊，当然。"

"我看到这条街上有一家咖啡店。我们俩现在真的需要喝一杯提提神。"

"想要哪种？拿铁？卡布奇诺？他们那儿都有。"

简从口袋里掏出二十美元递给了本尼。"黑咖啡加糖，两杯一样。"

"好嘞。"本尼扯过一件外套穿上,向外挪去。臃肿的外套让他的身躯显得更为硕大,像是一团乌云正滚向门口。"很高兴能为波士顿警察局服务!"

关门声响起,简心里想:希望你越慢越好。

电脑屏幕上,监控录像的时间显示为晚上八点十分,行人渐渐减少。根据时间推断,这时候卡桑德拉应该已经到家了,也就是说,她是从尤蒂卡街的另外一头回去的。真该死,我们错过了。

"有了!"弗罗斯特突然说道。

简立刻回过神,朝屏幕看去,弗罗斯特定格了一个画面。

有两个人影重叠在了一起,正拐进尤蒂卡街。虽然简看不见他们的脸,但从身高和肩膀宽窄看,高一点儿的那个人显然是一名男子。矮一点儿的那个人正依偎向他,头似乎正靠在他的肩膀上。简紧紧盯着这个只能看到一个身体,却有两个头的身影,试图看清他们的样子,但是夜色模糊了他们的脸。

"卡桑德拉身高一米六八。如果这个女人是她,那么这男人至少也有一米八。"简说道。

"时间是晚上八点十五分。"弗罗斯特说,"如果她是在六点离开工作室的,那她这段时间去了哪里?她是在哪儿遇见这男人的?"

简注意到了男人肩膀上挂着的东西:一个背包。她推测里面可能装着什么东西。乳胶手套、外科手术工具,一个变态杀手所需的一切,足够他在杀死被害人后进行诡异的仪式。

一只手突然拍在简的肩膀上,吓得她差点儿从椅子上跳了起来。原来是去买咖啡的本尼回来了。

"嘿，别害怕，是我！你们的咖啡来了。"本尼说着，递给了简一个杯子。

简平静下来，再次坐好，心脏依旧狂跳着。她心不在焉地喝了一口咖啡，立刻被烫了舌头。慢一点儿，不要急。

"就是他吗？"本尼问。

简转头，看向盯着屏幕的本尼，心里想，至少可以排除本尼的嫌疑，再大的外套也藏不住这个像座小山似的男人。"暂且定为案件相关人员吧。"

"而且是在我的摄像头里抓到的！真不错哈！"

但这短短一瞬太过匆忙，摄像头拍到的只是两人的影子快速掠过。"快进。"简说道，"我们看看，能不能看到他离开。"

时间快进到晚上九点，然后是十点。

晚上十一点十分。弗罗斯特盯着屏幕。

"有了。"简轻声说道。男人穿着连帽衫，脸被帽子遮挡住，所以看不清容貌。这次，他的肩膀上依旧背着背包。

"他在晚上八点十五分和被害人一起走进尤蒂卡街。"弗罗斯特说，"晚上十一点十分离开，三个小时之后。"

三个小时，足够他杀害并肢解被害人。不然你在她的公寓待了足足三个小时是为了什么？看风景吗？简回想起卡桑德拉·科伊尔安详地躺在床上，死因仍然未知。吸毒？还是被下毒？你要如何才能说服一个被害人自愿吞下毒药？卡桑德拉知道自己会死吗？

"他的脸藏得严严实实，"弗罗斯特说道，"我们无法判断他的年龄或族裔。我们唯一能推测的，就是性别。这个人是男性，或者是一名健壮的女性。"

"还有别的可以确定的线索。"简说道。

"什么线索？"

"这不是陌生人作案。"简看着弗罗斯特，"卡桑德拉自己把凶手带回了家。"

10

卡桑德拉·科伊尔的葬礼就是一场战争。

简坐在圣安教堂第六排的长椅上，前排坐着的是马修·科伊尔的前妻伊莱恩，旁边就是他的现任妻子普利西拉，从简的位置能够清楚地看见双方眼神之间的刀来剑往。在简的身后，几个女人正聊着马修第二任妻子的八卦，而且并没有要压低声音的意思。

"瞧她那样子，装得好像真的在乎孩子一样。真是命苦啊，这姑娘。"

"马修到底看上她什么了？"

"当然是她的钱啊，还能是什么？不管是她那张脸还是她的信用卡，她全身上下都是用钱堆出来的。"

"可怜的伊莱恩。这么痛苦的时候，居然要和这个女人共处一室。"

简回头看了一眼，两个五十多岁的女人头挨到一起，满脸嫌恶。这两人显然和马修的前妻是一伙的，属于一个闺密团。她们既害怕又鄙视普利西拉这样的女人，害怕她能轻而易举地插足她们的婚姻，勾走自己意志不坚定的丈夫。这个闺密团今天打算全力出击了，有些人甚至在普利西拉进行哀悼者致辞时明目张胆地瞪视着她。对于这场公开葬礼，普利西拉毫不吝啬，她给继女用了上好的紫檀木制成的棺木，棺材闪着幽幽的光，周围装点着大片白色的剑兰。普利西拉轻轻触碰紧闭的棺材，这一戏剧般的短暂停顿就连简也感到有些尴尬，然后，她走到了麦克风前。

"相信你们中的很多人已经听说，马修今天无法前来。"普利西拉开口道，"我知道他肯定想来参加，但他现在还在医院，努力从痛失爱女的哀恸中恢复过来，所以由我来代表我们夫妻二人致辞。我们失去了——这个世界失去了一个美丽又聪颖的年轻姑娘。这足以让所有人心碎。"

一声不屑的声音从身后传来，声音大到过道那边都听得见。简看到坐在普利西拉阵营的弗罗斯特因为这声响动难以置信地摇了摇头。她不禁好奇，弗罗斯特都听到了些什么呢？那边的人现在都黑着脸看向这边这位公然挑衅的女子。

"初识凯西时，她才六岁。我记得那时她是个腼腆的小姑娘，身材纤细，留着一头长发。"普利西拉继续致辞，仿佛没听到教堂里的冷笑。她语气平稳，完全忽视了周遭不和谐的杂音，尽量不去看教堂前排座椅上的"死敌"伊莱恩。

"即便当时我们对彼此还很陌生，但凯西还是伸出手臂，拥抱了我，然后说'现在，我有两个妈咪了'。就是在那个瞬间，我明白，我们将成为真正的家人。"

"真敢说。"简身后的女人再次嘀咕了一句。

花一般年纪的女孩躺在棺材里，她悲痛欲绝的父亲还在病床上生死未卜，而她的亲人们就是这样送她最后一程的——彼此仇视，厌恶。简之前也参加过其他被害人的葬礼。谋杀毫无预兆地发生，在死者突然中断的生命里，还有未化解的仇怨和未说出口的道别。而这些未竟之事将永远无法圆满，痛失至亲的巨大痛苦将在活着的人心中留下无法愈合的伤口。

普利西拉讲完了，重新坐到座位上，接着上台的是卡桑德拉的三位同事和密友。这三人今天一改往常的样子，打扮得整洁得体。两位男士都穿着黑色的西装，打了领带，安贝尔也穿了一条沉闷的黑色长裙，只是她的鼻环在灯光照耀下异常显眼。他们三个像是无意间闯入的迷途旅人，有些手足无措。

安贝尔情绪激动，没办法讲话，本也低头盯着脚。特拉维斯是三人里负责发言的人，但是他也很紧张，在聚光灯下不断地眨着眼睛。

"我们就像《生死剑侠》，凯西就是达达尼昂。"特拉维斯开口道，"她是一个斗士，一个领袖。她勇敢地面对童年创伤，并从中汲取灵感，创作成故事。那才是我们认识的卡桑德拉。我们四个在纽约大学电影学院相识，也是在那时，我们学到，人一生中最痛苦的时光，往往能孕育出最伟大的故事。我们正在制作一部关于这类故事的电影，而就是在这个时候，我们失去了她。"特拉维斯的声音哽住了。他微微停顿，平复自己，安贝尔握住了他的手，本的头垂得更低了。

"如果我们在电影课上学到的是真的，"特拉维斯继续说道，"如果痛苦能够带来最伟大的故事，那我们一定会创作出一个绝佳的故事。我们不知道该如何面对失去你的痛苦，但是凯西，我们发誓，一定会完成你的未竟之事。这部电影是你的故事，你的宝贝。我们绝不会让你失望。"

他们走下台，回到了座位上。

一时间没有任何人上前讲话。

在一片静默里，伊莱恩·科伊尔从座椅上站起来的声音显得格外大。今天卡桑德拉的母亲看起来比四天前镇定了许多。简和弗罗斯特初次见到她时，她还处在失去女儿的打击中，整个人摇摇晃晃，一句话也说不出。而此刻的她，步伐稳健，径直走到讲台上。伊莱恩没有说话，静静地站了片刻，看着台下出席葬礼的人们。普利西拉有着精心调整、看起来青春不老的面容，伊莱恩则是从容地将脸上时光雕琢的痕迹展示给众人，也正是这份从容给人们留下了更深的印象。她的一头黑发间可见一缕缕灰色，她将它们全都梳到了脑后，露出额头。虽然已经走过生命的大半，面孔饱经岁月洗礼，但五十八岁的她满脸坚定，浑身充满力量。

当然，还有浓得化不去的苦涩。

"我女儿不愿意和蠢人为伍。"她开口道，"她只会和那些值得信任的人交朋友，对于忠诚的朋友，她总会加倍回报。"伊莱恩看着三个年轻的电影人，"谢谢你们，特拉维斯，本，还有安贝尔，谢谢你们成为我女儿的朋友。你们知道凯西经历过的困苦。在她处于低谷时，是你们站在她身边，支持她，帮助她。不像是某些不知忠诚为何物的人，只会逃避自己的责任。"伊莱恩说着，看向普利西拉，目光变得凌厉。

简的身后，和伊莱恩同一阵营的女人也开始你一言我一语地表示赞同。

"如果凯西今天能站到这里，她会告诉你什么是真正的爱。她会告诉你，真正的爱不是抛弃一个六岁的孩子。即使之后你花再多的钱，送再多的礼物，都不能粉饰这种背叛。孩子都知道，孩子永远记得。"

"天哪，没完了吗？就没人管管吗？"一个男人悄声抱怨道。

普利西拉站起身，直接走出了教堂。

最后还是牧师出场，小心地控制住了现场的状况。他起身走到讲台上，麦克风却刚好将他与伊莱恩的低语声放大了。

"该让下一位来宾致辞了，好吗，亲爱的？"

"不，我还没说完。"伊莱恩态度坚决。

"是的，但是不如留到下次再说？来吧，我扶你回座位。"

"不，我——"伊莱恩突然激动起来，声音开始颤抖，脸色变得苍白，拼命伸出手去拿讲台上的麦克风。

"来个人！过来帮个忙！"牧师一边从伊莱恩腋下抱住她，一边叫来帮手。伊莱恩的身子被他强行拖抱下讲台，但他依旧没敢松手。

伊莱恩坐在牧师的办公室里，小口喝着加了过多糖的茶。此刻她的面色已经恢复正常，情绪也平静下来。她坚持不坐救护车去医院，人们劝她到急诊室看看，也被她拒绝了。相反，伊莱恩此时板着脸端坐在办公室内，看着牧师往茶壶里添热水。她身后是一个巨大的书架，隐约可见摆得满满当当的书，所讲的无非是劝诫人们同情他人、心怀信仰和慈悲，但在伊莱恩的眼中，这几种情绪显然都不在。

"已经过去一周了。"伊莱恩看着简和弗罗斯特，开口说，"你们到现在还没查到是谁杀了我女儿？"

"我们没有放过任何线索，女士。"简说道。

"那你们查到什么了？"

"首先，我们了解到，您的家庭状况有些复杂。"今天这种爆发的场面也真是让人开了眼。简拉开一把椅子坐下，为了方便与伊莱恩面对面地交流。"我得承认，您对普利西拉可是真不客气。"

"她活该。要是有个女人抢走了你的丈夫，你对她难道会有好话说？"

"如果是我的话，我会觉得这个丈夫本身也有问题。"

"哼，他们都是一路货色。你知道他们是怎么勾搭到一起的吗？"

我也许不那么想知道。

"马修本来是她的会计师，管理她的税务，还有其他很多账目。他心里知道这女人有多少钱，知道从这女人身上能捞到油水，过上更好的生活。就是从那个时候起，马修开始经常出差，去和那女人厮混，而我当时毫不知情，一个人在家带着可怜的小凯西，当时我们孤儿寡母的日子真的很难过。那阵子凯西的幼儿园里有一个小姑娘被绑架了，其他的家长都很不安，马修呢？毫无反应。哦，他可顾不上，他正追在那富婆屁股后头，围着她团团转。"

牧师正提着热水壶往茶壶里添水，听到伊莱恩直白的描述，有些惊讶，手上的动作停住了，脸色通红，转过了身。

伊莱恩看着简，说道："你和普利西拉也聊过了吧，我敢打赌，她跟你讲的肯定和我说的完全不一样。"

"她说你们的婚姻早就出了问题。"简老老实实地回答。

"她当然会这么说，每个破坏别人家庭的小三都这么说。"

简叹息道："我们不是家庭顾问，女士，我们只是想查出杀害您女儿的凶手。您认为凯西的死会不会与您家中积压的这些纠纷有关系呢？"

"我知道她们两个都恨对方。"

"您女儿憎恨普利西拉？"

"一个第三者突然闯入你的生活，抢走了你的父亲。想象一下，那会是什么感觉？换作是你，你不恨吗？"

这对简来说并非什么难以想象的事情。她确实想起了父亲，他曾经有过一段短暂的婚外情，后来发现对方就是个金玉其外的蠢货。简还记得这件事当时给妈妈带来的伤害。现在它已经过去，弗兰克，也就是父亲，重新回归家庭，但对于她的妈妈——安吉拉来说，内心的伤痕真的能被抹去吗？

"如果你们要找的嫌疑人是某个憎恨我女儿的人，"伊莱恩继续说，"那你们真该好好查查普利西拉。"

"还有别的需要我们特别注意的人吗？"弗罗斯特问，"今天来参加葬礼的人不少。这些人您都认识吗？"

"为什么这么问？"

"因为有些时候，凶手会想知道自己有没有被发现，想了解警方已经调查到哪一步了。他们有时会出席被害人的葬礼，看看自己对被害人的家人造成了什么样的打击。他会旁敲侧击问好多问题，以此了解警察的调查方向。"

牧师瞪大了眼睛，看着弗罗斯特："你的意思是说，凶手可能来过这里？来过我的教堂？"

"不能排除这种可能，先生。正因为担心这种可能性，所以我们在教堂入口安了监控摄像头，拍下每个参加葬礼的人的脸。如果凶手真的来过，就会被拍到。"弗罗斯特看向伊莱恩，"您有注意到什么吗？有没有哪个人让您觉得奇怪？像是来错了地方？"

"除了普利西拉的那帮人吗？"伊莱恩摇了摇头，"来的人我基本上都认识，有凯西的同学，还有一些布鲁克莱恩的老朋友，她在那儿长大的。好多爱她的人都来了，送凯西最后一程。"伊莱恩说着，低头看着手中冷掉的茶，忽然厌恶地皱眉说道："感谢上帝，还好我不用看见他！"

"谁？"

"马修。我听说他还在昏迷中,医生判断他情况并不好。"她放下茶杯,杯子与桌子相碰,发出一声脆响。"要是他死了,我是绝对不会去参加他葬礼的。"

"哎,真是温馨的一大家子啊,是不是,弗罗斯特?"两人开车回波士顿警察局的路上,坐在驾驶座的简开口感慨道,"女儿被谋杀,前夫在医院靠设备吊着命,她却只想着另外一个女人的是非。我以为普利西拉已经够难搞了,不过这位,简直绝了。"

"是啊。人怎么可能会对一个前任纠结这么久,这么放不下呢?你算算啊,这都已经多长时间了,他们已经离婚十九年了吧?"

遇到红灯,简停下车,看向弗罗斯特。他也经历过一次痛苦的离异,但似乎一点儿也没有因此煎熬过,现在还可以和前妻一起看电影、吃比萨。要她说,谁是这世上最不记仇的人,那一定是弗罗斯特,他的宽宏与和善常常会让简觉得自惭形秽。一个人是否憨厚可亲,一定与他周围人的影响有关系。从小与两个兄弟一起长大,简深知,朝着胫部猛踢几下可比说漂亮话管用多了。

"你就一点儿都不生爱丽丝的气吗?"她问。

"为什么又要提起爱丽丝?"

"就当我们在讨论'愤怒的前任'这个话题吧。"

"好吧,我当然也生气。"弗罗斯特承认道,"但也只有那么一点儿。"

"一点儿?"

"为什么要带着愤怒过一辈子呢?太不健康了。你必须释怀,然后向前看,像你妈妈一样。她就把自己调整回来了,对吧?"

"是啊,但问题是,我爸也回来了,重新回到她的生活里了。"

"那不是很好吗?他们重归于好了。"

"里佐利家的平安夜晚餐就要开始了,你亲自来看看,就知道他们好不好了。"

"你这是在吓唬我,还是在邀请我?"

"我妈老是问我你什么时候再来我家吃晚饭。对她来说,你不是亲生儿子,却胜似亲生儿子。自从你帮她换了车胎,她就觉得这小伙子真不错。说真的,你来吧,当天会准备很多吃的,多到吃不完的那种大餐。"

"我倒真的很想去,但是平安夜那天我已经有安排了。"

"千万别告诉我,"简瞥了他一眼,继续道,"和爱丽丝?"

"没错。"

简叹气:"行吧。你带她一起来也不是不行。"

"你听听你自己说的话,就是因为这样,我才不能带爱丽丝一起。你对她的态度——她对此一直很敏感。"

"哦,那是因为她对你做过的事。我讨厌看到你被人伤害。她要是再敢那样对你,我就要对她动手了。"

"所以我没办法带她去你家吃饭啊。不过,替我向你妈妈问好,行吗?她人真的太好了。"

简将车停在波士顿警察局的停车场,熄灭了引擎。"真希望我也能找个借口不去啊。你不知道,我爸妈之间那样,晚饭肯定没法好好吃的。"

"不过你别无选择,他们是你的家人,而且还是平安夜。"

"对,平安夜,"简哼一声,"真够开心的。"

11

"我说,那个被挖掉眼睛的丫头到底是怎么回事?"

简皱眉,看向坐在餐桌对面的弟弟弗兰基①,后者正从烤羊腿上割下厚厚的一片肉。母亲在厨房忙了一天,就为了这一餐,现在里佐利家餐桌上琳琅满目的食物都是母亲的劳动成果。羊腿用蒜瓣和其他香料精心腌制,烤至完美的半熟状态。周围摆放着一碗碗迷迭香土豆、杏仁青豆,还有三种沙拉以及自制的小面包。安吉拉坐在餐桌的一头,灯光下,她额头的汗水微微闪光,见证了她在厨房的一番忙碌。百般辛苦只为家人们饱餐一顿,除了他们的赞美她别无所求。

然而,弗兰基要说的居然是这个,一桩谋杀案,还一边切肉一边说,让红色的肉汁犹如血水一般淌了出来。

"这不是现在该说的事情,弗兰基。"简嘟囔道。

"安吉拉,晚餐太棒了。"不愧是安吉拉最贴心的女婿,依旧是加布里埃尔最先开口,他真诚地说道,"你的厨艺越来越好了,每年圣诞节都这么完美。"

"这事都已经过去一周了。"然而弗兰基继续说道,"已经超过四十八小时了,太久了。"他转头看向父亲弗兰克,语气中带

---

① 弗兰基·里佐利在较早的几本小说中设定为简的哥哥,后期为与电视剧贴近,作者对设定进行了修改。

着教诲的意味。他解释道:"爸你可能没听过这个说法,一起凶杀案发生后的头四十八小时是最重要的,案件最有可能在这一段时间被解决。不过都这么长时间了,波士顿警察局连个嫌疑人都没查出来。"

简板着脸,给三岁的女儿瑞吉娜切碎了土豆和青豆,说道:"你知道的,局里规定我们不能谈这个案子。"

"你当然能谈,这里又没外人。再说,新闻上早都报道过了,那丫头被变态搞成了什么惨样。"

"第一,关于被害人眼睛的事情,并不是警察局公开的消息,是有人泄露给媒体了,我现在还在查到底是谁。第二,那不是什么'丫头',她是一名二十六岁的成年女性。"

"是,是。你总计较这些没用的。"

"而你总是不当回事。"简说着,转向安吉拉,"妈,羊腿烤得真好,你是怎么做的,居然还能这么嫩。"

"主要还是看腌料,我去年就把食谱给你了,你忘了?"

"我得回去找找了。不过我做的肯定不如你做的好吃。"

"把人眼球挖出来,凶手肯定有什么深层的心理问题。"弗兰基已经一副无所不知的权威模样,开口说道,"这会让你想,凶手这么做是否有什么象征意义,比如说这人肯定是很介意丫头们——抱歉,是女人们看他的眼神。"

简笑出声:"怎么,你还把自己当成侧写师了?"

"珍妮,"父亲弗兰克开口道,"你弟弟有自由表达观点的权利。"

"就算是在他什么都不懂的领域也可以?"

"我知道我听到了什么。"弗兰基说道。

"听到了什么?"

"被害人的眼睛被挖了出来,放到了她自己手里。"

安吉拉放下手中的刀叉:"今天是平安夜,我们能不能别聊这么可怕的事情?"

"这是他们的工作。"简的父亲说着,将一块土豆塞进嘴里,"我们得习惯听这些。"

"什么时候查案子成弗兰基的工作了?"简问。

"就从他在邦克山学院上犯罪学课程开始。你是他姐姐,应该鼓励他。而且以后他申请的时候,你也应该帮他一把。"

"不过我可没申请去波士顿警察局。"带着几分轻狂,弗兰基不屑地说道,"我已经进入SASS第三阶段了,而且现在看来进展得还不错,相当不错。"

简皱眉:"SASS是什么?"

"你老公知道。"弗兰基看了加布里埃尔一眼。

加布里埃尔一直专注地给瑞吉娜处理食物,将肉切成适合入口的小块。此时终于完成了,他满意地看了一眼自己的成果,随后回答道:"特工选拔系统(Special Agent Selection System)的缩写。"

"不错吧,哈?"父亲弗兰克拍了拍儿子的后背,"咱们弗兰基要做联邦特工了。"

"哎呀,没有没有,还早着呢。"弗兰基说着,谦虚地举起双手,"选拔才刚开始。我过了初试,接下来还有面试,那才是需要我姐夫在局里帮我出力的地方,对不对,加布?"

"问题不大。"加布里埃尔并没有一口答应。他转头看向安吉拉。"可以再给我来一点儿青豆吗?瑞吉娜把那些都吃了。"

"所以我才要关注这些案子的调查进展。"弗兰基说,"比如这丫头眼睛被挖出来了,我想了解一下,这件案子在基层单位的基础阶段是怎么查的。"

"怎么说呢，弗兰基，"简回答道，"我可没什么能教你的，因为我只在基层工作。"

"你这是什么态度？"父亲不悦地训斥道，"你是觉得弗兰基不配和你说这个？"

"这和配不配没关系，爸，这是刑事案件调查，按照规定我不能和无关人员谈论这个。"

"做尸检的是你那个怪胎朋友吗？"弗兰基又问。

"什么？"

"我听别的警察都叫她'亡灵女神'。"

"你听谁说的？"

"我自然有我的路子。"弗兰基朝着父亲挤眉弄眼地说道，"不过要是能和她过一晚，我倒也不介意在停尸房。"

安吉拉推开椅子站了起来。"我到底为什么要做这餐饭？下次我还是直接叫比萨吧。"她推开厨房的门，走了进去。

"呃，不用管她，她等下就好了。"父亲弗兰克说道，"给她几分钟，让她自己冷静下来。"

简放下手中的叉子："可真行啊，你们两个。"

"怎么了？"父亲反问道。

"你和妈最近才和好，你就用这种态度对待她？"

"有什么问题吗？"弟弟说，"他们俩不一直都这样吗？"

"一直都这样就没问题了，是吗？"简放下餐巾，站了起来。

"怎么，你也要来这一出？"父亲问。

"妈现在可能正在给甜点下毒呢，我得去帮帮她。"

厨房里，简看到安吉拉站在洗碗池旁，给自己倒了一大杯红酒。

"给我也来点儿?"简问。

"不用了,我得喝这一整瓶。"安吉拉说完,狠狠地喝下了一大口,"又和从前一样了,珍妮。什么都没变。"

你变了。若是之前的安吉拉,不会将丈夫这几句无心之言当回事,她会在餐桌上坚持坐到最后。但这些话在现在的她听来,如同无数刀刃切到灵魂深处。于是她躲进了厨房,试图用基安蒂红酒麻痹这种痛苦。

"你真的想自己一个人喝?"简又问。

"哦,好吧。给,一起吧。"安吉拉说着,给简也倒了一杯,两人都灌了一大口,随后满足地叹息。

"今天的菜真的很成功,妈。"

"我知道。"

"爸也知道。他只是不知道该怎么表达。"

她们又喝下一口酒。安吉拉轻声问简:"你最近见过文斯吗?"

简顿住了,很诧异安吉拉会提起文斯·科尔萨克。他是一名退休警察,与安吉拉见过几次,两人都很开心。后来弗兰克"浪子回头"挽回了妻子,而安吉拉作为一名天主教徒,觉得自己不应该继续见科尔萨克,于是终止了这段恋情。

简皱眉看着自己的酒,回答道:"嗯,在J.P.道尔餐厅吃午饭的时候,常常能看见他。"

"他看起来还好吗?"

"老样子。"简说谎了。实际上,文斯·科尔萨克看起来糟透了。他像是要把自己麻痹到食物和酒水里,直至死亡。

"他……他又开始约会了吗?"

"我不知道,妈。我们俩没机会聊这些。"

77

"要是他重新开始了,我也不会怪他。他有权这样做,只是……"安吉拉放下酒杯,"哦,上帝啊,我觉得我做错了。我不该放手让他走,而现在一切都晚了。"

厨房门忽然被推开,弟弟弗兰基晃晃荡荡地走进来。"嘿,爸问甜点是什么。"

"甜点?"安吉拉快速抹了一下眼睛,走向冰箱。她从里面拿出一盒冰激凌,递给弗兰基。"给。"

"就这个?"

"怎么,难不成你们还想要火焰冰激凌吗?"

"好了,好了,我就是问问。"

"我还准备了巧克力糖浆。你去给每个人都盛一点儿。"

弗兰基转身走出厨房,半路忽然回身,走到安吉拉身边。"妈,家里终于又和从前一样了,我真的挺高兴的。我是说你和爸,本来就该这样的。"

"是啊,弗兰基。"安吉拉叹息道,"本来就该这样的。"

简的手机响起。她掏出手机,看了一眼来电显示,立刻接通了电话:"我是里佐利警探。"

弗兰基此时就站在一边,完全没有回避的意思,让简有些头疼。这位准特工先生已经自顾自地将自己带入了这件案子里,一双鹰眼紧紧地盯着她讲电话。"我马上到。"简说完挂断了电话。她看着安吉拉,说道:"对不起,妈,我得走了。"

"新案子?"弗兰基问,"什么案子?"

"你真的想知道?"

"当然!"

"等着明天读报纸吧。"

* * *

"只有我一个人这么想吗？我们好像总碰上这种诡异的案件。"弗罗斯特抱怨道。

几个人站在杰弗里斯角的码头上，内港寒风凛冽，吹得人脸上刀割一般的疼。简拉起围巾，盖住早已冻得发麻的鼻子。准确来说，今天不过是正式入冬以来的第四天，港口里已经可以看到小块的浮冰。河水一阵阵有节奏地冲刷着码头下方的基柱，一架喷气式飞机从附近的洛根机场起飞，巨大的引擎轰鸣声暂时盖过了水流声。

"普通的案子大都相同，诡异的案子却各有各的恐怖。"简说道。

"我可没打算就这么过平安夜啊，爱丽丝和我刚刚缓和一点儿，我就得离开。"弗罗斯特低头看着地上的尸体，就是他毁了自己和爱丽丝美好的平安夜。因为他，他们不得不在大晚上来到这个偏僻的地方。"至少这次死因应该很好确定。"

手电光下躺着一个年轻的白人男子，赤裸的胸膛暴露在冬日的寒风中。除此之外，他的穿着十分讲究：羊毛长裤，鳄鱼皮带，翼尖皮鞋。男子面容俊秀，简推测他应该是二十五六岁。这人胡子刮得干干净净，留着一头时髦的金色卷发，梳理得整整齐齐。他的指甲很干净，指甲缝里没有泥，手上也没有老茧。看到这样一个人，你最先想到的应该是一个白领，那种坐在市中心办公室里的商业精英。

而不是光着上身，躺在这么一个寒风肆虐的码头上，胸口还插着三支箭。

车灯闪过，吸引了简的注意力，她转头看去，一辆雷克萨斯停在了警车后面。莫拉·艾尔斯走下了车，她的长大衣在风中像斗篷一样飘荡着。此时的她已经武装了一身黑色的冬衣：长靴，长裤、高领毛衣。很好，很适合波士顿的"亡灵女神"名号。

"圣诞快乐，"简对她说，"给你准备了一份特别的圣诞礼物。"

莫拉并没有回话，全部注意力都集中到了脚边这个男人身上。她摘下羊毛手套，塞到口袋里，随后戴上了一副紫色的乳胶手套。在这样的冷风里，这副手套显然是起不到任何保暖作用的，未等刺骨的寒冷袭来，莫拉已经快速蹲下身，观察着尸体身上的箭。三支箭全部插进了死者的前胸，两支插在左侧胸板上，一支在右侧。三支箭都插得极深，只有一半的箭杆露在外面。

"看来凶手的圣诞礼物应该是一套全新的弓箭啊。"简说道，"可怜，这人成了别人练箭的靶子。"

"到底是怎么回事？"莫拉问。

"是一个保安，巡逻时发现了被害人的尸体。他说三个小时前巡视的时候还没有尸体。这地方比较偏，也没有监控，应该很难找到目击证人，更别提在平安夜这么个时候。"

"这几支箭看起来应该是标准的铝制箭，都有一样的橘色箭翎，随便找一家体育用品店就能买到。"莫拉说道，"三支箭射进身体的角度有些微不同。我没看到其他伤口……"

"这一点让我觉得很奇怪。"弗罗斯特说。

简笑了，问道："你觉得奇怪的只有这一点吗？"

"这男人被射了三箭，都是从正面射过来的。重新搭弓大概要花一两秒的时间，就算只有这一两秒，被害人难道不会转身逃跑吗？但你看他，就好像是老老实实地站在原地，等着别人对他的胸口射出三箭。"

"我认为他的死因并不是箭伤。"莫拉说道。

"这三箭里，肯定有一箭射穿了他的肺或其他器官。"

"当然，根据死者中箭的位置，确实是这样。但看看这个出血量，三处伤口，只有这么一点儿血。你们照一下这里。"简和弗罗斯特依言将手电照到尸体的躯干处，莫拉将手伸到尸体右边腋下，戴着手套的手指按压那里的皮肤。"右边腋下出现淡青色斑痕，而且已经固定了。"她起身迈到尸体左侧，检查左侧腋下，"但是左腋下并没有斑痕。帮我把他侧身立起来，我要看看他的后背。"

简和弗罗斯特一起蹲在尸体旁边。小心翼翼地避开立着的箭杆，将尸体推起，摆成向右侧卧的姿势。透过薄薄的乳胶手套，简感觉到了指尖传来的尸体的冰冷，像是刚从冰箱里取出来的冻肉。她看向被莫拉的手电照亮的尸体的后背，眼睛被冷风吹得有些刺痛。

"尸体被发现后有挪动过吗？"莫拉问。

"保安说他碰都没碰。怎么了？"

"你能看到吧？只有尸体右侧这边有斑痕，这是因为重力。他死后至少几个小时以内都是这样向右侧卧的姿势，血液就会由于重力原因汇聚到这边。但是我们发现他的时候，他是平躺的。"

"所以，他是在别处被杀，然后尸体被藏在车后备厢里运到了这儿？"

"尸斑的状态是这样的没错"。莫拉俯身弯曲尸体的手臂，"四肢刚刚开始僵直。我估计，他的死亡时间在二到六个小时前"

"然后被人运到这儿，放成平躺的姿势。"简低头看着死者胸前的三支箭，橘色的箭翎在风中抖动，"那他胸口这几箭又是什么意思？要是他之前就死了，这又是什么狗屁隐喻。"

"也可能是激愤杀人，"莫拉说道，"凶手在杀掉被害人以后，情感上没有得到足够的宣泄，所以一次又一次地杀掉他，在他胸口插了一箭又一箭。"

"这几支箭会不会还有别的意义？"弗罗斯特说，"你们知道这让我想到了什么吗？罗宾汉，劫富济贫。他的腰带也是鳄鱼皮做的，这东西可不便宜。这人看起来好像不差钱。"

"是啊，不差钱，但最后尸体连一件上衣都没有，就这么光着上身躺在码头。"简说完，转向莫拉，"如果死因不是箭伤，那是什么？"

这时，又一架喷气式飞机从洛根机场起飞。莫拉沉默地站着，警灯蓝色的光映衬着她的脸，她似乎是在等飞机的轰鸣声过去。

"我不知道。"她答道。

12

莫拉不记得上一个这么冷的圣诞节是什么时候了。她站在厨房窗边,手里端着一杯咖啡,看着后院地上结的冰。室外的温度计显示现在是零下十四摄氏度,再加上外面刮着大风,铺着石板的露台像滑冰场一样滑。今早她出门取报纸,就在露台上打了滑,幸亏她及时扭动身体,保持住了平衡,否则就要摔倒了。到现在,莫拉还能感觉到后背的肌肉微微刺痛。这样的天气真不适合出门,而莫拉很幸运,今天真的不用出门。今天是莫拉的同事亚伯·布里斯托在法医办公室值班,她可以好好在家休息一天,补上读书进度,然后享受一个人的宁静晚餐。她早就拿出了一块羊小腿在洗碗池里解冻,还准备了一瓶没开封的阿玛瑞恩红酒。

莫拉重新将杯中的咖啡续满,坐在厨房的料理台前,继续看《波士顿环球报》。报纸的圣诞特辑版内容实在太少了,都没什么好翻的,不过看《波士顿环球报》是她休息日早上必做的事情之一:喝两杯咖啡,吃一个英式松饼,再读报纸。必须是真正的报纸,而不是平板电脑上的像素闪烁。她故意忽视身边喵喵叫个不停的虎斑猫,猫咪在她脚踝处蹭来蹭去,到了它吃第二份早饭的时候了。一个月前,莫拉在一个案发现场发现了这只小猫咪,它独自在那里徘徊。莫拉一时心软,收养了这个贪婪的小东西,给它取名叫"野兽"。然而从收养它的第一天起,莫拉没有一天不后悔的。可是后悔已经来不及了，这只猫显然已经成了她的猫主子，她也早已化身为铲屎官。

她用脚轻轻地将野兽推到一边，将《波士顿环球报》翻到另外一页。昨晚在码头发现男尸的事情还没有见报，不过莫拉读到了关于卡桑德拉·科伊尔谋杀案的跟进报道。

女子死因依旧成谜

一名年轻女子于上周二被发现死于家中，警方认为该案件"疑云密布"。死者卡桑德拉·科伊尔今年二十六岁，本该与父亲共进午餐的她并未现身，她的父亲随后在她家中发现了卡桑德拉的尸体。警方于周三对尸体进行了尸检，但法医尚未查明死因……

猫突然跳上了料理台，一屁股坐在报纸上，屁股的位置正是这篇报道。

"感谢你的点评。"莫拉说着，将野兽抱起来放到地上。它眼神轻蔑地看了她一眼，大摇大摆地走出了厨房。莫拉看着猫走出去，心里想，自己已经到了和猫聊天的地步了吗？从什么时候开始，她变成了孤僻的猫奴老太太，要被一只猫科生物主宰全部生活？其实她本可以不用一个人过圣诞节。她可以开车到缅因州的寄宿学校，看望她的法定被监护人——十七岁的朱利安，也可以邀请邻居一起开个圣诞聚会，再不行还可以去汤厨房做志愿者，或者接受任何一个人的晚餐邀约。

还可以打电话给丹尼尔。

莫拉想起，自己有一年平安夜很想他，无法控制，想着就算是远远看他一眼也好,于是溜进了丹尼尔的教堂,躲在后排座位上,远远地听他庆祝节日。莫拉是一个无神论者,但她愿意听丹尼尔宣讲上帝、爱和希望,然而他们之间的爱以两个人的心碎收场。又是一年圣诞节,此刻站在信众前的丹尼尔会不会在人群中寻找,期待再次见到她?还是说他们两个会像两条平行线,就这样各自变老,彼此的生活再无交集?

门铃响了。

莫拉被那声音吓了一跳,猛然立起身子。她一直在想丹尼尔,所以自然而然地期待打开门看到的也会是他,那个同样期待见到自己的丹尼尔。不然还有谁会在圣诞节的早上按响她的门铃?你好啊,诱惑,我敢不敢开门呢?

莫拉走到门厅,深呼吸,然后打开门。

站在门廊上的并不是丹尼尔,而是一个中年女子,手中抱着一个纸箱。女人裹着一件蓬松的羽绒服,围着羊毛围巾,一顶针织帽拉得很低,盖住了眉毛,只露出了一部分面孔。莫拉可以看到她棕色的眼睛,透着疲惫,还有她在寒风中冻得有些皲裂的脸颊。几缕金发从女人的帽子里逃了出来,正在风中飘动。

"您是莫拉·艾尔斯医生吗?"女人问道。

"是我。"

"她让我把这个交给你。"女人说着,将手中的箱子递给了莫拉。莫拉顺手接过,发现并不是很重,里面的东西随着两人的动作发出撞击的响声。

"这是什么?"莫拉问。

"我不知道。有人叫我把它送到你家。圣诞快乐,女士。"女人说完就走下门廊,顺着结冰的过道离开。

"等等,是谁让你送过来的?"莫拉对着她的背影喊道。

女人没有回答,只是走向一辆停在路肩处的白色面包车。莫拉等不到回答,有些疑惑地看着女人爬上车,接着,车子便开走了。

冷风把莫拉逼回了屋内,她双手捧着箱子,只能用脚关上门,再次感受到箱子里的东西又晃了几下。莫拉抱着箱子来到客厅,将它放到茶几上。箱子顶部用胶带密封着,胶带看上去已经有些褪色风化。乍看之下,上面没有任何标签或线索,无法辨认这到底是来自谁,以及里面装了什么东西。

莫拉走进厨房去拿剪刀,回来时发现野兽已经跳上了茶几,伸出爪子对着箱子左抓右挠,急切地想要钻进去。

莫拉剪开胶带,打开纸箱。

箱子里面是一堆乱七八糟的东西,像是从旧货店捡来的:一块老太太戴的手表,时间显示四点十五分,指针已经不动了;一个装着人造珠宝的塑料袋;一个漆皮手包,表层已经开裂剥落。接着往下看,莫拉翻到十几张她不认识的人的照片,照片拍摄地点各不相同。有的是在一座旧农舍拍的,有的在一条小镇街道上,还有一张是在大树下,拍了人们正在野餐的场景。从照片中那些人的衣服和发型来看,这些照片应该是拍摄于二十世纪四十年代或五十年代。为什么会有人送这样的东西过来?

莫拉继续翻,发现了更多散落的照片。她一张一张地翻看,突然,她的目光定住了,她认出了一张脸,一张让她后脖颈上汗毛倒竖的面孔。手中的照片掉在地板上,像一条毒蛇蜿蜒在她的脚边。

莫拉跑进厨房,拿起电话打给了简。

* * *

"你看到车牌号了吗？"简问，"你还记得别的什么吗？任何能让我追踪那辆车的细节，还记得吗？"

"是一辆白色面包车。"莫拉回答道，在客厅来回踱步，"我只记得这个。"

"旧的还是新的？福特还是雪佛兰？"

"你知道的，我也说不准！所有车在我眼里都差不多！"莫拉喘了口气，瘫坐在沙发上，"对不起，我不该在圣诞节打扰你，但我当时一下子就慌了，也可能是我反应过度。"

"反应过度？"简不可置信地笑了，"谁收到这么一份直接送上门的恐怖圣诞礼物都会慌吧，何况送礼物的人还是个变态连环杀手。她明明被关在监狱，却能给你送出这些东西。不管你慌没慌，反正我是慌了。问题是，阿玛提亚为什么要这么做？"

莫拉看着那张让自己惊魂不定的照片。那是一个黑发女人，正站在一棵枝繁叶茂的橡树下，直直地看着镜头，毫不畏缩。她的白色连衣裙透明如薄纱，显示出她苗条的腰部和纤细的手臂。如果那女人是个陌生人，莫拉会觉得，这张在乡村小路上拍摄的照片很迷人。但她知道那个年轻的女人是谁。她抱住自己，轻轻地说："她看起来和我太像了……"

简翻看着照片，莫拉沉默地坐在沙发上，看着眼前的圣诞树。这是上周她漫不经心地装饰的，圣诞树下还有好多没拆开的礼物，大多是法医办公室的同事们送来的。简送给她的礼物用花哨的紫色和银箔包裹，放在所有礼物的最中间。莫拉本来打算今天早上拆的，然而这个纸箱的到来完全毁掉了节日气息。这箱东西难道是阿玛提亚的某种示好吗？在她扭曲的思绪中，她以为莫拉会想要收到这些所谓的纪念物吗？那是一个可怕的、充满怪物的家庭，莫拉不想与它有半分瓜葛。

现在，这一家子怪物只剩下阿玛提亚了。此刻她正承受癌症的折磨，在痛苦中缓缓死亡。等阿玛提亚死了，莫拉是不是就从他们之中彻底解脱了？是不是就能做一个纯粹的莫拉·艾尔斯了？只是旧金山令人尊敬的艾尔斯先生和太太的女儿。

"老天，这可真是快乐的一家啊。"简说着，看着一张阿玛提亚和她丈夫以及儿子的合影，"妈妈，爸爸，还有小泰德·邦迪①。这孩子长得可真像她。"

这孩子。她弟弟是个杀人犯，莫拉想。她第一次见到他，就是给他做尸检的时候。现在，她再次清晰地意识到，这张照片里的人居然都是她的血亲，是臭名昭著的杀人魔一家。阿玛提亚送这些东西给她是不是为了提醒她，她永远都无法逃避自己的血统，永远都不能忘记她到底是谁？

"她又在玩操控人心的把戏。"简说着，将照片扔回去，"她肯定是把这东西藏起来了，也许是藏到哪个储存柜里了，然后再让那个女人在圣诞节的时候给你送过来，还要保证不能送得太早。可惜你不知道那辆货车的信息。不然我还能查出来送东西的女人是谁。"

"就算你查出来是谁送的，你能怎么做？送一箱子照片又不犯法。"

"这是恐吓。阿玛提亚在跟踪你。"

"躺在病床上跟踪我？"

"莫拉，我知道你肯定很难受，不然也不会打电话给我。"

"我不知道还能打给谁。"

"所以我是你最后的备选？上帝啊，这种时候你应该最先想

---

① 泰德·邦迪（Ted Bundy），美国著名连环杀手，曾谋杀三十余人。此处意指莫拉的弟弟也是连环杀手，相关背景故事可见《替身》。

到我才对。你本来也不应该一个人面对这种事情。还有你现在是什么情况,一个人孤苦伶仃地过圣诞节,只有你和这只傻猫?我发誓,明年我就是拖也要把你拖到我妈妈那儿吃饭。"

"天哪,听起来可真有趣。"

简叹了一口气:"说吧,你想让我怎么处理这箱东西?"

莫拉低头看着野兽,猫咪正在她的腿边蹭她,试图引起她的注意力,乞求食物。"我不知道。"

"嗯,我来告诉你我要做什么。我要让阿玛提亚再也没机会搞这些鬼把戏。她肯定在监狱外面还有人可以使唤。我要把她看得死死的,让她再也不能动你。"

突然间,莫拉想到一件事情,不由得僵住了,脑海里翻腾的想法让她不寒而栗,就连脚边的猫咪也感受到了异样,此时正警觉地看着她。"如果,这些东西不是阿玛提亚送来的呢?"

"还能是谁?她丈夫已经死了,儿子也死了,家里再没有活人了。"

莫拉转头看着简:"我们真的能确定吗?"

13

圣诞节之后的这周其实并不算是假期,除非你和我一样,是做公关营销这一行的。今天整整一天的时间,没一个人回我电话或是邮件。他们对电视名人充满八卦的回忆录不感兴趣,而倒霉的是,这位电视名人是我的客户。不管是卖书还是宣传书,十二月的最后这一周都属于淡季,但我的客户——电视真人秀明星维多利亚·阿瓦隆小姐的回忆录就是在这个时候投入了市场。当然,阿瓦隆小姐的回忆录并不是自己写的,她本人基本上就是个文盲。公司给她找了个靠谱的枪手,叫贝丝,总是交出干净却乏味的稿子,好在她至少能准时交稿。贝丝很讨厌维多利亚,至少传言是这么说的。作为一名图书宣传营销人员,我知道很多内部八卦,这件事几乎可以确定是真的,因为维多利亚本身就特别讨人嫌。我也讨厌她,但我同时也喜欢她"谁他妈在乎你怎么想"的态度,因为这样才有可能在这个世界出人头地。从这个角度来说,我和维多利亚很像。我也不在乎,只是我藏得好罢了。

实际上,我很擅长隐藏。

好比现在,我坐在桌前,一边微笑着,一边在电话里向维多利亚解释为什么不管是广播还是电视台都没有播我们期待的采访栏目。我告诉她,因为圣诞节刚过没几天,现在大家都在吃吃喝喝,没顾得上回我电话。当然,维多利亚,这确实很让人恼火。

是的，维多利亚，大家当然知道你是个大牌。（你的奶子登上了《时尚先生》！你还嫁给了新英格兰爱国者队球员！足足坚持了八个月才离婚！）维多利亚认为都是我的错，出版商才没有对她趋之若鹜。都是我不好，她写的书（其实是贝丝写的书）才没有成堆地摆进巴诺书店。

我依旧保持着脸上的微笑，虽然她已经开始大喊大叫。接电话的时候微笑是很重要的，因为人们能从你的声音里听出来你在微笑，还因为我的老板马克正从他的办公桌那边看着我，我当然不能让他知道这边的真实情况——电话那头的客户此时正在开火，想要轰掉负责她图书宣传的高才生。就算她说我是个没用的蠢货，我也依旧微笑着，直到她愤怒地挂断了电话。

马克问："她生气了？"

"是啊，她以为她的书会登上畅销榜呢。"

马克嗤笑道："他们都这么想。你处理得不错。"

我不知道他是在和我调情还是真心在夸奖我。我们两个都心知肚明，维多利亚·阿瓦隆是不可能成为畅销书作家的。而且我们也都知道，我会为这件事背锅。

我得想办法让她的烂书尽快上几个媒体封面，出几篇新闻报道，就算是八卦专栏也行。我点开电脑屏幕，《波士顿环球报》的网页出现在眼前。这是我刚刚在看的最新消息——不是关于维多利亚的报道，挂了电话她就是个屁。不，我看的是一条头版新闻，报道里说，警方几天前在杰弗里斯角的码头发现一具年轻的男尸。昨天电视上也报道了，上面说死者被射了几箭。警方现在已经知道了死者的名字。

"要不然我们把她的书再推给亚瑟试试吧。"马克说道，"他这个人就是需要我们多推几把。维多利亚回忆录或多或少和橄榄球有些关系,亚瑟的专栏里报道一下也无伤大雅。"

我抬头看向马克:"什么?"

"维多利亚之前嫁给了一个橄榄球运动员。对于体育专栏作者来说,也算是一个角度吧,你觉得呢?"

"不好意思,"我拿起背包,从椅子上站起来,"我有点儿事得出去一会儿。"

"去吧,反正今天也没什么特别的事。但你要是有空的话,记得看看我们发出去的艾莉森·里夫的那本书的媒体宣传——"

没听到他后半句说的是什么,我已经跑到了门外。

14

他们现在知道了死者的身份。躺在尸检台上的是蒂莫西·麦克杜格尔,二十五岁,住在波士顿北角区,是一名会计师,未婚。三支箭的箭头还留在他的身体里,但吉岛已经用断线钳把露在外面的箭杆切断了,只剩下肉里露出来的一点儿金属。即便如此,要在尸体上切开 Y 形切口仍是一个挑战。莫拉的手术刀在胸部划出了一条弯曲的线,以免切到箭矢穿刺的伤口。每一支箭射入的角度已经在 X 光片上显示出来了,很明显,其中一支箭穿入了降主动脉。这肯定算得上是致命伤。

只不过这支箭是在被害人死后被插进胸口的。

这时门被推开,简走进来戴上了口罩。"弗罗斯特不过来了,他又要去被害人妹妹那边。被害人家属有些接受不了。这是有史以来最糟糕的圣诞节。"

莫拉低头看着蒂莫西·麦克杜格尔的尸体,他生前最后一次被人看到是在十二月二十四日的下午,他走出公寓楼,还对着邻居友好地挥了挥手。他本来是要在第二天早上到布鲁克莱恩的妹妹家一起吃早午饭的,但一直没有出现。然后,在杰弗里斯角码头发现男尸的事情登上了新闻,妹妹担心他遭遇不测,于是报了警。

"兄妹俩的父母都已经去世,她只有蒂莫西这一个亲人了。"

简说,"想象一下,二十二岁失去所有家人,一个人孤零零地被留在世上。"

莫拉放下解剖刀,拿起一把手术剪。"他妹妹那里有什么线索吗?"

"她坚持说蒂莫西没有仇人,也从来不惹麻烦,是最好的哥哥。所有人都喜欢他。"

"除了射他这几箭的这个人。"吉岛说道。

莫拉已经将肋骨都剪断,然后提起胸骨。她皱眉看着暴露在外的胸腔,问道:"死者有吸毒史吗?"

"他妹妹说绝对没有。他是个坚持健康饮食的人。"

"在他住的地方有发现毒品吗?"

"我和弗罗斯特把他住的地方翻遍了,就是一个普通的单间,本来也没什么好搜的。没找到毒品,也没有吸毒工具,一包大麻都没有。只是冰箱里有一些红酒,橱柜里还有一瓶龙舌兰。他干净得都要发光了。"

"也许大家都被他骗了。"

"也对。"简耸肩,"你永远不知道真相是什么样的。"

每个人都有秘密,莫拉已经发现了好多这样的秘密。杰出市民死了,苍白无力的手里还攥着儿童色情片;社区里那个所有人眼中的完美人妻,死的时候注射器的针头还插在胳膊上,针筒里是海洛因。蒂莫西·麦克杜格尔肯定也有自己的秘密,而莫拉此时需要解开这其中最为隐秘的一个。

你是怎么死的?

莫拉盯着尸体打开的胸腔,她仍不确定这个问题的答案是什么,虽然从 X 光的拍摄结果来看,死因似乎很明显。而现在死者胸腔内的情况就这样摊在眼前,她可以看到箭尖的位置,可以判断它确实戳破了死者的降主动脉壁。降主动脉是所有流向下半身的血液的主要通道，一旦破裂，在心脏的催动下，血液就会像大炮发射一样喷涌而出。如果这个人死于内出血，她看到的应该是一个充满血液的腔体，但死者胸腔淤积的血显然没有那么多。这就说明，箭射穿死者的主动脉之前，他的心脏就已经停止跳动了。

"我能从你的脸上看出来，有哪里不对劲。"简说道。

莫拉并没有回答，而是伸手拿过解剖刀。她不喜欢这种不确定的感觉，于是心情略微有些急迫地继续解剖。莫拉将年轻男子健康的心脏和肺取出后，进行了初步检查。没有冠心病、肺气肿。死者并不吸烟，肝脏和脾脏也没有任何疾病，胰腺也没有问题，至少这辈子都可以为死者提供足够的胰岛素。

莫拉将胃放在解剖托盘上，用刀划开。从胃袋里溢出一些棕色的液体，带有浓烈的酒精味。她突然僵住了动作，双手拿着刀悬在托盘上方。这让她想起了另一个胃袋，切开后也传出了酒味。

"威士忌。"她说道。

"就是说，他在死前喝了酒。"

莫拉看着简："这有没有让你想起另一个被害人？"

"你是说卡桑德拉·科伊尔？"

"她的胃里有红酒残留，我也查不出她的死因。这两起案件会不会有什么联系？被害人生前都喝过酒，难道和喝酒有关系？"

"我们盘查了卡桑德拉家附近所有的酒吧，只要是步行能到的地方都查过。"

"就没有一个人记得见过她？"

"有一个女侍者说觉得照片上的人眼熟,但她记得那女人是和另一个女人一起喝的酒,不记得有别的男人和她在一起。"

"这两位被害人认识对方吗?有共同的朋友圈之类的吗?"

简思索片刻,说道:"我不记得他们有什么联系。他们住的地方不一样,做的也是完全不同的工作。"她掏出手机,"弗罗斯特应该还和蒂莫西的妹妹在一起,让他问问她认不认识卡桑德拉。"

简给弗罗斯特打电话的时候,莫拉将蒂莫西的胃袋完全打开,里面并没有未消化的食物。被害人最后一次被目击是在一个节日午后,作为一个年轻男性,他很可能在晚饭前见过朋友,和他们喝上一杯。卡桑德拉的胃袋里也没有食物,只有红酒残留。所以,"和朋友小酌一杯"是两起案件的共同点吗?

莫拉看向吉岛,问:"卡桑德拉·科伊尔的毒理分析报告出来了吗?"

"还没到两周,不过我要了加急的。我查查。"吉岛一边说着,一边走向电脑。

简挂断了电话。"蒂莫西的妹妹说她从来没听过卡桑德拉·科伊尔的名字。而且我想不出这两个被害人有什么关系,除了他们都很年轻、很健康,还都在死前喝过酒。"

"他们死后都遭到了毁尸。"

简顿了顿,说道:"嗯,对。都有。"

"有了。"电脑前的吉岛喊道,"卡桑德拉·科伊尔的毒理分析结果里,酒精和氯胺酮[①]呈阳性。"

"氯胺酮?"莫拉走到电脑前,盯着屏幕上的报告,"血液里

[①]氯胺酮(Ketamine),又被称为K粉、克他命。

酒精含量零点四，氯胺酮水平每升两毫克。"

"氯胺酮不是那个——迷奸药吗？"简说道。

"其实是一种麻醉剂，有时候被用作迷奸药。但是我没在卡桑德拉身上看到任何被强奸的证据。"

"所以我们现在知道她的死因了。"简说道。

"不，我们还不知道。"莫拉从电脑屏幕前抬起头，"她并不是死于氯胺酮。她血液里的氯胺酮含量只够麻醉用，足够让一个年轻女性失去行动能力，但还不足以要她的命。"

"也许她中的毒你没有检测到。"

"只要是我能想到的我都申请了检测。"

"那她到底是怎么死的，莫拉？"

"我不知道。"莫拉回到尸检台前，看着蒂莫西·麦克杜格尔，"我也不知道这个男人的死因。现在我们手上有两个完全找不到死因的被害人。"莫拉摇了摇头，"我一定是漏掉了什么。"

"你从不会漏掉任何事。"

"假设凶手用酒精和氯胺酮让被害人失去了行动力，然后呢？他接下来要做什么？被害人已经失去意识，任人宰割。那么他是怎么杀掉他们的？一点儿痕迹都——"莫拉的话音突然停住，然后对吉岛说，"把刑侦多段光源拿出来，先看看他的脸再解剖。"

"你觉得会看到什么？"简问。

"戴上眼镜，我们看看就知道了。"

很多细节在普通光源下，是无法用肉眼看见的，但在法医光源不同的波长下能魔法般地显现出来。苍白皮肤的映衬下，纤维和体液会发出荧光，正常光线下看不到的残留物和印记会呈现深色的斑点。莫拉并不是在毫无目的地碰运气，她知道自己要找的是什么。

也知道应该到哪里找。

"关灯。"她对吉岛说,后者按下了房间灯的开关。

室内变得漆黑。莫拉不断调整光源,变换波长。渐渐地,一些新的细节显现出来。地上一些发丝闪着光,这是几名警察和法医工作人员留下的。手套、防护服和鞋子并不能完全阻挡掉落的头发和纤维,这些就是证据。

莫拉的目光专注在蒂莫西·麦克杜格尔的脸上。

"犯罪现场调查组已经检查过痕迹证据了。"简说道。

"我知道,我在找别的东西。我也不确定会不会有。"她在死者的脸上并没有找到,所以她调整光源位置,照向死者的颈部,然后再一次变换波长,忽视她之前在死者胸口切割时飞溅的深色血液斑点。她要找的东西并不是这样随机呈现的,而是有固定的形态。

果真,就在死者的甲状软骨的位置,一个模糊的条带环形印记出现了,缠绕过死者喉咙,延伸到后脖颈,然后便消失了。

"这是什么鬼东西?"简问道,"是勒痕吗?"

"不是,我检查过他的脖子,没有挫伤,皮肤上没有印痕,并且X光显示舌骨完好。"

"那是什么留下的图案?"

"我觉得这是残留物。黏合剂制造商有时会在产品中加入二氧化钛或氧化铁等材料,我希望能用多段光照出来,果真找到了。"

"黏合剂?你是说,强力胶带吗?"

"有可能,但是这条胶带并不是为了捆住他。看到没有,这个痕迹只在颈部正面出现。贴胶带是为了把什么东西固定到这里,但又不会特别紧,不至于留下挫伤。如果这个被害人的毒理分析报告里也检测到氯胺酮呈阳性,我大概就能知道他身上发生了什么。卡桑德拉·科伊尔也一样。吉岛,开灯。"

简摘下眼镜,皱眉看向莫拉:"你觉得杀死他们两个的是同一个凶手?"

莫拉点了点头,说道:"而且我知道,他是怎么做到的。"

15

蓝眼睛惊讶地看着我,他没想到我会站在他家门口。距离上次我们睡在一起已经过去快两周了,那天我像做贼一样从他家偷偷溜走,之后就再没联系他,一次都没有。因为一个女孩的人生中已经有太多的"应该"和"不应该"了,取悦一个男人是很麻烦的事,我总要优先照顾好自己吧。

所以,我来到了他家门口,因为我需要他。倒也不是非他不可,我只是在看完《波士顿环球报》网站的新闻之后,需要一个人给我安全感。我也不清楚自己为什么会选择他。也许是因为直觉告诉我他很可靠,而且无害,我可以相信他,不必担心他会在背后给我一刀。也可能是因为他对我来说还是个陌生人,所以他不会知道我每天是如何在现实与幻想之间辗转。总之在那个瞬间,我迫切地渴望向一个人索取温暖。他可能也一样。

但他并没有我想象中的热情,没有邀请我进去,而是皱眉看着我,好像我是社区里挨家挨户布道的烦人传教士,一副恨不得立刻摆脱我的样子。

"外面太冷了,"我说,"我可以进去吗?"

"你上次可是连句'再见'都没说。"

"确实,我的做法很差劲,对不起。那段时间我工作上出了一些问题,我过得很糟糕。我本来不是那样的。和你在一起的那个晚上对我来说就像做梦一样，我需要时间思考我们之间发生的事情到底意味着什么。"

他的态度软化了一些，叹息道："好吧，霍莉，进来吧。现在外边得有零下十摄氏度，我可不想害你得肺炎。"

人是不会因为寒冷得肺炎的，但我不想纠正他，于是直接跟着他走进了屋。再次看到他的住所，我依然赞叹不已，这里和我的小狗窝比起来简直是一座宫殿。用我已经过世的妈妈的话来说，埃弗里特是个值得交往的合格对象，一个值得培养的男朋友。可惜，我一开始就搞砸了。他人太好，才没把我扫地出门。他穿着蓝色牛仔裤和一件旧的法兰绒衬衫，看来今天是他的休息日。这是我的机会，尝试弥补我们之前的遗憾。我们两个尴尬地站在原地，沉默地看着对方。我依旧被那双蓝眼睛迷得神魂颠倒。他没梳头发，衬衫还掉了一枚纽扣，但这些不修边幅的细节反而让我觉得很真实。至少这一次，我不用在一个男人面前小心翼翼。

"我想和你解释一下，我那天不告而别的原因。"我先开口，"我们相遇的那天晚上，我见到你的时候甚至觉得无法呼吸。因为情不自禁，所以才那么快就和你上床。到了第二天早上，我觉得很……羞耻。"

他的眼神变得柔和起来："为什么？"

"因为我不是那种女孩。"实际上，我就是那种女孩，不过他不需要知道，"第二天早上我醒过来，就在猜你会怎么看待我。我没办法面对你，感觉实在是很丢人。我爬下床，穿好衣服，然后……"我让话音渐弱，然后坐在他家的沙发上。黑色的皮质沙发很舒服，也一定很贵，反正我是买不起的。

他的另一个加分项。

他坐到我身边,握住我的手。"霍莉,我懂你在说什么。"他轻声说道,"虽然我是一个男人,但我也有同样的感受。一切都发生得太快了,我担心你以为我只是在玩弄你。我不想让你觉得我是那种人渣,我不是。"

"我从来没那样想过。"

他深吸了一口气,然后微笑道:"好吧,那我们重新开始?"他伸出自己的手,"你好,我是埃弗里特·普雷斯科特,很高兴能够认识你。"

我们握了握手,随后都笑了起来。几乎一瞬间,我们之间的不愉快烟消云散了。我感到身上淌过暖流,这次并不是情色的欲望,而是更深沉的东西。这种感觉让我很陌生,像是一种共情。这就是坠入爱河的感觉吗?

"那么,说说吧,为什么又回来了?"他问道,"为什么是今天?"

我低头看着我们两个交握在一起的手,打算实话实说。"发生了一件可怕的事情,我今天早上在新闻里看到的。"

"发生了什么?"

"有个男人在平安夜被杀了,他们在杰弗里斯角的码头发现了他的尸体。"

"嗯,我也听说了。"

"问题是,我认识这个男人。"

埃弗里特瞪大了眼睛,看着我说:"天哪,这太糟了。他是你的朋友吗?"

"不是,我们曾在同一所学校读书,在布鲁克莱恩。但看到新闻的时候,我吓坏了,你懂吗?我告诉自己,每时每刻,什么事都有可能发生。"

他伸出手臂抱住我,我紧紧挨着他。我的脸贴着他柔软的法兰绒衬衫,鼻间传来洗衣液和须后水的味道。这味道让我安心,我感觉自己又变成了一个小女孩,躲在爸爸安全的怀里。

"你不会有事的,霍莉。"他轻声哄着我说。

爸爸之前也总是这样说,我不信,现在依然不信。

我在他的胸口叹息:"没人能保证的。"

"嗯,我能。"埃弗里特伸出一只手,抬起我的下巴,让我看着他。他在观察我,试图弄懂到底是什么让我如此不安。我只告诉了他蒂莫西的名字,但这并不是故事的全部。而他没必要全都知道。

他没必要知道死掉的其他人。

"我要怎么做,你才能感觉好些?"

"做我的朋友就好了。"我深呼吸道,"我现在只需要这个。一个我可以依靠的人。"一个不会问太多问题的人。

"你需要我陪你一起参加葬礼吗?"

"什么?"

"为了你的朋友。他的事让你这么难过的话,你应该去参加葬礼。面对悲伤非常重要,霍莉,这会让你解脱。我愿意陪你一起去。"

带他去参加葬礼当然是有好处的。我可以多一双耳朵去打探消息,收集信息,不管是蒂莫西的死还是警察那边的消息。但坏处也很明显。在萨拉·拜恩的葬礼上,我很早就溜走了。出席凯西·科伊尔的葬礼时,我谎称自己叫萨沙,是凯西的大学同学,因为那里没人认识我。但埃弗里特不同,他知道我的名字,虽然只有这一点儿信息,但也可能让我的谎话变得更复杂。很久之前,有一首诗是这样说的:我们刚刚学会欺骗,就编织出如此混乱的网。现实中情况是相反的，说谎并不会有什么问题，带来麻烦的是真相。

"'君当作磐石'，霍莉，如果你愿意，我可以做你的石头。"他继续说道。

我看着埃弗里特的眼睛，看着他迷人的蓝眼睛里闪烁的坚定。没错，他能派上用场，起码现在他是能的。

"你觉得呢？"他问。

我微笑回答说："我觉得我很愿意。"

但当我们的唇吻在一起时，我突然想到，石头不仅可以供人攀爬，给人依靠，保证安全，它还能将你拖下水，带你沉到波涛深处。

16

"这是在我看来唯一能说得通的死因。"莫拉说道,"只不过,我很难验证。"

莫拉此时正坐在波士顿警察局的会议室里,坐在她对面的是犯罪心理学家劳伦斯·朱克博士,后者的表情没有丝毫变化,莫拉根本看不出他有没有被说服。为了不影响莫拉的陈述,一旁的简和弗罗斯特都保持沉默。莫拉从来搞不懂眼前这人,现在却不得不向他论证自己的猜想。朱克博士是凶案组的熟人了,每次波士顿警察局需要了解罪犯心理时,都会找他咨询。莫拉十分尊敬此人的专业素养,但个人来说,她实在和他亲近不起来。这倒也不怪莫拉,面前这个人冰冷而探究的眼神不像是人类,更像是一个机器人,专门设计来钻研所有出现在他眼前的人,深入他们的大脑,研究他们的想法。

此刻,这双眼睛正盯在莫拉身上。

"有什么证据能够证实你提出的死因吗?"朱克博士问道,眼睛眨也不眨。

"拭子测试显示,被害人颈部的残留物是聚异戊二烯以及一种 C_5 碳氢化合物。"莫拉回答道,"这两种物质都是常用的制作胶带的黏合剂。无机材料是常见的成分,所以在刑侦多段光源下能看到残留物。"

简说:"你可以从他脖子的照片上看到残留物形成的纹样。"她将自己的笔记本电脑转向朱克博士。

朱克眯着眼睛看了看屏幕上的照片:"几乎看不见。"

"但确实是有的。他的脖子上确实有黏合剂残留物。"

"这胶带也许是凶手用来捆绑被害人的。"

"死者脖子上并没有挫伤,也没有划痕,"莫拉又说,"他的手上也没有任何痕迹显示他做出过挣扎的行为。我认为死者在被杀害时已经失去意识了。实验室那边的检测结果显示,他的血液里含有酒精和氯胺酮,和我们在卡桑德拉·科伊尔体内发现的一样。不过含量不足以致死,只能让人失去行动能力。"

"如果不是为了捆住他,那他脖子上的胶带是做什么的?"

"我认为,凶手是为了将什么东西固定在被害人的皮肤上,为了隔绝空气,需要密封。在察觉到被害人脖子上的残留物是黏合剂后,我最先想到的是'天堂之门',不过我说的可不是迈克尔·西米诺的电影。"她顿了顿,想知道朱克知不知道自己说的是什么。

"你是说那个圣地亚哥的邪教组织吗?"朱克问。

莫拉点头,看向弗罗斯特:"'天堂之门'最早被人熟知是在一九九七年。那是一个古怪的鼓吹'新时代'的邪教组织,领导人叫马歇尔·阿普尔怀特,他说自己是上帝的后裔,并告诉自己的信徒,世界将会被外星人毁灭,想要活下去就必须离开地球。那段时间刚好发生了海尔-波普彗星接近地球的事件,阿普尔怀特相信,在海尔-波普彗星的尾巴后跟着外星宇宙飞船,想要接走人类的灵魂。但人类想要登船,就必须放弃他们的躯壳,也就是他们在地球生存的身体。"莫拉停顿一下,继续道,"我想你们应该猜到了这是什么意思。"

"自杀。"弗罗斯特说。

"三十九名邪教成员穿着相同的黑色衬衫、运动裤和耐克运动鞋。他们都服用了足量的苯巴比妥和伏特加,使自己镇静下来,这样他们就不会感到焦虑或恐慌。然后,他们用塑料袋套住头,这些人最后全部死于窒息。"

"在那起案件中,死因十分明显。"朱克说道。

"当然。如果我们发现被害人的头上套着一个塑料袋,那么他的死因就十分明显了,这就是'天堂之门'自杀事件的情况。但如果有人在被害人死后,将塑料袋拿掉了呢?想要证明自杀是一件十分困难的事情,因为这种形式的窒息死亡不会在尸体上留下任何特殊的病理变化。在给卡桑德拉·科伊尔和蒂莫西·麦克杜格尔做尸检时,我只发现了轻微的肺水肿和分散的肺瘀点。如果他们没有被毁尸,我会很难将他们的死归为他杀。"

"你的意思是说,"朱克说道,"有人制造了完美谋杀,但又做出毁尸这种行为,想告诉我们这是谋杀?"

"是的。"

朱克博士在椅子上突然向前探身,冷血动物般的眼睛此时闪烁着兴味盎然的光。"这倒是很有趣。"

"应该是变态才对。"简说道。

"想想凶手传达的信息。"朱克说道,"他是在向全世界卖弄他的聪明,在说'只要我想,我随时能杀人,你们根本抓不住我。但我就是要让你们知道是我做的'。"

"所以他是在炫耀。"简说。

"没错,但是他想炫耀给谁看呢?"

"给我们,这还用说吗?他在嘲弄警察,告诉我们他比我们聪明多了,我们不可能抓到他。"

"你确定他是在和我们对话吗？黑帮暴徒打人之后也会留下联系方式，为的是恐吓对方。"

"在这两起案件里我们没有发现任何与黑帮有关的线索。"简说道。

"那么凶手的信息就可能是留给别人的，一个能够理解挖眼和中箭暗示的人。跟我说说第二位被害人的情况，那名年轻男子。你们说他的尸体是在码头被发现的，但他的死亡地点是在哪里？"

"我们还不知道。被害人生前最后一次被目击是在北角区的公寓楼，时间是下午四点左右，五个小时后，他的尸体被人发现。在他裤子上找到的深蓝色纤维与汽车常用的脚垫材质相吻合，所以他是死后被人用汽车之类的交通工具运到了码头。"

朱克向后倚靠，手指交叉在一起，眯起眼睛思虑片刻，说道："凶手故意将被害人的尸体放到了一个公共区域。他本可以把尸体扔到港口海湾里或是藏在木头后面，但他并没有这样做。他想要人们发现尸体，希望公众注意到这件事。这绝对是他传递的某种信息。"

"正因为如此，我才请艾尔斯医生跟你说说她的猜想。"简对朱克说，"我觉得我们卷入了一个隐晦难懂的心理学陷阱里，希望你能帮我们查清楚，我们要找的到底是个什么样的怪物。"

朱克最喜欢的就是这种案件，莫拉可以看到他在思考问题时眼神里的兴奋。她好奇，什么样的男人会对这么黑暗的事情表现出如此热情？一个人若是想要明白一个杀人凶手在想什么，是不是也要变得同样扭曲与狰狞呢？那这么说来，我又算什么？

"为什么你认为这两个被害人是被同一个凶手杀害的？"朱克问莫拉。

"这在我看来很明显。他们的血液里都有酒精和氯胺酮,两具尸体都找不到明显死因,而且都在死后遭遇毁尸。"

"挖掉一个人的眼球和在一个人胸口插箭是两种完全不同的象征意义。"

"不管在哪一个案件里,能做出这种事的人都是个病态的疯子。"简说道。

"同样,毒理分析里检查出来的微量氯胺酮也并不是那么罕见。"朱克说,"最近的研究称,许多夜店常用它做致幻剂,就连高中生都在用。"

"确实,"莫拉承认,"很常见,但是——"

"再有,两起案件的被害人,一个是女性,一个是男性。"朱克说道,"还有什么能够把他们联系在一起的线索吗?"他看着简,问道:"他们彼此认识吗?有共同的朋友或是工作上的联系吗?"

"据我们所知,没有。"简承认,"两个人住的社区不同,朋友圈子不同,同事不同,从事的工作也不同。"

"网络联系呢?社交网络上?"

"蒂莫西·麦克杜格尔没有脸书和推特账号,所以我们什么也没有查到。"

"我还查了他们的信用卡账单。"弗罗斯特补充道,"过去六个月以来,他们没有同时出现在同一家餐厅、酒吧,连杂货店都没有。蒂莫西的妹妹没有听过卡桑德拉的名字,卡桑德拉的继母也没有听说过蒂莫西·麦克杜格尔。"

"那么,凶手怎么会,又为什么要挑这两个人下手呢?"

面对这个问题,众人都沉默了,没有人知道答案。

"他们的胃里都有酒水残留。"莫拉说道。

朱克博士没有说话，只是在本子上写着什么。听到这话时，他从黄色便笺簿上抬起头，说道："在酒里下氯胺酮，听起来是常见的迷奸案。"

"两位被害人并没有被性侵的痕迹。"莫拉说道。

"你确定吗？"

莫拉直直地回视着他，说道："我给两具尸体的每个孔都做了拭子测试，所有衣服都做了精斑检查，没有任何物证表明被害人遭受过性侵犯。"

"但并不能排除凶手有这个动机。"

"我无法判断动机的存在与否，朱克博士。我只看证据。"

朱克的嘴角微微翘起，扯出一个晦暗不明的微笑，就好像他知道什么关于莫拉的秘密，而莫拉自己毫无察觉一样。他当然知道阿玛提亚。整个波士顿警察局都知道，莫拉的生母因为连环杀人案正在监狱服无期徒刑。难道他在莫拉的脸上看到了阿玛提亚的影子吗？或是在她的性格中？他刚才那了然一笑到底是什么意思？

"我无意冒犯，艾尔斯医生。我知道在你的领域，最看重的是证据。"朱克说道，"但我的工作是去理解，如果杀害他们的真是同一个人，凶手为什么要选择这两位被害人？这两位被害人的状况十分不同，性别、社交群体、居住环境、被毁尸的方式。几周前，弗罗斯特和里佐利警探来找我时，他们想知道我对卡桑德拉案件的看法。对于被害人眼睛被挖的情况，我们对凶手进行了和现在完全不同的心理侧写。"他看向简："我记得你当时管那种做法叫作'不见恶'。"

"当时你也认同我的说法。"简说道。

"因为挖掉眼球是一种象征性极强的做法。同样，它的象征意义也十分特别。凶手之所以选择眼睛，是因为眼球对他们来说代表着什么，而在挖去被害人眼睛的过程中，他们会获得一种性快感。我现在想的是，他为什么接下来要攻击一位男性被害人？为什么完全改变了毁尸手法？"

"所以你的意思是说，这两起案件并无关联。"简说道。

"我还得掌握更多信息，才能认同艾尔斯医生的理论。"朱克合上了笔记本，看向莫拉，"如果你还有其他信息，可以再告诉我。"

朱克博士离开了会议室，莫拉还坐在椅子上，有些无望地看着散在会议桌上的文件。

"说服他比我想得还难。"简说道。

"但他说得没错。"莫拉承认道，"我们没有足够的证据能证明这两起案件是同一人所为。"

"但你查到了这两起案子的关联点，对我来说，这已经足够了。"

"我想不通为什么。"

简倾身说道："因为你从来不会选择相信自己的直觉，你一直看重那个叫证据的讨厌东西。之前你有种直觉，我却没有信你，结果证明你是对的，你看到了包括我在内的所有人都没看到的关键。所以莫拉，这次我选择听你的。"

"我也不确定你该不该这么做。"

"到了这个时候，你可别告诉我说你开始怀疑自己了。"

莫拉将桌上的文件一页一页拾起来。"我们得找出这两个被害人之间的共同点，一个将他们与凶手联系在一起的共同点。"她将蒂莫西·麦克杜格尔案件的现场照片装进文件夹，在合上文件夹封面的瞬间，她愣住了，直直地盯着一张照片。一个记忆中的画面忽然从脑子里浮现,那是一缕穿过彩色玻璃照射进来的阳光。

"怎么了?"简问道。

莫拉并没有回答,她将卡桑德拉尸体的照片拿出来,放到蒂莫西·麦克杜格尔尸体现场照片旁边。两个不同的被害人,一男一女。男人的胸口被插了好几支箭,女人被挖掉了眼睛。"真不敢相信,我之前居然没发现。"她喃喃道。

"你在想什么?可以告诉我吗?"简问她。

"现在还不行,我得再查一查。"莫拉将照片胡乱地抓起来,塞到文件夹里,快步向门口走去,"我得去找人咨询一下。"

"找谁?"

莫拉在门口微微停顿。"还是先不告诉你了。"说完,她大步走出了会议室。

17

他们必须在一个相对中立的环境见面,这是两人都同意的。在公共场所,他们都可以表现得专业一些。当然,绝对不能约在她家,他们已经在那里见过好多次了,太危险,尤其是卧室这样的私人领域,会传递出诱惑的信号。他们也不能在圣母圣光大教堂见面,那里会有教堂的神职人员或教区信众认出他们,进而惊讶地猜想两人的关系。不,这家亨廷顿大道的咖啡馆显然更加合适,也更安全。约定的时间是下午三点,时间也很合适,相对安静。他们可以在此逗留,不会有人注意到他们,也不会有人打扰。

莫拉先到了咖啡馆,选了店里相对僻静的座位,背靠着墙坐下,像一个等待敌人接近的枪手。然而,真正的敌人并非丹尼尔,而是她自己的心。她点了咖啡。即使没有咖啡因的作用,她的脉搏也已经加快。莫拉试图分散一下注意力,于是拿出案件卷宗,重温犯罪现场的照片。她心想,自己真是扭曲啊,只有这些暴力和死亡的场景能够平复她的神经。对她而言,死亡一直是优秀的伴侣。因为它不会提各种要求,不会期待各种好处。

也不会激起任何欲望。

开门声响起,莫拉快速抬眼看去,正是他走进了咖啡馆。他穿着厚重的冬装,还戴了围巾,看上去平平无奇,与那些为了躲避寒冷钻进咖啡店取暖的顾客没什么不同。但对于莫拉来说，丹尼尔·布洛菲从来都不是"平平无奇"的男人。正在摆放餐具的女服务员停下了手中的动作，盯着他走进来。也难怪那位女服务员会失态，他一头黑发，身穿黑色长外套，看上去就像忧郁的希斯克利夫正从荒原大步走来。丹尼尔没有注意到女服务员黏在自己身上的目光。他看到了莫拉，于是径直向她走来，眼神坚定。

"好久不见。"他轻声说。

"也没有很久。上次见是四月吧，我记得。"实际上，莫拉清楚地记得最后一次见面的日期、时间和场景。丹尼尔也一样。

"洛克斯布里·克罗辛。"他接话道，"那天晚上，那个退休警察被杀了。"

犯罪现场是现在两人唯一能碰面的地方。莫拉去查看死者，而丹尼尔神父作为波士顿警察局的特遣牧师，是去关照生者的——安抚那些经历了暴力犯罪后，悲痛欲绝又饱受精神创伤的人。他们有各自的工作，在犯罪现场也没有理由搭话，但莫拉一直都知道他在。即使他们一眼也没有看向彼此，她还是能感受到他就在附近，于是她毫无波澜的理智世界就会出现躁动。

就像此时，她的世界已经倾斜混乱。

丹尼尔脱下外套，解开围巾，露出脖子上的罗马领。这一块无情的白布不过是浆洗过的织物，却可以让两个相爱的人劳燕分飞。

莫拉尽量不去看那块布，开口道："你不再做警局的特遣牧师了吗？我在犯罪现场都没见过你了。"

"我去加拿大待了六个月，几周前才回来。"

"加拿大？为什么？"

"给自己的心灵放个假。这是我自己要求的，我需要离开波士顿一段时间。"

莫拉没有问他为什么要离开波士顿。她可以看到他脸上更深邃的法令纹,以及发间新增的银丝。他要逃离的不是波士顿,而是她。

"接到你电话时我很惊讶。"他说,"上次我们联系时,你叫我再也不要联系你。对我来说这并不容易,我只希望你好,莫拉,我一直都这么想。"

"丹尼尔,我找你不是为了我们两个的事,而是关于——"

"需要我给您上点儿东西吗,先生?"

他们同时抬起头,看到女服务员站在桌边,手里拿着纸笔。

"咖啡就好,谢谢。"丹尼尔说道。

他们两个谁都没说话,看着女服务员给丹尼尔倒上咖啡,又将莫拉的咖啡加热。这个女人会不会好奇为什么他们如此忧郁而沉默地坐在这里?她是否会以为这是一次告解会面,以为莫拉在向一个牧师寻求心灵安慰?还是说,其实她看到并理解了更多呢?

一直等到女服务员离开后,莫拉才开口对丹尼尔说:"我打电话给你,是因为在查案时有一件事我不确定,所以想问问你的意见。"

"什么事?"

"你可以看看这个吗?告诉我你最先想到的是什么。"莫拉一边说,一边将犯罪现场的照片在他面前摊开。

丹尼尔看着这些照片,皱紧了眉头。"为什么要给我看这些东西?"

"被害人叫蒂莫西·麦克杜格尔。就在平安夜,他的尸体在杰弗里斯角的码头被发现。警方直到现在都没有找到任何线索或是嫌疑人。"

"我不知道我能不能帮上你。"

"你先记住这张照片的内容。现在,再来看看这张。"莫拉将卡桑德拉尸体的照片推了过去。那是一张面部特写,照片里的人只剩两个空荡荡的眼眶。丹尼尔盯着照片,莫拉没有出声打扰,等着他的反应,想知道他是否和自己想到一起。终于,他将视线从照片上移开,抬头看向莫拉,眼神里满是震惊。"圣露西。"

莫拉点头,说道:"我也是这么想的。"

"你从来不去教堂,却能认出这个象征?"

"我的父母信奉天主教,而且……"她犹豫了一下,有些不愿意承认自己的秘密,"你可能不知道,但是我去过你的教堂,只是坐在那儿冥想。有时候教堂里只有我一个人。左边最后一排,我常坐在那儿。"

"为什么?你明明不信教,为什么要去?"

"我想离你近一些。就算你不在那里。"

他伸出手,越过桌面,握住了她的手。"莫拉。"

"在我坐的那排旁边,左边的墙上,有几扇特别漂亮的彩色玻璃窗,上面是一些圣人像。我以前会盯着那些窗子看,想着他们的人生,想象他们作为殉道者遭受的苦难。很奇怪的是,我会因此得到慰藉,因为他们的痛苦让我明白我应该珍惜自己的幸运。其中有一扇窗户我记得很清楚,上面的图案是一个男人被绑在柱子上,抬头看向天空,身上插了好多支箭。"

丹尼尔点头:"塞巴斯蒂安,弓箭手和警察的守护神。他是中世纪艺术中最知名的殉道者之一,生前是一名罗马军官,后来改信了基督教。在他拒绝尊敬旧神后,异教徒将他绑在柱子上处决了。"他点了一下蒂莫西·麦克杜格尔的照片,"你认为这是塞巴斯蒂安殉道的再现吗？"

莫拉点头："我很高兴你能看出这个隐喻。"

丹尼尔又点了点卡桑德拉·科伊尔的照片，说道："说说这个被害人的情况吧。"

"二十六岁的女子，被发现死在卧室。她在死后被人挖出了双眼，眼球就放在她的手掌里。"

"经典的圣露西形象，盲人的守护神。她在自己还是完璧之身时决定终身侍奉耶稣，拒绝结婚。为此，她的未婚夫把她投进了监狱，百般折磨她，施暴者还挖出了她的眼睛。"

"一旦你认出这个形象，这些隐喻就变得很明显了。一个被害人身上插着箭，就像圣塞巴斯蒂安；另一个被害人被挖了眼睛，和圣露西一样。"

"波士顿警察局怎么说？"

"我还没告诉他们关于这个隐喻的事情，我想先听听你的想法。你知道所有圣人的历史故事，所以你应该会给出答案。"

"我知道礼拜仪式的日程，也熟悉大多数圣人的生平，但我并不是什么专家。"

"不是吗？我记得你很详细地解释过神圣艺术的肖像。你告诉我，当你看到一个拿着钥匙的老人时，几乎可以肯定它描绘的是圣彼得，他手中拿着的是通往天堂的钥匙；拿着香膏锅的女人是抹大拉的马利亚；穿着破烂衣服牵着羊羔的人是施洗约翰。"

"任何一个艺术史学家都知道这些。"

"但有多少艺术史学家像你一样精通宗教象征呢？也许你还能帮我们找出凶手的其他被害人。"

"还有其他被害人吗？"

"我不知道，也许有，但我们还没意识到他们属于同一模式，而你可以帮我们。"

丹尼尔沉默了。莫拉知道，他在犹豫，因为他们曾经是一对恋人。一年前他们分手了，而他们的心灵创伤并没有痊愈。莫拉现在既期待又害怕，不知他会不会答应自己的请求。

丹尼尔平静地拿起外套和围巾。所以这就是他的答案了，莫拉想，这是个很明智的决定，当然了，他现在离开是最好的。但当他站起身时，莫拉还是觉得一阵难过。到底要到什么时候她才能心如止水地看着丹尼尔·布洛菲，内心再无涟漪呢？显然现在的她还做不到。

"走吧，"他说，"我们教堂再见。"

莫拉皱眉看着他："教堂？"

"如果你真的要向我咨询，那就得从最基本的东西开始了。我在教堂等你。"

有多少次，她蜷缩在圣母圣光大教堂的最后一排独自神伤？她并不是信徒，但她希望可以得到更高权威的指引，在熟悉的事物中寻求安慰。她看着祈祷的烛火在阴影中摇曳，圣坛上盖着华丽的红色天鹅绒，石质的圣母像立在壁龛的宝座上，面带悲悯和慈爱地凝视下方。她已经记不清自己曾多少次注视着彩绘玻璃窗上的圣徒形象，思索着他们所受的折磨。而今天，透过斑斓的窗子，冬日阳光投射在了丹尼尔的脸上。

"我还没抽出时间仔细研究过这些窗户上的玻璃肖像，但是它们很美，不是吗？"丹尼尔和莫拉站在教堂里，欣赏着第一扇窗户，窗户的四角描绘着不同的圣人形象，"我听说这些玻璃彩绘的历史不算久远，不过一百年左右。肖像是在法国绘制的，使用传统工艺,就跟在欧洲中世纪教堂里看到的那些一样。"

莫拉指着左上方的玻璃说:"圣塞巴斯蒂安。"

"是的,"丹尼尔说,"他的殉道方式很好辨认。他经常是一个被绑在柱子上的形象,身上插着箭矢。"

"右上角的那个男人,"莫拉问,"他是哪位圣人?"

"那就是巴塞洛缪,亚美尼亚的守护神。你看到他手里握着的刀了吗?那是他殉道的象征。"

"他是被刀刺死的?"

"不是,他的死可比那惨烈得多。巴塞洛缪是被活活剥皮而死的,因为他让亚美尼亚的国王皈依了基督教,剥皮是对他的惩罚。在一些画作中,他还把自己被割下的皮肤挂在手臂上,像一件血淋淋的斗篷。"丹尼尔苦笑了一下,"毫不奇怪,他是屠夫和制革工人的守护神。"

"左下角的是哪位圣人?"

"那是圣阿加莎,另一位殉道者。"

"她盘子里端着的是什么?像是两块面包?"

"不是面包,呃,确实是面包。"丹尼尔停顿了一下,他不自在的样子引得莫拉皱眉侧目。

"她是怎么殉道的?"

"她的死法特别残忍。圣阿加莎拒绝尊奉罗马旧神,因此受到了很多酷刑。她被迫光脚走在碎玻璃上,被烧红的煤块炙烤。最后,他们用钳子扯掉了她的乳房。"

莫拉盯着玻璃彩绘中盘子里的东西,现在她知道那并不是什么面包,而是遭到肢解的女性的乳房。莫拉摇了摇头:"天哪,这些故事简直了。"

"确实很恐怖,没错,但你不可能从来都没听说过,毕竟你的养父母是天主教教徒。"

"也没有多虔诚就是了。他们的信仰不过就是参加几次圣诞弥撒的程度，到我十二岁的时候，我就不再去教堂了。自那之后很多年，我再也没踏进过教堂一步，直到……"她顿了顿，接着说道，"直到遇见你。"

两个人沉默地伫立着，逃避对方的目光，看向面前的窗户，好像所有问题的答案、所有痛苦的救赎都嵌在眼前的彩色玻璃上。

"我从没停止过爱你，"他轻轻地低语，"永远不会。"

"可我们还是分开了。"

丹尼尔这时转头看着她："说再见的并不是我。"

"我还有别的选择吗？如果你的全部信仰都在这儿，"她说着，用下巴指了指绘在窗户上的四位圣人，还有圣坛和教堂里成排的座椅，"都在这些我没办法相信，以后也不会相信的东西上？"

"科学并不能解答一切，莫拉。"

"不能，当然不能。"莫拉附和道，话语中透露出苦涩。科学无法解释人们为何要选择在爱情中受苦。

"这不仅仅关乎我们两个人的幸福，"丹尼尔说道，"这个教区有很多人依赖我，有很多人在痛苦中需要我的帮助。还有我妹妹。她还活着，过了这么多年还很健康地活着。我知道你不相信奇迹，但我相信。"

"是医学治愈了她的白血病，不是奇迹。"

"如果你错了呢？如果我收回誓言，离开教堂，我妹妹再次发病……"

如果那样，他将永远无法原谅自己，莫拉想着，他也永远无法原谅我。

莫拉深深地叹息:"我来这儿不是为了聊我们两个的事。"

"不,当然不是。"丹尼尔点了点头,再次看向窗户,"你是来和我聊谋杀案的。"

莫拉再次将注意力转到眼前的彩色玻璃上,第四位圣人又是一个选择承受痛苦的女人。这位圣人不需要别人介绍,莫拉也认识,她早就知道圣人的名讳。

"圣露西。"她说道。

丹尼尔点头,说:"手里捧着装有她眼球的托盘。施暴者挖出了她的眼球。"

窗外的阳光突然破云而出,穿过五彩斑斓的玻璃,将教堂点亮。绚烂的彩绘玻璃此时被照耀得如同珠宝般熠熠生辉。莫拉看着窗子上的四位圣人,皱起了眉头。"他们都在这儿,在同一扇窗户里。圣塞巴斯蒂安,还有圣露西。他会不会来过这里,就站在这个位置?"

"凶手?"

"我们现在看到的就像是他眼里的电影脚本,这里有两位是他的被害人:一个身上插着箭的男人,一个被挖去眼球的女人。"

"这扇窗并不是这所教堂特有的,莫拉,这四幅圣人像到处都有,基本上全世界的天主教教堂里都有他们。而且你看,这边还有很多圣人像。"丹尼尔说着走向另外一扇窗,"这是帕多瓦的圣安东尼,拿着面包和百合花;传播福音的圣路加和他的牛;圣弗朗西斯和他的野鸟;这是殉道的圣艾格尼丝和她的羔羊。"

"圣艾格尼丝是怎样殉道的?"

"像圣露西一样,艾格尼丝是一个美丽的姑娘,她选择了基督,拒绝嫁给求婚者,为此受到了惩罚。这个被拒绝的人是罗马统治者的儿子，他非常愤怒，把艾格尼丝斩首了。在绘画中，她经常抱着一只小羊羔，还有标志性的棕榈枝。"

"棕榈枝代表什么？"

"有些植物和树木在教堂里有特殊的象征意义，比如雪松树就是基督的象征，三叶草代表三位一体，常青藤代表不朽。棕榈枝是殉道的象征。"

莫拉走到第三扇窗户前，看到两个女性形象紧挨着站在一起，两个人手上都拿着棕榈枝。"所以右上角的那两个圣人，她们也是殉道者？"

"是的，因为她们两个死在一起，所以经常成对出现。她们都是在改信基督教之后被处决的。看到圣福斯卡拿剑的姿势了吗？那就是行刑的工具。她们都是被剑刺穿，然后被斩首的。"

"她们是姐妹吗？"

"不是，右边的女人是福斯卡的女仆，圣——"丹尼尔的话音突然停住，犹豫着转头看向她，"圣莫拉。"

18

简将一摞文件放在了莫拉的红木办公桌上，和往常一样，莫拉的桌子整洁得不像话。简在凶案组的办公桌则完全不同，看起来更像是一个努力工作的警探的桌子，各种文件和便利贴将桌面盖得密不透风。莫拉的办公桌上，所有物品都摆放得井井有条，看上去像是没人使用一样，桌子上没有一根散落的回形针，也没有一粒灰尘。简的那一摞参差不齐的文件放在这样整洁的桌面上显得极不和谐，几乎是在对着它们的主人大声喊叫着：多少整理一下吧！

"我们一直在研究你的那个说法，莫拉。"简说道，"弗罗斯特和我一直在读殉道圣人的故事，说真的，太硬核了，全是血腥暴力的历史啊。"这般说着，简指了指她带过来的那一摞文件，"这些东西真的会引起极度不适。早知道这样，之前上慕道班的时候我就该多用用心。"

莫拉拿起最上面的一页。"圣阿波罗尼亚，贞洁的殉道者。"她读道，"牙医和牙痛患者的守护神？"

"哦，对，死得很惨的一个殉道者。行刑的人打碎了她所有的牙齿，所以她的形象一般都是拿着一个牙钳。"简用下巴指了指下面的那摞文件，"那里面还有斩首、刺死、石刑、钉死在十字架上、溺死、烧死，还有乱棍打死。哦，还有我个人最喜欢的：肠子被绞车拉出来。如果你要找的是最残忍的虐杀手段，那基本上都在我们的圣人身上实施过了。我们碰上大麻烦了。"

"麻烦？"莫拉的目光从圣阿波罗尼亚的资料上移开。

"也许凶手之前就开始作案了，只是我们不知道他选了哪种毁尸方式，也不能用性别排除被害人，因为他的作案对象有男有女。我们可以将所有被害人被殴打致死、刺死和被斩首的悬案都过一遍，只是太浪费时间了。"

"有几点我们是可以确定的，简。我们现在知道他用氯胺酮制服被害人，然后让他们窒息而死。我们还知道他会在被害人死后毁尸。"

"没错，我们在暴力罪犯逮捕计划里优先筛选了这些特征，查了所有体内发现氯胺酮并遭遇毁尸的被害人。"简摇着头说。

"什么都没有？"

"什么都没有。"

莫拉身体向后，靠坐在皮椅上，手中拿着银色圆珠笔轻轻地敲击桌面。她身后的墙上挂着一个奇形怪状的非洲面具，面具似乎呼应了莫拉此刻沮丧的表情。简曾经问莫拉为什么要在办公室里展示这么多令人毛骨悚然的工艺品，为此，莫拉还给她上了一课，滔滔不绝地讲起马里仪式面具的美丽和象征意义。但当简抬头看到那张面具时，她依旧觉得面前有一头怪物，下一秒就要张牙舞爪地扑过来。

"也许这是他首次作案。"莫拉说道，"还有可能，我们要找的这些细节在尸检的时候被忽视了。并不是每个被害人都能做毒理分析，再说窒息本来就是很难辨认的死因。我一开始不也没看出来吗？这么一想我可真是蠢到家了。"

"听你这么说，不知道为什么，我觉得很舒心呢。"简说道。

"舒心?"

"人无完人,你也有失手的时候。"

"我从来没说过自己是个完人。"莫拉坐直身体,继续看着简拿过来的文件。几十页文件,充斥着教会历史上最恐怖的故事。"这两位被害人有没有宗教方面的联系?"

"我们查过了。卡桑德拉和蒂莫西都在天主教家庭长大,但都不是特别虔诚的信徒。蒂莫西的妹妹说,她都不记得上次见哥哥去教堂是什么时候了。卡桑德拉电影工作室的同事们说她讨厌宗教组织,她的哥特风装扮也契合这一点。我怀疑凶手并不是在教堂盯上这两位被害人的。"

"嗯,但肯定是和宗教有关系的,和这些圣人和殉道者有关系。"

"也许你发现的这些特殊隐喻并不存在,也许和教堂没什么关系,可能就是个连环杀人犯随心所欲的发挥,才把尸体搞成了那个样子。"

"不,我很确定,肯定和教堂有关系。而且不光我一个人这么想。"

简仔细看着莫拉脸颊上浮现的红晕,看到她眼睛突然发亮,透露着一种从未有过的火热。"要我猜,丹尼尔也同意你的看法?"

"他一眼就认出来了。丹尼尔熟知宗教象征,而且他答应帮我们查出凶手的想法。"

"你真的是因为这个去找他的吗?还是有什么别的原因才把他牵扯进来?"

"你以为我是在找借口和他再产生交集吗?"莫拉反问。

"你本来可以随便咨询一个哈佛的艺术史教授,也可以随便找哪个修女问问，或者上维基百科搜一搜。但你并没有，你找了丹尼尔·布洛菲。"

"他已经和波士顿警察局合作了很多年，为人谨慎，而且你知道的，他是个信得过的人。"

"对查案子来说，当然了，他确实值得信任。但是对于你个人来说呢？让他参与进来，真的合适吗？"

"我们之间的事已经过去了，所以我们肯定会保持专业，公事公办。"

"你说什么就是什么吧。我可以问问你有什么感觉吗？"简压低声音问道，"再次见到他。"

莫拉的反应是直接逃避了简的目光。没错，这是典型的莫拉——同往常一样，逃避任何争端，对于任何引起不适情感反应的对话都会感到别扭。简和她是多年的朋友和同事，她们甚至一同面对过死亡，尽管如此，莫拉还是极少让简窥探到她内心深处的脆弱。这个女人的心墙总是高高竖起，不给她任何走进去的机会。

"再次见到他，让我觉得很痛苦。"莫拉终于承认道，"这几个月以来，我一直在克制自己，忍住不拿起电话打给他。"她有些自嘲地笑了一下，"今天我才知道，他这几个月一直不在波士顿。他去了加拿大休息。"

"啊，这个啊，我也想告诉你来着。"

莫拉皱眉看着她："你知道他出国了？"

"他叫我不要和你说。他说他要闭关，本来也没办法和外界联系。我当时认为他这么做很明智，离开这里。而且说实话，我也希望你能走出来，向前看，可以找到下一个对象，一个能让你快乐的人。"简停顿了片刻，接着说道，"但你们之间还没有结束,对吗?"

莫拉低头看着文件。"结束了,已经结束了。"她重复着,似乎是在说服自己。

不,还没有结束,简在心里反驳道。看着莫拉脸上的挣扎,她就明白了,不管对于莫拉还是丹尼尔来说,都还没有结束。

熟悉的手机铃声响起,简低头看去,屏幕上显示来电人是"雪人冻冻"。

"嘿,"简接通电话,说道,"我还在莫拉这里。怎么了?"

"要说男人啊,说不准什么时候就会撞大运啊。"弗罗斯特回答道。

简嗤笑,问:"行吧,敢问佳人芳名啊?"

"我不知道。不过我现在觉得,我们要找的凶手不一定是个男人。"

"最开始我根本没想过凶手会是个女人,所以看这些监控录像的时候才漏掉了她。"弗罗斯特继续说,"毕竟当时咱们还以为这是两起毫不相干的案子,所以我一直没有连着看这两份监控。但后来听到莫拉的推论,我又重新查了一遍监控,想看看出席两位被害人葬礼的人有没有交集。"他将桌上的笔记本电脑调转了方向,面向简。"看看我发现了什么。"

简身体前倾,仔细看着弗罗斯特电脑屏幕上定格的视频画面。六个人的脸面向摄像头的方向,所有人都神情忧郁,穿着冬天最常见的黑色衣服。

"这是在卡桑德拉·科伊尔的追悼会上拍到的。"弗罗斯特说,"摄像头就在教堂入口上方,所以不管是谁,只要进门就会被拍下。"他指着电脑屏幕:"你还记得这两个女人吧?"

"怎么可能不记得?伊莱恩战队。她们就坐在我身后,整场追悼会都在骂普利西拉·卡伊尔。"

"还有这三个。"弗罗斯特又指了指走在那两个年长女人身后的三个熟悉的身影,"卡桑德拉电影工作室的三个同事。"

"就是他们,错不了。那天那么多人,就只有她一个人留着紫色头发。"

"那你再看看这个年轻的女人,就在那几个电影人左边。你还记得在追悼会上见过她吗?"

简凑近屏幕,仔细看着画面中女人的脸。她看起来年纪和卡桑德拉相仿,二十五六岁的样子,她身材苗条,有一头迷人的黑色头发,额前留着厚厚的齐刘海儿。"模模糊糊吧。我可能在人群里看到过她,但当时教堂里有两百多人。你为什么会注意到她?"

"其实我一开始并没有注意到她。我在看这个录像和蒂莫西·麦克杜格尔葬礼的录像时,都着重在看一些男人,根本没关注女人。然后我碰巧把画面暂停,就是这个画面,也碰巧只有这个时候能看清这女人的脸,就在特拉维斯·张肩后,她在向前探头探脑地看着什么。之后摄像头就再没拍到过她的脸,因为她之后就低下了头。现在,你好好记住她的样子。"弗罗斯特将窗口最小化,然后又点开另一个窗口,是另一段监控录像的定格画面,屏幕上依旧充斥着人们忧郁的脸孔和深色的衣服。

"教堂变了。"简说道。

"对,这是在蒂莫西·麦克杜格尔的葬礼上录的。现在,你看这些人正要走进教堂。"弗罗斯特逐帧播放录像,而后停止,"看看是谁,又见面了。"

简盯着女人的黑色头发，心形的脸。"你确定这是同一个女人吗？"

"不是的话就见鬼了。一样的发型，一样的脸。你再看看她戴的方格围巾，颜色一样，图案一样。这就是她，肯定是。不过这次她好像带了一个人。"弗罗斯特指了指站在女人身旁的棕发男人。两人牵着手。

"你在卡桑德拉·科伊尔葬礼的录像里见过这个男人吗？"

"没有，他只在蒂莫西的葬礼上出现了。"

"也就是说，我们终于找到两起案件的关联点了，"简轻声说道，随后震惊地看向弗罗斯特，"居然是个女人。"

19

埃弗里特开始变成一个麻烦。

我早就知道会变成这样。他是那种喜欢与人有情感联系的男人,希望一觉醒来,旁边躺着昨晚和自己上床的女人。从我的经验来看,与我同龄的男人,百分之九十都不喜欢早上醒来看到自己的床上还躺着一个女人。他们宁愿在社交软件上约炮,享受露水姻缘,然后潇洒地走开,不约晚饭,不约会,不用绞尽本来就不多的几滴脑汁去想约会的话题。如今的我们就像是台球一样,短暂碰撞后再各自滚开。多数情况下,我也喜欢这样,不用负责也不会受限。来吧宝贝,我们一夜春宵,然后分道扬镳。

但这并不是埃弗里特想要的。他站在我的公寓门口,拿着一瓶红酒,脸上挂着试探的微笑。"这几天你一直没回我的电话,"他说,"我想着也许可以过来看看你,我们可以聊聊天,或者出去吃晚饭,要么就一起喝一杯也很好。"

"抱歉,不过我最近过得很乱。我正要出门。"

他看着我正在扣上外套,叹了口气:"看出来了,你要去别的地方。"

"其实我还有工作要做。"

"晚上六点去工作吗?"

"不要这样,埃弗里特,我本来就没必要跟你解释这些。"

"对不起好不好,对不起!只是我感觉我们两个之间是有些火花的,但你又变得忽远忽近。是我做错了什么,还是说错了什么?"

我接过了他的红酒,放在门边的桌子上,然后走出房门,来到门廊。"我就是需要一点儿空间呼吸,仅此而已。"我锁上了身后的门。

"我明白,你对独立有要求,你告诉过我,我也喜欢自己的独处空间。"

当然,所以你才站在我的门口,像小狗一样,用楚楚可怜的眼神看着我。这并不是件坏事。一个女孩当然会需要一个忠诚的伴侣,不论对错地宠着她,在床上取悦她。一个借给她钱花、生病时给她煮鸡汤的男人,一个愿意为她做所有事的男人。

甚至是他不应该做的事。

"哦,你看看时间,我真的得走了。"我告诉他,"我得在半个小时之内赶到哈佛书店。"

"去那里做什么?"

"我的一个客户要在店里办签售会,我要去现场保证活动流程顺利。你可以和我一起去,但不能是我的同伴,你要假装成她的粉丝。"

"没问题,这个作者是谁?"

"维多利亚·阿瓦隆。"

他瞪大了眼睛,一脸茫然,这让我对他又多了一些好感。在我看来,任何知道维多利亚·阿瓦隆的人都是白痴。

"她是个真人秀明星,"我解释说,"和卢克·杰科做过短暂的夫妻。"他的脸上再次出现茫然的神情。"你知道那个近端锋吗?新英格兰爱国者队?"

"哦，橄榄球，好吧，所以你的客户写了一本书？"

"反正书上的署名是她。在出版业，就算是她写的吧。"

"你还别说，我真的很乐意去。上次参加书店的签售已经是好久之前了。我去年遇到了一个女人，她写了最权威的布尔芬奇传记，就是那个建筑师。不过当时的场面有些凄凉，整个签售会只去了三个人。"

查尔斯·布尔芬奇的传记，有三个人去已经算是很多了。

"上帝保佑，希望今天晚上现场不要只有三个人。"我一边说道，一边和他走出去，"不然我就要失业了。"

傲慢如哈佛的学子，对于明星的丰乳肥臀也不能免疫。他们成群结队地出现，哈佛书店三楼小演出区的座位爆满，人群还挤到了科技书籍的过道，甚至溢出到弯曲的楼梯上。数以百计的天才，自由世界未来的领袖，膜拜在维多利亚·阿瓦隆脚下。我敢发誓，阿瓦隆曾问我："IQ（智商）怎么拼？"今晚众多的观众显然让维多利亚心情大好。就在上周，她还在电话里对我大吼大叫，因为我没有能力让众多媒体报道她的新回忆录。今晚的她是最迷人的，一直微笑着，不时地扭腰摆臀，伸手抚摸着每一个来要她签名的粉丝的手臂。无论是男人还是女人，都被她迷住了。女人想要成为她，而男人则想要——嗯，不用说我们也知道男人想要什么。

我站在维多利亚的左侧，手中忙着递来递去，将一本本书翻到扉页，再递到维多利亚面前，她用紫色的笔在上面签上夸张而扭曲的名字缩写。此时的男人总是目光灼灼地看着她（维多利亚·阿瓦隆身上确实有很多地方值得被人目光灼灼，因为她的胸都快从低胸衣里面溢出来了），女人则是凑过来叽叽喳喳聊个没完。我的工作就是尽快结束她们的对话，然后将粉丝们送到一边，不然的话，今天就得在这儿待上一整晚。维多利亚应该不介意，因为人越多她越开心，像是个靠吸食别人的爱意生存的吸血鬼，但我急切地想要这个晚上早点儿结束。虽然我在人群中没有看到埃弗里特，但我知道他一定在耐心地等待活动结束。而且，我再次感受到双腿间熟悉的躁动。也许他今晚过来找我是一件好事。伺候这个麻烦的贱人简直让人身心俱疲，性爱可以帮助我好好放松一下。

　　两个半小时后，维多利亚终于和所有粉丝都打过了招呼。她一共签了一百八十三本书，不到一分钟就签好一本，但即使这样，活动结束后还有六十本书没卖出去。维多利亚对这个结果当然很不满意。她要是知足的话就不是维多利亚了，在她的人生中，她就没有一刻是满意的。维多利亚一边在没卖出去的书上签字，一边抱怨活动的地点选得不好（"要不是人们得开车到剑桥这边，肯定会有更多粉丝过来！"）、天气糟糕（"今天晚上冷得要死！"）、活动日期选得不对（"谁不知道今天晚上是《与星共舞》总决赛啊！"）。我一边听着她没完没了的抱怨，一边继续翻开书页，递给她签字。我用眼角的余光可以看到，埃弗里特正在远处看着我，脸上挂着同情的微笑。没错，我就是靠这个吃饭的。现在你知道了吧，我此刻极度需要你带来的那瓶红酒。

　　维多利亚签完了最后一本书，我看到书店的员工正捧着一束花走过来。"阿瓦隆小姐，太好了，您还没有离开。这是刚刚给您送过来的。"

　　一看到花，维多利亚噘着的嘴立刻咧成了亮度一千瓦的微笑。这就是她作为明星的本事，说笑就笑，脸上像是装了开关一样。她需要的不过是人们的爱慕,此刻就在眼前,塑料纸包装的一束玫瑰。

"哦,真好看!"维多利亚看着花,赞美的话脱口而出,"是谁送来的?"

"送货员没有说,但这里有一张卡片。"

维多利亚打开信封,看着里面的手写卡片,皱起了眉头。"欸,这倒是奇怪。"她说。

"写了什么?"

"'记得我吗?'就写了这几个字,也没有签名。"她将卡片递给我,但我并没有看卡片,而是盯着那束花。玫瑰花丛间点缀着几根绿色的枝条,但并不是花店常用来搭配的蕨类植物或是一叶兰。这几根绿色枝条对维多利亚来说毫无意义,因为她是个连绣球花和消防栓① 都分不清的傻子,但这条棕榈枝对我来说意义非凡。

殉道者的象征。

卡片从我指间滑落,掉在了地板上。

"肯定是哪个喜欢我很久的爱慕者送的。"维多利亚说,"真奇怪,他为什么没有署名呢?嗯,也好。"她笑了,接着说道:"女孩子嘛,生活里还是要有些神秘感的。他明明可以直接过来跟我打招呼的。真想知道他现在在哪儿。"

我的目光在书店里四处搜寻,能看到几个女人在书架间游览,三个看起来十分刻苦的年轻人在埋头苦读。还有埃弗里特,他似乎看出了我的惊恐,正皱着眉向我走来。

"霍莉,怎么了?"

"我要回家。"我抓过外套,双手开始发抖,"晚点儿打给你。"

---

① 绣球花英文为 hydrangea,消防栓英文为 hydrant,拼写相似。

20

"疯狂红宝石影业"工作室的门关着,简和弗罗斯特听到里面传来一个女人惊恐的尖叫声。简对此十分无语:"要是这些孩子想知道什么叫真正的噩梦,跟我们混一晚上就够了。"

工作室的门打开了,一脸茫然的特拉维斯·张站在门口看着他们。他还穿着那件印有"尖叫盛宴电影节"的T恤,简和弗罗斯特第一次见到他时,他就穿着这件衣服。特拉维斯显然很久没洗过的头发一簇簇立着,像是某种油腻的恶魔犄角。"哦,嘿,你们又来了。"

"对,又来了。"简说道,"有些东西想给你们看看。"

"呃,我们正在剪辑电影最关键的地方。"

"不会耽误你们太久的。"

特拉维斯有些难为情地看了一眼身后,说:"先跟你们打声招呼,这里有点儿乱。你们也懂吧,做事情太专注的时候,就有点儿顾不上其他的事了。"

看着工作室里的情形,简可一点儿都不想"太专注"地做事情。房间里比上次他们来时还要恶心,垃圾桶里堆满了比萨盒跟红牛饮料罐,放眼看去,到处都是团成一团的纸巾、笔、笔记本和各种电子设备,空气里弥漫着烤煳的爆米花味和臭袜子的酸味。

慵懒地坐在沙发上的是特拉维斯的同事本和安贝尔,从他们灰黄的脸色可以看出,他们已经好几天没出门了。二人甚至没有抬头看看来人,目光依旧锁定在宽屏电视上。屏幕上,一个穿着低胸T恤的丰满金发女郎正拼命地堵住一扇门,试图挡住门外想要闯进来的东西。突然,一把斧头从门外劈了进来。金发女郎开始放声尖叫。

特拉维斯按下了暂停键,将金发女郎的脸定格在了屏幕中。

"干吗呢,兄弟?"本抗议道,"快没时间了。"

"我们想赶在恐怖电影节之前把电影做好。"特拉维斯对简和弗罗斯特解释说,"我们得在三周内把《西米安先生》提交上去。"

"我们什么时候能看看片子?"简问。

"现在还不行。我们还在剪,声轨也还没弄好,还有几个特效得处理。"

"我以为你们的资金已经用光了。"

三个电影人面面相觑。安贝尔叹息道:"我们确实没钱了。所以我们几个都出去借了一些,本把他的车也卖了。"

"你们这帮孩子真的要把一切都赌在这部电影上?"

"不赌在我们自己创作的作品上,还能赌在什么上?"

虽然他们可能会一败涂地,但简由衷地敬佩他们的信心。

"我看了《我看到你了》那部电影,"弗罗斯特说,"片子不赖,本来应该是能卖座的。"

特拉维斯突然兴奋起来:"你真这么想?"

"比我看过的很多恐怖电影都好。"

"当然!我们知道自己能做出和大制片厂一样水平的东西。只要我们坚持住,讲好故事,就算是赌上一切都值得。"

简指了指屏幕上定格的金发女郎："我看她还挺眼熟的。她演过别的电影吗？"

"据我们所知，这是她的第一部戏。"本说道，"不过是长了一张大众脸。"

"标准的性感金发女郎，还有一口整齐的牙。"简说道。

"是啊，她们就是最佳被害人人选。"本顿了顿，说道，"对不起，我这么说可能有点儿恶趣味，尤其……"

"你刚才说，有东西要给我们看？"特拉维斯问。

"是的，有几张照片需要你们看一下。"简张望着，想在屋子里找个空位，放下笔记本电脑。

特拉维斯将茶几上的比萨残渣扫到一边。"放这儿吧。"

简避开一块已经粘在桌面上的芝士，放下电脑，点开了照片文件夹。"这些是卡桑德拉追悼会录像的截图。我们当时在教堂入口安了摄像头，把参加葬礼的人都录下来了。"

"你们全拍下来了？"安贝尔问道，"太变态了吧，在别人不知道的情况下录像，有点儿像'老大哥正在看着你'[①]。"

"这是凶案组查案。"简将电脑屏幕转向他们，"你们认识这个女人吗？"

三个电影人都挤在电脑屏幕前，简立刻闻到一股强烈的霉味和脏衣服的味道。她想起弟弟在家开派对的时候，地上放满了睡袋，一群半大的青少年歪歪斜斜地躺了一地。

安贝尔眯着眼睛，透过黑框眼镜仔细看着屏幕上的照片。

"我不记得见过她，不过当时人太多了，而且我一去教堂就有点儿不自在。"

---

① 出自小说《一九八四》。

"为什么?"弗罗斯特问。

安贝尔看了他一眼,说道:"我总害怕自己犯了什么错,然后上帝会打雷劈死我。"

"嘿,我好像见过这个女人。"本说道。他身体向前倾,手指无意识地摸着下巴上长了一周的胡子茬儿。"她和我们隔着一个过道,坐在另一边。我记得我盯着她看了好一会儿。"

安贝尔对着他的肩膀打了一下:"你就这德行。"

"不,不是的,我盯着她看是因为她的脸很有趣。我总喜欢观察别人,看这人是不是上镜。而且你们看,她颧骨很漂亮,脸型也很棒,很迷人,头也很大。"

"头很大。"简说道,"那算优点吗?"

"哦,是优点,较大的头部在画面里更能够吸引注意力。天啊,我想知道她会不会演戏。"

"我们都不知道她是谁,"简说道,"所以想问问你们认不认识这个人。"

"我那也是第一次见她,"本说,"在凯西的葬礼上。"

"你确定没在别的地方见过她吗?她来过你们的工作室吗?和卡桑德拉有来往吗?"

"没有。"本看了一眼他的两位同事,他们也都摇头。

"这个女人有什么问题吗?为什么要问起她?"特拉维斯问。

"我们想查一查这个女人和卡桑德拉之间有什么关系,为什么她会出现在葬礼上。卡桑德拉的继母不认识她,她的邻居也不认识。"

"这很重要吗?出席陌生人的葬礼又不犯法。"安贝尔说道。

"不犯法,但很奇怪。"

"当时参加葬礼的人那么多,为什么你们只调查她?"

"因为她还出现在了别的地方。"简点了一下键盘,这个神秘的女人出现在了另外一张照片里。这张照片是在冬日上午的冷光中拍摄的,光线非常强。

"又是她。"安贝尔说道。

"不过图片背景不一样了,光线也不一样。这不是同一天拍的。"本指出两张照片的不同。

"没错,"简说道,"这是监控在另一个葬礼上拍下来的。注意看,这次我们的神秘女郎身边还有一个男人,和她手牵着手。你们认识这个男人吗?"

三个电影人都摇头表示不知道。

"这个女人到底是怎么回事?她就喜欢随机参加别人的葬礼吗?"本问。

"我认为她不是随机选择的这两个葬礼。第二个葬礼是另外一起谋杀案的被害人的。"

"哦,哇哦。她是个杀人犯吗?"本再次看了看身边的同事,"这和我们那个《再杀她一次,山姆》一模一样啊。"

"什么?"弗罗斯特问。

"几年前我们参与拍摄了一部电影,是一个在洛杉矶的兄弟制作的,讲的是有一个哥特风的女孩子,喜欢随机地参加各种葬礼。后来,她撞见了一个杀手。"

"卡桑德拉也参与了那部电影的制作吗?"

"我们四个都去了,不过只负责那个制作组的一小部分工作。电影情节也不是很特别,现实中确实有人喜欢参加陌生人的葬礼,他们会借着葬礼发泄自己的痛苦,或者喜欢身处某个集体的感觉。还有的人迷恋一切与死亡有关的事情。也许这个女人也是,一个根本不认识卡桑德拉的怪人。"

简看着从视频中截取的年轻女子的脸。黑发,美丽,无名。"我想知道她为什么会出现在葬礼上。"

"谁知道呢?正因为如此,我们才喜欢做恐怖电影啊,警探。"特拉维斯说,"生活里总有无限可能。"

21

殉道者圣波利卡浦被绑在一根木桩上，火焰炙烤着他的皮肤，吞噬他的肉体，而他只是虔诚地凝视着天空。在这幅全彩插图中，波利卡浦既没有求饶也没有尖叫，只是安静地被活活烧死在柴堆上。不，不仅是安静，他甚至是在欢迎这种痛苦，因为这能将他带向救世主的怀抱。简研究着波利卡浦死亡的画面，想起了有一次她在炸鸡时被热油溅到身上的感觉。她想象着，若是将那次灼伤的痛苦放大几千倍，火焰点燃她的衣服和头发，她肯定不会像圣波利卡浦那样，不会以一种幸福的表情凝视天堂。她会拼了命地尖叫。

够了。简翻到下一页，映入眼帘的是另外一个殉道者，不过换了一种惨烈的殉道方式。这幅彩色插图描绘的是福尔米亚的圣伊拉斯谟，他浑身浴血地横躺在桌子上，行刑者剖开他的肚子，将他的内脏掏出，还将他的肠子缠在绞车上。

女儿的卧室传来瑞吉娜咯咯的笑声，她爸爸加布里埃尔正在给她读睡前故事，突如其来的欢快笑声让这本《殉道者之书》变得更加诡异而恐怖。

门铃声响起。

简仿佛得到了解脱般，立刻放下了手中令人倍感不安的插画集，走出厨房去迎接来访者。

七个月没见,丹尼尔·布洛菲神父更消瘦、更忧郁了。他的面孔让简想起了她刚刚看过的殉道者,丹尼尔也是一个甘愿拥抱痛苦的男人。

"谢谢你能过来,丹尼尔。"简说道。

"我也不确定能不能帮得上忙,但我愿意试试。"丹尼尔将外套挂起来,又听到瑞吉娜的卧室传来一阵欢笑声。

"加布里埃尔在哄她睡觉,我们去厨房谈吧。"

"莫拉也在吗?"

"不,只有我们两个。"

简不确定听到这句话以后,丹尼尔脸上的表情到底是失望还是松了一口气。她领着丹尼尔来到厨房,桌子上铺满了各种书籍和文件纸张。

"我一直在读一些圣人的故事,"简说道,"我知道,这些东西我早该了解的。我还能说什么呢?我是个慕道班中途退学的学渣。"

"我还以为你不相信莫拉的看法。"

"我现在也没有完全相信,但我学聪明了,不能不听她的话。因为大多数情况下,她都是对的。"简对着桌子上卡桑德拉·科伊尔和蒂莫西·麦克杜格尔的案宗点了点头,"现在的问题是,我还没找到将两个被害人联系在一起的关键。我们只发现了一个不明身份的女人,她出席了两个被害人的葬礼,除此之外,没有别的线索。他们没有共同的朋友,住在不同的地方,工作在不同的领域,读了不一样的大学。但他们血液里都有氯胺酮和酒精,死后都遭到毁尸。根据这些毁尸方式,莫拉认为凶手应该痴迷于天主教传说。所以我请你过来咨询这些事情。"

"因为对你们来说,我是个研究圣人和殉道者的专家?"

"你还熟悉艺术作品中的宗教象征。莫拉是这么和我说的。"

"我这一辈子大多数时间都被神圣艺术包围着,所以不知不觉地也就懂了一些图像学方面的事。"

"那你能再看看这些在犯罪现场拍摄的照片吗?"简将自己的电脑滑到丹尼尔面前,"告诉我,你有没有什么新发现。只要是能联系到凶手意图的,什么都行。"

"我和莫拉讨论过这些照片的细节。难道她不应该和我们一起研究吗?"

"不,我更想听听你个人是怎么想的。"简轻声补充道,"这样对你们两个人来说,就没有那么复杂了,你不觉得吗?"

简看到丹尼尔脸上闪过的受伤的表情,她刚刚的话似乎是朝着他的胸口插了一刀。他向后靠在椅背上,点了点头。"她打电话给我时,我还以为我们都已经走出来了,可以各自向前,做普通朋友。"

"在加拿大的闭关有用吗?"

"没有,那段时间更像是一种麻醉状态,一次长久的休眠。那六个月我让自己变得麻木,感受不到任何东西。但是当她打电话给我,再次见到她以后,我好像突然醒过来了,痛苦又回来了,一点儿都没有减少。"

"我很抱歉,丹尼尔,对于你们两个的事,我真的很遗憾。"

卧室那边再次传来瑞吉娜的声音,喊着:"晚安,爸爸!"简看到丹尼尔轻轻微笑,不禁好奇他有没有后悔过没有结婚,没有生孩子?他有没有想象过,如果没戴上那个罗马领,他将会过上怎样的生活?

"我希望她幸福,"他说道,"对我来说,没有比这个更重要的了。"

"你的誓言更重要。"

他的眼神充满忧虑，看着简，说道："在我十四岁的时候，我对上帝发誓，我请求——"

"我知道，莫拉跟我讲过你妹妹的事情。她曾患有儿童白血病，是吗？"

丹尼尔点头。"医生说已经是晚期。她那时才六岁，我能为她做的只有祈祷。上帝回应了我的祈祷，到了今天，索菲亚还健健康康地活着。她还收养了两个可爱的孩子。"

"你真的相信，你妹妹能够活下来只是因为你和上帝做了交易吗？"

"你不会懂的，你不是信徒。"

"但我相信，我们要为人生里的每个选择负责。你已经做了你的选择，基于你十四岁时的判断这似乎是正确的做法，但现在呢？"简摇头，"上帝真的这么残忍吗？"

简的话一定刺痛了他，因为丹尼尔陷入了沉默。他安静地坐在那里，手放在那本关于圣人和殉道者的图解书上。丹尼尔又何尝不是一位殉道者呢？他接受了自己的命运，就如同圣波利卡浦接受了燃烧自己的火焰。

沉默中，加布里埃尔走了进来，他走进厨房，看到了丹尼尔此时正一脸挫败地瘫坐在椅子上，于是疑惑地看向简。作为一名经验丰富的探员，加布里埃尔对于犯罪现场十分熟悉，正如现在他立刻意识到他们家厨房里刚刚发生的，绝不仅仅是讨论案情这么简单。"都还好吗？"他问。

丹尼尔抬起头，看到加布里埃尔时吓了一跳。"我恐怕帮不上什么忙。"

"这种猜想挺有意思的，对吧，你不觉得吗？一个对宗教象征痴迷的杀手。"

"联邦调查局也参与这个案子的调查了吗?"

"没有,我只是一个对案件感兴趣的警察家属而已,简什么都没和我说。"

简被他逗笑了。"要是夫妻之间连这么有趣的谋杀案都不能分享,那结婚还有什么意思?"

加布里埃尔对着笔记本电脑点了点头,说道:"你是怎么想的,丹尼尔?你觉得波士顿警察局有什么遗漏的吗?"

"案件里的象征意义很明显。"丹尼尔说着,有些心不在焉地点了点屏幕上的犯罪现场照片,"这个年轻女人被毁尸的方式,似乎代表着圣露西。"他忽然停住了话音,看着卡桑德拉家厨房的照片,照片中厨房的料理台上摆放着一个插着鲜花的花瓶。"而且如果你们要找宗教符号的话,在这束花里能看到很多。白百合代表纯洁和童真,红玫瑰象征殉道。"他再次顿住,"这些花是哪里来的?会不会是凶手——"

"不,这是被害人父亲送给她的生日花束,所以你在花里看到的这些象征都只是巧合。"

"她在自己生日这天被杀?"

"不,是她的生日的三天后,十二月十六日。"

丹尼尔盯着那束花,它意味着这个女孩只能再活两天了。

"第二个被害人是什么时候被杀的?"丹尼尔问,"那个年轻的男人?"

"十二月二十四日。为什么问这个?"

"他的生日是什么时候?"丹尼尔抬头看向简,她能够在他的眼里看到一丝晶亮的火花。加布里埃尔也感受到了厨房里突然变得紧张的气氛,他加入两人,一起坐在桌子前,眼睛盯着丹尼尔。

"我找找尸检报告。"简说着,在文件夹里快速翻找起来,"找到了。蒂莫西·麦克杜格尔,出生日期是——"

"一月二十日?"

简抬头看着他,满脸的惊疑,轻轻地说道:"没错,一月二十日。"

"你是怎么知道他的生日的?"加布里埃尔问。

"在教会的年历上,每位圣人都有专属的宗教节日,专门祭奠这位圣人。一月二十日,我们纪念圣塞巴斯蒂安,他的艺术形象是身体被箭刺穿。"

"圣露西呢?她的祭奠日是哪一天?"简问。

"十二月十三日。"

"卡桑德拉·科伊尔的生日。"简一副恍然大悟的样子转向加布里埃尔,"就是这个!凶手是根据被害人的生日选择的毁尸方式!但他怎么知道被害人的生日呢?"

"驾照,"加布里埃尔说道,"去酒吧的年轻人几乎都会被要求查看证件,而且这两位被害人的胃里都有酒精。所以说,你在找的可能是酒保、服务员……"

"蒂莫西·麦克杜格尔身上被插了好几支箭,"简说道,"难道凶手会随身带着几支箭,就为了守株待兔等着有一月二十日生日的被害人凑巧送上门来?凶手必定提前就做好了充分的准备。再想想那些圣人的殉道方式,被石头砸死、被剑刺死、被砍死、被钳子夹,还有一个男人被用木鞋活活打死。"

"特伦特的圣维吉留斯,祭奠日是在六月二十六日。"丹尼尔说,"在艺术作品里,他总是怀抱着杀死他的木屐。"

"行吧,所以我的意思是,凶手不可能在自己车的后备厢里备着一双木头鞋，随时等着碰上一个生日是六月二十六日的倒霉鬼。不会的，凶手一定是有准备的，事先挑好了被害人，然后再准备相应的工具。也就是说，他有渠道知道被害人的生日。"

加布里埃尔摇了摇头。"那样的话，你们得撒一张好大的网才能找到他。人们的生日是很容易查出来的，员工资料、医疗记录，甚至在脸书上也能查。"

"不过至少我们找到了他的行为规律！毁尸方式是根据被害人的生日决定的。这样，要是他之前犯过案，我们就能在暴力犯罪逮捕计划里追踪到。"简在笔记本电脑上点开了另一份文件，将屏幕转到丹尼尔面前，"好了，我现在要交给你一份新的任务。"

"这是什么文件？"丹尼尔问。

"去年新英格兰地区所有没破的凶杀案。我和弗罗斯特把被害人死后尸体遭到毁坏的案件都筛选出来了。在排除死于枪杀的被害者之后，还剩下三十二个被害人。"

"你知道他们的生日吗？"丹尼尔问。

简点头说道："应该都在后面附件的尸检报告里。你知道教会年历，现在你来看看这些被害人遭到的毁尸方式、生日，和哪个殉道者的情况一样。"

丹尼尔开始一个接一个地慢慢检查名单上的被害人，简站起身，重新煮了一壶咖啡。今天晚上将十分漫长，但即使没有咖啡因的作用，简的脉搏还是兴奋地加速了。我们找到了，她心里想，识别凶手早期被害人的关键所在。只要再找到任何一个名字，或是任何一个数据，都能让冷血杀手和被害人之间的联系变得更为清晰。简将每个人的咖啡杯重新续满，然后坐了下来，看着丹尼尔检查文件。

一个小时过去了，丹尼尔叹了一口气，摇了摇头。"没有匹配的。"

"你全都看过了吗?"

"所有三十二个都看过了。这些毁尸方式和被害人的生日都不匹配。"他看着简,"也许这两起案件就是他刚开始作案,也许根本就没有别的受害人。"

"还可能是我们找的范围不够大,"简说道,"我们可以把范围再向前扩大两年或是三年,把案发地范围也扩大到新英格兰地区以外的地方。"

"我不确定,简,"加布里埃尔说道,"万一是莫拉想错了,你们要找的所谓的联系根本就不存在呢?结果很可能会是一场空,白白浪费时间。"

简看着桌子上关于圣人的书籍皱起眉头,她已经研究了一个晚上,突然间,她的目光聚焦在了圣波利卡浦的肖像画上,图画中的殉道者正被火焰吞噬。火。可以毁灭一切,不管是尸体,还是证据。

她拿出手机。在加布里埃尔和丹尼尔疑惑的注视下,打给了弗罗斯特。

"你现在还有那些火灾相关的死亡记录吗?"简问道。

"有啊。怎么了?"

"邮件发给我。包括那些定性成意外事件的记录。"

"我们不是把意外事件都排除了吗?"

"现在都要。我需要所有造成个例成年人死亡的火灾相关的案件。"

"好,我这就发过去。检查一下你的邮箱。"

"意外火灾死亡事件?"加布里埃尔看着简挂断电话,开口问道。

"火灾会销毁一切证据,而且不是所有死于火灾的被害人都做了毒检。我想查查,那些意外死亡里有没有不那么'意外'的。"

电脑发出收到新邮件的提示音。

简打开邮件里的附件,一个新的案件清单出现了。在去年,新英格兰地区有二十几起意外火灾致人死亡的案件。"你再看一下。"她说着,再次将电脑推到丹尼尔面前。

"意外火灾致死的判断标准之一,就是在尸检中发现被害人吸入了烟尘。"加布里埃尔说,"这和你要找的凶手的做法不符。凶手是用塑料袋套在被害人头上,让他们窒息的。"

"如果被害人已经失去了意识,那么凶手就可以什么都不做,任由他们被烧死,根本不用让他们窒息。"

"就算那样,还是和凶手的做法不符,简。"

"我不能就这样放弃证实这个推论。也许被害人窒息死亡是凶手的新做法,也许他是在改进——"

"萨拉·巴斯塔拉什,二十六岁。"丹尼尔突然说道。他的头从电脑屏幕前抬起。"死于火灾,就在她的家里,罗得岛州纽波特。"

"纽波特?"简越过丹尼尔的肩膀,读着屏幕上的文件,"十一月十日,独栋住宅在大火中被烧毁。被害人独自一人在家,其尸体于卧室中被发现,身上没有外伤。"

"氯胺酮呢?"加布里埃尔问。

简有些挫败地叹了一口气:"并没有做毒理分析。"

"不过你们看她的生日,"丹尼尔说,"五月三十日,而且她还死于火灾。"

简皱眉看着他:"五月三十日祭拜哪个圣人?"

"圣女贞德。"

22

简上一次来纽波特时还是盛夏,狭窄的街道上挤满了游客。她还记得自己穿着短裤和凉鞋,步履艰难地走在阳光炙烤的路上,手中的草莓冰激凌融化了,顺着手臂滴下甜腻的奶油。当时她肚子里怀着瑞吉娜,已经八个月了,她的脚踝肿得像香肠,最想做的事情就是躺下睡一会儿。但这里充满历史感的建筑和繁华的海滨深深地吸引了她,还有,她和加布里埃尔那天晚上在这儿吃到了最好的烩龙虾。

可是一月寒冬里的纽波特大变了模样。

弗罗斯特开车在村落里穿行,车窗外是各种纪念品店和餐厅,现在都已经歇业了。冬天的街上一个旅客也见不到,只有一对情侣模样的人在酒吧外,瑟瑟发抖地抽着烟。

"你们上次来的时候,有没有去看过这边的小屋?"弗罗斯特问道。

"去过,我当时还觉得好笑,人们居然管那么大的房子叫'小屋',感觉那里面一个衣柜就够我们全家人住了。"

"我和爱丽丝去了听涛山庄之后,爱丽丝就开始吐槽。我觉得山庄很漂亮,但是爱丽丝感到很气愤,因为区区一个家族就控制着这么多财产。"

"哦,对哦,我忘了爱丽丝是个共产主义者。"

"她只是很介意社会是否公平而已。"

简有些怀疑地看着他:"你这几天一直把爱丽丝挂在嘴边,你们是真的要和好了吗?"

"说不好,但我一点儿也不想听你说她的坏话。"

"你怎么会这么想?为什么我要说你可爱前妻的坏话呢?"

"因为你总是情不自禁。"

"我看你也是情不自禁吧。"

"嘿,看那边。"他指着远处的一个码头,"那边有一个做鱼的饭店,不知道还开着没有。也许咱们可以去那儿吃午饭。"

"让我猜猜,你和爱丽丝在那儿吃过。"

"那又怎么了?"

"我可没心情陪你重温你和爱丽丝的幸福回忆,还是直接在回去的路上买个汉堡好了。"她看着车上的导航说,"左转。"

他们顺着贝尔维尤大道向前开,路过那些让爱丽丝上火的豪华房舍。这里曾是一些钟鸣鼎食之家的夏日度假别墅,他们总是带着仆人、行李,还有舞会礼服前来,纵情享乐。秋天一到,他们又回到了城市里同样奢华的家中,只剩下这些富丽堂皇的城堡,空旷沉寂,等待下一个夏天的狂欢。简从来不会天真地以为她在那样的社会里会处在不一样的阶级。如果回到那样的时代,她不是在厨房刷盘洗碗,就应该是在浆洗打扫。她当然不可能是那些幸运姑娘中的一个,在灯火辉煌的舞厅里随着音乐摇摆。简深知自己在这个世界的位置,并对自己拥有的一切感到知足。

"就是这条街,"她说道,"右转。"

奢华的宅子渐渐被他们抛在身后,两人开车驶入另一条街道,这里的建筑虽然不如前面的房子那般夸张,但对他们这两个波士顿警察来说依旧是负担不起的。萨拉·巴斯塔拉什的丈夫在一家大型出口公司就职，从车道上的一辆辆雷克萨斯和沃尔沃轿车就能判断出来，萨拉的生活是富足且安逸的。这片居住区每栋房子的前院都装点着完美的园艺景观，在这样美好的住宅区里，一片被烧得焦黑的地基显得格格不入。

简和弗罗斯特下了车，看着眼前的空地，这里曾是巴斯塔拉什家的房子所在地。虽然房子烧剩下的残骸都已经被清理掉了，但周围被烧掉树皮的树木依旧在告诉来访者，这里曾有大火肆虐。简深吸一口气，口鼻间似乎还能闻到大火的烟尘味道。周围的房子并未被火势波及，依旧完好。它们像是顽强的幸存者般站在巴斯塔拉什家火灾残骸的两边，门廊完好无损，树篱修剪整齐。只是一旁裸露在外的地基证明，悲剧可能发生在任何人身上。大火不会区分贫富，火焰吞噬一切。

"事情发生的时候，我在北京出差。"凯文·巴斯塔拉什说道，"我的公司出口农产品，我当时在和中国的公司协商出口一些奶粉。"他的声音渐弱，他低头看了看脚下的米色地毯，地毯是最近才铺上的，还散发着新家具才会有的化学剂味道。他的房子宽敞而明亮，但不管是光裸的墙壁还是空荡荡的书架，都像是暂时的将就。两个月前，凯文·巴斯塔拉什在大火中失去了妻子和房子。而现在这个地方就是他的新家，一个普通又沉闷的公寓，一张照片都没有，远离他和萨拉曾经的家，他们曾打算在那里生儿育女，终老一生。

火焰带走了一切。

"我是在午饭前得知的消息，北京时间。"他说道，"我们家邻居给我打电话，说我的房子着火了，消防车也已经到了。他们还没找到萨拉,邻居说希望萨拉出门了,不在家。但我当时就知道,萨拉一定出事了,因为她那天早上没有像往常一样给我打电话。她每天都在同一时间联系我,每天都是。"凯文看着简和弗罗斯特,"他们说火灾是意外事故。"

简点了点头。"火灾调查员的结论是这样的,您的妻子在床头柜上点了蜡烛,没有熄灭,随后就睡着了。他们在她的床边发现了一瓶苏格兰威士忌,所以他们推测——"

"他们推测萨拉喝多了,稀里糊涂地引起了火灾。"凯文有些愤怒地摇头,"萨拉不会的,她从来不是个粗心大意的人。确实,她喜欢在睡前喝一点儿酒,但那也不能证明她会喝到不省人事,就连着火了都没醒过来。我跟警察还有那个火灾调查员这样说了,但问题是,我越是坚持说萨拉不可能死于事故,他们就越是怀疑我。他们开始问我有没有出轨,或者我和萨拉最近有没有吵架。丈夫总是这种案件的首要嫌疑人,对吧?那么就算案发时我在北京,他们也会说可能是我雇别人来做的!所以这么闹了一段时间以后,我不得不去接受这就是一场事故。因为不然的话,谁会想要伤害萨拉呢?没人会这样做。"说着,他眼睛紧盯着简,"然后,我就接到了你们的电话。现在一切都变了。"

"也不一定,"简说道,"我们在做别的案件调查,这只是调查里的一部分。我们想查一查,您妻子的死与波士顿另外两起谋杀案之间有没有关系。您对蒂莫西·麦克杜格尔这个名字有印象吗?"

凯文摇了摇头:"我没听过这个名字。"

"那卡桑德拉·科伊尔呢?"

这次他没有直接否认,而是犹豫了一下。"卡桑德拉。"他喃喃道,似乎是在努力回忆某张脸或某段记忆,"萨拉确实提到过有叫卡桑德拉的朋友，但我不记得她姓什么。"

"她什么时候提到的？"

"去年早些时候。萨拉说她接到一个儿时同伴的电话，她们约好了要一起吃午饭。不过我从没见过那位朋友。"凯文自责地摇头，"可能那时候我也在出差吧。"

"您妻子是在哪里长大的，巴斯塔拉什先生？"弗罗斯特问道。

"马萨诸塞州。她在这边找了工作，然后就搬过来了。"

"她常去波士顿吗？那边有她的朋友或是家人在吗？"

"不，她的父母都已经过世，所以布鲁克莱恩也没什么人让她去探望了。"

简的目光从手中的笔记本上移开。"萨拉在布鲁克莱恩长大？"

"是的。她在那边一直住到高中毕业。"

简和弗罗斯特对视了一眼。卡桑德拉·科伊尔和蒂莫西·麦克杜格尔也是在布鲁克莱恩长大的。

"您的妻子是天主教教徒吗，巴斯塔拉什先生？"简问。

凯文皱眉，显然是不明白简为什么问这个。"她的父母都是，但萨拉几年之前就不去教堂了。"他有些哀伤地笑道，"她说在天主教家庭长大给她留下的阴影一直没散。"

"她为什么会这么说？"

"就是开玩笑随便说说吧。萨拉还说过圣经应该是 R 级①的暴力血腥读物。"

简身体前倾，她的脉搏开始加速。"您的妻子对于天主教圣

---

①在美国电影分级制度中，R 级（RESTRICTED Under 17 requires accompanying parent or adult guardian）为限制级，十七岁以下必须由父母或者监护人陪伴才能观看。该级别的影片包含成人内容，有较多的性爱、暴力、吸毒等场面和脏话。

人了解多少？"

"比我知道的要多得多。我父母都是不可知论者，不过萨拉看到一幅画就能认出来，说'这是圣斯蒂芬，被石头砸死的'。"他耸了耸肩膀，"我猜主日学校就是教孩子们这些东西的吧。"

"您知道她小时候去哪个教堂吗？"

"不知道。"

"哪所高中？"

"对不起，我不记得。"他停了片刻，又说，"就算知道，也忘了。"

"您知道她在布鲁克莱恩时，有哪些朋友吗？"

凯文沉默了好一会儿，并没有回答这个问题。他只是看向窗外，窗户上还没挂窗帘，因为这里还算不上是一个家。也许是因为对于凯文·巴斯塔拉什来说，这里不过是一个临时落脚点，一个疗愈自己的缓冲区。只有等他好起来，生活才能继续。

"不知道，"他终于开口，"是我做得不够好。"

"为什么这么说，先生？"弗罗斯特轻声问。

"因为我从来不在她身边，总是在出差，有一半的时间我都带着行李箱在外面跑，本应该在家陪她的时候我却在亚洲忙工作。"凯文看着他们，简在他的眼中看到了浓浓的愧疚，"你问我这些萨拉小时候在布鲁克莱恩的事，我一个也答不上来。"

也许别人可以，简想。

她已经好几周没有联系伊莱恩·科伊尔了，每当她拨通这位母亲的电话，她总怕伊莱恩问出那个她无法逃避的问题：你们抓到杀害我女儿的凶手了吗？这是所有被害人家属都想知道的消息。他们不想再回答任何问题，也不想再听任何借口，只想要肯定的答案，只想寻求一个公道。

"很抱歉。"简不得不这样回答伊莱恩,"我们目前还没有找到嫌疑人,科伊尔夫人。"

"那你们为什么打电话给我?"

"您知道萨拉·巴斯塔拉什这个名字吗?"

电话那头短暂的沉默过后,伊莱恩说:"不,我不知道。她是谁?"

"是一个最近在罗得岛的一起火灾事件中丧生的年轻女子,她在布鲁克莱恩长大,所以我想知道她和卡桑德拉认不认识。她和您女儿的年纪差不多,所以她们有可能上过同一所学校,或是去过同一座教堂。"

"很遗憾,但我不记得姓巴斯塔拉什的姑娘。"

"她的旧名是萨拉·拜恩,她家住在——"

"萨拉·拜恩?萨拉死了?"

"所以您真的认识她。"

"是的,对,那时候拜恩一家就住在我们家楼下。前几年弗兰克·拜恩心脏病突发去世了,后来他的妻子——"

"还有一个人我想跟您确定一下,"简打断了对方,说道,"您记得蒂莫西·麦克杜格尔吗?"

"弗罗斯特警探上周跟我说过这个人,就是平安夜被杀的那个年轻人。"

"是的,但是我想问的是,您记不记得哪个小男孩叫这个名字?也许是一个和您女儿年纪相仿的男孩,他可能和您女儿在同一所学校。"

"弗罗斯特警探从来没说过那个死去的年轻人是在布鲁克莱恩长大的。"

"当时我们觉得这一细节和案件无关。您记得他吗?"

"我确实记得有个叫蒂莫西的小男孩,但我不知道他姓什么,而且那已经是好久之前的事了,已经过去二十年了……"

"什么已经过去二十年了?"

电话那头久久没有声音。伊莱恩最终开口,简听到手机里传来她几不可闻的低语:"苹果树。"

23

"苹果树日托虐童案进入审判阶段的时候,我还在读高中,所以我知道的并不比你们多,不过这些文件里应该有你们要找的东西。"诺福克郡的地方助理检察官达娜·斯特劳特交代道。虽然她才三十五六岁,但灰色发根已经在她的发间显现,表明了她作为检察官承担的工作压力,日程安排过于紧张,就连挤出时间去理个发也成了无法轻易达成的奢侈要求。"你们就先从这几盒开始吧。"达娜一边说着,一边将另一摞文件放到会议室的桌子上。

弗罗斯特有些沮丧地看着桌上摞得整齐的六个盒子。"这些只是个开始吗?"

"苹果树日托案是诺福克郡司法史上进行时间最久的刑事审判案之一。这几个盒子里面装的不过是庭前调查的文件,光是庭前调查就花了一年多,所以你们要看的东西还多着呢。祝你们好运,警探们。"

弗罗斯特语带绝望地问道:"有没有人能给我们讲讲案件的大概?起诉检察官们应该还记得吧?"

"首席起诉检察官是埃丽卡·谢侬,她这周不在城里。"

"还有别人记得这起案子吗?"

达娜摇头:"庭审已经过了二十年,案件的其他律师也都进入职业生涯的下一阶段了。你们也知道政府人员是怎么回事,警探,我们总是拿最少的工资做最多的活。所以有的人会选择转行,做更好的工作。"她又低声补充道,"我最近也在为自己做打算。"

"我们需要找到所有为庭审提供了证据的孩子,但是哪儿都没有他们的名字。"简说道。

"当时法庭为了保护被害人的隐私,封锁了他们的身份信息,所以他们的名字不会出现在任何网络搜索结果和媒体报道里。但既然你们说警方现在正在调查的凶杀案与这个案子有关系,我就把案件相关记录都给你们。"达娜看了一下桌上的几个文件盒,将其中一个推到简面前,"这个,你要找的可能就在这里。这里有庭前调查里所有孩子的访谈记录。但请你一定记得,他们的身份信息依旧是保密的。"

"当然。"简说。

"所有文件都不能带走,好吗?如果有需要的话你们可以记笔记,或者问这边的秘书要复印件,但是原件都要保留在这里。"达娜走到门口忽然停住,回头道,"还有件事想告诉你们,当局非常不愿意看到这起案件再次回到公众视野里。据我听说,这件案子给所有相关人员都带来了很大的痛苦,没人愿意再次回顾苹果树的事情。"

"我们别无选择。"

"你们确定这和你们的案件调查有关吗?苹果树的庭审是很久之前的事情了,而且我可以保证,埃丽卡·谢依绝对不想再登上报纸头条。"

"她为什么不想让我们知道这些信息?"

"为什么这么说?文件不都已经给你们送过来了吗?"

"那也是我们给州长办公室打过电话才要出来的,我们从没在查凶杀案的时候遇到过这种情况。"

达娜一时什么都没说,只是看着会议桌上排成一排的文件盒。"我无可奉告。"

"是有人交代过你吗?"

"听着,我只能告诉你,这起案件十分敏感。当时报纸上连续好几周的头版头条都是它,当然了,九岁女孩失踪确实属于重大案情,还暴露出一个恋童癖家庭经营的儿童日托中心,起诉罪名还是谋杀和撒旦仪式虐待。埃丽卡将被告以虐待罪定罪,但无法说服陪审团裁定谋杀罪。所以你应该能理解,她为什么不愿意再提起这个案子。"

"我们得和谢依女士聊聊。她什么时候有空?"

"我之前说过,她现在不在城里,我也不知道她什么时候有空。"达娜再次走向门外,"你们还是抓紧开始吧,再有两个小时办公室就要关门了。"

简看了看所有的文件盒,叹气道:"两个小时可完全不够啊。"

"两个月还差不多。"弗罗斯特嘟囔着,从庭前调查文件盒里拿出一大摞文件。

简也抓过一摞文件坐在弗罗斯特的对面。她浏览了一下文件夹上的标签,看到这里有访谈记录、医疗报告,还有心理学家的评估。

她打开的第一个文件夹上标注着:H.迪瓦恩。

简和弗罗斯特来这里之前在《波士顿环球报》上"复习"了一下当年的案件,所以对于案件的基本信息已经有了大致的了解。"苹果树日间托管中心"位于布鲁克莱恩,运营者是康拉德·施塔内克、他的妻子艾琳·施塔内克，以及他们二十二岁的儿子，马丁。日托中心主要承接五岁到十一岁儿童的课后看护，还有专门的校车可以从当地小学直接将孩子接过来，对于工作繁忙的父母来说，这项服务十分贴心。"苹果树"自称是一个"注重头脑与灵魂双重培养"的地方。施塔内克一家在当地的天主教教会广受尊敬，艾琳和康拉德在教堂的慕道班教课。马丁后来开始负责驾驶苹果树日托的校车，还喜欢给孩子们变戏法，送他们气球编的小动物。日托中心开设五年以来没有任何被投诉记录。

直到九岁的莉齐·迪帕尔马不见了。

十月一个周六的下午，莉齐戴了一顶针织帽，上面装饰着很多银色串珠。她骑着自行车离开家，之后便不见了。两天后，一个孩子在马丁·施塔内克开的校车里发现了莉齐的串珠针织帽。因为校车的司机只有马丁一个人，他便立即成了莉齐失踪案的主要嫌疑人。而接下来，十岁的霍莉·迪瓦恩揭露了另一个惊人的事实，针对马丁提起的诉讼得以立案。

简翻开霍莉·迪瓦恩的卷宗，读着心理学家与这个女孩的访谈记录。

　　受访者是一名十岁女孩，与父母伊丽莎白和厄尔·迪瓦恩居住在马萨诸塞州布鲁克莱恩。受访者是独生女，在苹果树日托中心接受托管照料已有两年。十月二十九日，受访者向母亲透露"在'苹果树'发生了不好的事情"，并表示不想再去。被问及更多细节时，受访者说："马丁和他的爸爸妈妈碰了我不该被碰的地方。"

随着阅读的深入，简感受到逐渐加深的恐惧。她读到了施塔内克一家对霍莉·迪瓦恩所做的事情：抽打、抚摸、挫伤、性器官插入。简不得不合上文件，深呼吸让自己冷静下来。但她无论如何也无法将脑中的画面赶走：三个恋童癖猥亵一个十岁的被害人。她不可避免地想到了自己的女儿，三岁的瑞吉娜。她想象着如果女儿被这样的畜生虐待，自己会是什么反应。她想象着自己会如何报复，如何将这些人渣碎尸万段。如果简这辈子真的会触犯法律，那一定是她做了一个愤怒的母亲该做的事，就像是一头母熊会不顾一切保护自己的孩子一样。

"蒂莫西·麦克杜格尔当时只有五岁。"弗罗斯特说着，从文件中抬起头，语气中满是厌恶和恶心，"他的父母一直都不知道自己的孩子被猥亵了，还是警察打电话告诉他们的，说他们的孩子可能是受害者之一。"

"他们完全不知道蒂莫西一直被人虐待？"

"完全不知道。萨拉·拜恩也是同样的情况。她那时才六岁，接受了五六次心理咨询师的访谈之后才对他们讲出她身上发生的事。"

简有些抵触，但还是接着读起霍莉·迪瓦恩的资料。

……把他的手指伸到我的身体里，我很疼。然后艾琳也这样做，还有那个老人也一样。比利和我一直尖叫，但是没人能听到我们的声音，因为我们都在秘密房间里。萨拉和蒂莫西，还有凯西也在。我们都被锁在房间里，他们不停地……

简将文件推到一边，打开了笔记本电脑，在线上搜索"霍莉·迪瓦恩"这个名字。她在脸书上发现两个叫霍莉·迪瓦恩的人。一个四十八岁，住在丹佛；另一个三十六岁，住在西雅图。波士顿并没有人叫霍莉·迪瓦恩，也没有搜出任何与"苹果树"案件受害者年纪相仿的。也许她已经结婚了，改了姓氏，也许她根本就不上网。

至少她的名字没出现在任何讣告中。

在心理学家的报告中，简找到了霍莉家人的电话号码。二十年过去了，女孩父母还住在报告里列出来的布鲁克莱恩的地址，还用着同一个号码吗？她拿出手机，拨通了电话。

三声铃响过后，一个男人接起了电话："你好？"他的声音低沉而粗哑。

"您好，我是波士顿警察局的警探简·里佐利。我想联系一下霍莉·迪瓦恩。请问您知道——"

"她不住在这儿。"

"您能告诉我她在哪儿吗？"

"不能。"

"请问您是迪瓦恩先生吗？您好？还在吗？"

电话那头并无回应。男人挂断了电话。

嗯，这倒是够奇怪的。

"我的天哪。"弗罗斯特盯着他的笔记本电脑，低声说。

"怎么了？"

"我正在看十一岁的比尔·沙利文的资料，他是施塔内克家族虐童案的受害者之一。"

比尔。比利。[①]她再次打开霍莉·迪瓦恩的文件夹，找出刚刚看到过的名字。

[①]比利是比尔的昵称。

比利和我一直尖叫，但是没人能听到我们的声音，因为我们都在秘密房间里……

"我在网上搜了这个名字，"弗罗斯特说，"一个叫比尔·沙利文的年轻男子不久前刚在布鲁克莱恩失踪。"

"什么？什么时候？"

"两天前。失踪男子的年龄与案宗里的孩子相符，所以他很可能就是我们要找的比尔·沙利文。"他将电脑屏幕转向简。

屏幕上是《波士顿环球报》的一篇简报：

警方调查布鲁克莱恩男子失踪案

周二早上，一名失踪的布鲁克莱恩男子的汽车被发现遗弃在普特汉姆草地高尔夫球场附近。三十一岁的比尔·沙利文于星期一晚上失去消息，第二天早上，他的母亲苏珊向警方报案。监控录像显示，他最后一次出现是离开康韦尔投资公司的办公室。比尔·沙利文的车是宝马新款，警方在车内发现了血迹，并表示沙利文的失踪十分可疑。

沙利文是一名投资顾问，据描述，他身高约一米八五，体重约七十七公斤，蓝色眼睛，留有金色短发。

"名字一样，年纪符合。"简说道。

"文件里男孩母亲的名字也叫苏珊。这肯定是同一个人。"

"但这不是凶杀案，是人口失踪案，不符合凶手作案手法。"她抬头看向弗罗斯特，"他是哪天生日？"

弗罗斯特看了一眼比尔·沙利文的资料："四月二十八日。"

简调出电脑里的天主教教会年历。"在四月二十八日，他们祭奠米兰的圣维塔利斯。"

"他是殉道者吗?"

简盯着屏幕。"没错,圣维塔利斯是被活埋的。"

所以他们到现在还没找到比尔·沙利文的尸体。

简立刻站了起来,弗罗斯特紧跟在她身后,两人一前一后走出房间,顺着走廊径直走到达娜·斯特劳特的办公室。助理检察官正在打电话,听到动静转过身来,看到二人突然来访,吓了一跳。

"施塔内克一家,"简开口问,"他们现在还在服刑吗?"

"可不可以等我打完这通电话?"

"我们现在就要知道答案。"

达娜对电话那头的人说道:"他们现在就站在我的办公室里,我等下给你打过去。"说完,她挂断了电话,看着简,"你们问这个干什么?"

"施塔内克一家现在在哪里?"

"说真的,我不懂你们在急什么。"

"施塔内克一家都进了监狱,因为他们所开设的日托中心的孩子指控他们虐童。现在案件里当年的被害人已经死了三个,还有一个不久前被报失踪。我再问你一遍,施塔内克一家现在在哪里?"

达娜用笔在桌子上轻轻敲了几下。"康拉德·施塔内克在宣判不久之后就死在牢里了。"她开口道,"他的妻子艾琳四年前也死了,也是在监狱里。"

"他们的儿子马丁呢?他在哪儿?"

"我刚刚就是在和当年的首席检察官埃丽卡·谢依打电话,她说马丁·施塔内克服刑期满,已经被放出来了。"

"什么时候?"

"三个月之前。十月的时候。"

24

爸爸打来了电话,他的声音压得很低,语气很焦急。

"有个女人一直往这里打电话,打听你的事。"他说。

"是之前打过电话的那个女人吗?"我问。

"不是,是另外一个。她自称是波士顿警察局的警探,说担心你的安全,需要尽快联系到你。"

"你相信她的话吗?"

"我查过了,波士顿警察局确实有一个姓里佐利的警探,在凶案组工作,但也说不准。多加小心总是没错的,宝贝。我什么都没跟她说。"

"谢谢你,爸爸。要是她再打过来,就不要接了。"

通过电话,我听到他在咳嗽。他已经咳嗽好几个月了,到现在还不见好。我对他说过,抽烟早晚会要了他的命。可能是为了让我不再唠叨,他终于把烟戒了,只是咳嗽的症状还是没有缓和。那声音是从他的胸腔里发出来的,我还能听到湿答答的响动。我已经太久没有去看过他了。我们都认为,我应该离家远点儿,因为说不准就有什么人在监视他,但他的咳嗽让我很担心。他是我唯一真正信任的人,我不知道如果没有他我又该怎么办。

"爸爸?"

"我真的没事,小家伙。"他喘息着说道,"我只想保证我宝贝的安全。应该对他采取点儿行动了。"

"我什么都做不了。"

"我能。"他轻轻地说。

我顿住了,听着父亲有些嘈杂的呼吸声,想着他这句话是什么意思。我父亲从来不会胡乱许诺,他既然说了就代表他是认真的。

"你知道的,我可以为你做任何事,霍莉。任何事情。"

"我知道,爸爸。我们只要小心些就好了,都会好起来的。"

并没有好起来,我一边挂断电话,一边这样想着。里佐利警探正在找我,我很惊讶,她居然会这么快就将我和其他人联系起来。不过她应该还不知道事情的全部,她永远也不会知道。

因为我永远都不会说出去的。

他也不会。

25

这大概是整条街上最破烂的一幢公寓楼，坐落在里维尔，是一幢三层步行楼梯公寓楼，老旧不堪，离报废不远的样子。墙面上大部分油漆多年前就剥落了，简和弗罗斯特顺着外面的楼梯走上三楼时，她甚至感觉到楼梯的扶手在摇晃。她觉得整个楼梯随时都有可能摇摇晃晃地从公寓楼墙上分离开，像万能工匠玩具一样坍塌。

弗罗斯特敲了敲门，然后两人在寒风中等待着屋内的人回应。他们知道那人就在里面，简都能听到电视机的声音，透过磨损严重的窗帘，她还能看见有人影晃动。终于，门打开了，马丁·施塔内克站在门口，眼神阴郁地看着他们。

在马丁被捕时拍摄的照片中，二十年前的他还是一个留着一头小麦色短发、戴着眼镜的年轻人。那时他的脸还有些圆圆的，带着几分二十二岁年轻人稚气未脱的模样。如果简在大街上见到年轻时的马丁，一定不会注意到他，因为他看起来十分谦和无害，甚至不敢直视她的眼睛。她原以为会看到和照片中的马丁气质一样的、老迈一点儿的他，也许头发更少一些，皮肉更松弛些，所以看到站在门口的这个男人时，她惊得后退了一步。二十年的监狱生活将马丁变成了一个肌肉发达、肩膀壮硕的男人。他的头发全部剃光，脸上一丝一毫当年的温和都不见了，取而代之的是拳击手特有的扁平的鼻子。在他的左眉上方还有一条丑陋狰狞的疤，他的脸颊也变形了，好像骨头被打碎又愈合后的情况。

"马丁·施塔内克？"简开口问道。

"你们是谁？"

"我是波士顿警察局的警探，里佐利。这位是我的搭档，弗罗斯特警探。我们想问你几个问题。"

"你们不觉得自己来晚了二十年吗？"

"我们可以进去吗？"

"我已经服过刑了，不需要再回答任何问题。"他说着就要关上房门。

简伸出手挡住："我劝你别这样，先生。"

"我有权这么做。"

"我们可以现在在这里谈，也可以去波士顿警察局谈，你选哪个？"

马丁沉默了片刻，知道自己并没有什么选择，于是不再说话。他并没有关门，一言不发地转身回到了屋内。

简和弗罗斯特跟着他走了进去，关上门，将寒冷挡在门外。

简打量着房间，目光转向一幅圣母和圣婴的画作。这幅画裱着镀金的相框，挂在墙上最显眼的位置。画像的下方摆着一张桌子，桌子上是六张家庭照片：一对微笑的男女和一个年轻男孩的合照。下一张是同样的男女，不过已经步入中年，手臂揽着对方的腰。还有三人围着篝火坐在一起的照片。所有照片里的都是施塔内克这一家人，是被牢狱之灾分开之前的施塔内克一家。

马丁关掉了电视。在突如其来的沉默中，他们甚至能听到薄薄的墙壁外车流的声音和厨房里冰箱发出的嗡嗡低鸣。虽然厨房的料理台被擦拭得干干净净，碗碟也都洗好了放在滴水板上，但公寓里依旧散发着霉味和发臭的油脂味。这很可能是公寓本身的味道,是早早离开这里的前几任住户遗留下来的纪念品。

"我只租得起这种地方。"马丁看出了简脸上的嫌弃,"我不能回布鲁克莱恩的家,就算那栋房子还在我名下也不行。我是一个被定罪的性侵犯人,而那栋房子挨着一个游乐场。只要是孩子们有可能去的地方,我都不能去住。为了交税,我只能把房子放到市场上去卖,所以就是现在这样了。我爱我家。"他挥手展示污迹斑斑的地毯和破破烂烂的沙发,然后看向两人,"你们来做什么?"

"我们想问一下你最近这段时间的活动,施塔内克先生。这几天你都在哪儿?"

"我凭什么要配合你们,我已经受了多少罪?"

"你受了罪?"简问道,"你觉得你才是受害者?"

"你们知道一个被定罪的娈童犯在监狱里会经历什么吗?你们以为狱警会保证你的安全?根本没人在乎你是死是活。他们只会把你修补好,然后再扔回狼窝里。"他声音嘶哑,转身走到厨房的桌子前,坐到了椅子上。

过了一会儿,弗罗斯特也拉开一把椅子,坐在了一边。他语气轻柔地问:"在监狱里发生了什么,施塔内克先生?"

"发生了什么?"马丁抬起头,指着自己布满伤疤的狰狞面孔,"你可以自己看发生了什么。第一天晚上,他们打掉了我三颗牙,第二周他们打断了我的颧骨,然后碾碎我的右手,接着是我左边的睾丸。"

"我很遗憾听到这些,先生。"弗罗斯特说道,声音里似乎真的带有一丝歉意。在演"好警察和坏警察"的时候,弗罗斯特总是出演那位"好警察",因为对于这个角色,他算得上是本色演出。弗罗斯特是凶案组公认的老好人，谁都能和他成为朋友。这种人似乎永远不会堕落，所以也没人试图去引诱他。

即便是马丁也意识到了，面前的警探并不是在演戏。弗罗斯特平静的话语里确实透露着同情，马丁突然不再看他，眼神也温和了一些。"你们想知道些什么？"他问道。

"十一月十日，你在哪里？"简问，"坏警察"登场了。这对于简来说也并不是在演戏。自从做了母亲，任何针对孩童的犯罪都是她身上不能触碰的禁区。生了瑞吉娜之后，全世界所有马丁·施塔内克这样的人都成了她最大的威胁。

马丁皱眉看着她："我不知道十一月十日我在哪儿。你能记起你两个月之前在哪儿吗？"

"十二月十六日呢？"

"一样，不记得了。也许就像现在一样在家待着。"

"那十二月二十四日呢？"

"平安夜？那天我记得，我在圣克莱尔教堂吃晚饭。他们每年都会准备一顿特别的节日晚餐，给像我这样没有朋友也没有家人的人。晚饭有烤火鸡、玉米面包还有土豆泥，甜点是南瓜派。去问吧，他们应该记得我在。我这副鬼样子，不管是谁，看过一遍就不会忘。"

简和弗罗斯特对视了一眼。如果马丁说得没错，他就有了蒂莫西·麦克杜格尔案发当晚的不在场证明。这也就带来了别的麻烦。

"你们问这个做什么？"马丁问。

"还记得二十年前你猥亵过的那些孩子吗？"

"我从没做过那种事。"

"你上过庭审，而且已经被定罪了，施塔内克先生。"

"被一个相信谎言的陪审团定罪,被一个捏造罪名的检察官定罪。"

"是被敢于说真话的孩子定罪。"

"他们年纪太小,什么都不懂,别人让他们说什么,他们就说什么。全是胡扯的鬼话,不可能的事情。你去看看他们说的:马丁杀了一只猫,然后逼我们喝猫血;马丁把我们带到树林里去见魔鬼;马丁让一只老虎飞起来了。你觉得这里面有一句是真的吗?"

"陪审团觉得是真的。"

"有人给他们灌输了这满嘴谎话。检察官说我们供奉魔鬼——包括我妈妈,一个每周去做三次弥撒的人。他们说我把孩子带上校车,然后开车到树林里去猥亵他们。他们甚至指控我,说我杀了那个小姑娘。"

"莉齐·迪帕尔马。"

"就因为她的帽子在我车上。接着是恶毒的迪瓦恩夫人,直接找到警察局,然后突然之间,我变成了畜生,变成了杀小孩当早餐吃的怪物。"

"迪瓦恩夫人?霍莉的母亲?"

"那个女人看什么都是恶魔,只看了我一眼就声称我本性邪恶。难怪她女儿那么会编故事,说我如何把孩子们绑到树上,吸他们的血,然后用树枝猥亵他们。那之后,检察官又让更多的孩子重复这些故事,结果就是这样了。"他再次指着自己的脸,"服刑二十年,断了鼻子,碎了下巴,满口牙丢了一半。我能活下来是因为我学会了反抗,不像我父亲。他们说他死于中风,说他的血管爆开造成了脑出血。事实上,是监狱毁掉了他。不过它没有毁掉我,因为我不认命。我要活得长长久久,等待正义到来。"

"正义?"简说道,"还是复仇?"

"有时两者并无分别。"

"二十年的监狱生活给了你足够的时间思考,可以燃起极大的怒火,给你足够的时间计划如何报复那些害你落到这步田地的人。"

"你说得没错,我当然想要报复。"

"就算他们当时还只是孩子?"

"什么?"

"你猥亵过的那些孩子,施塔内克先生。你想报复他们,因为他们向警察揭发了你。"

"我说的不是那些孩子,我说的是检察官,那个贱人。埃丽卡·谢依明明知道我们是清白的,但她还是把我们绑到火刑柱上。有一个记者采访过我了,等她的书出来,所有的事情都会真相大白。"

"'绑到火刑柱上'这句话从你嘴里讲出来真是有趣。"简看了一眼挂在墙上的圣母和圣婴的肖像画,"我能看出你是个有信仰的人。"

"不再是了。"

"那为什么要挂上那幅马利亚和耶稣的肖像?"

"因为那是我母亲的。她留下来的只有这些了,这幅画,还有那些照片。"

"你在天主教家庭长大,一定很熟悉圣人和殉道者的故事吧?"

"你为什么说起这个?"

他眼里的不解是真的吗?是无辜者的困惑?还是他的演技太好?

"跟我讲讲圣露西是怎么死的。"简说道。

"怎么了？"

"还是说你不知道？"

他耸了耸肩："圣露西受到了折磨，他们挖掉了她的眼睛。"

"圣塞巴斯蒂安呢？"

"罗马人将他万箭穿心地射死。这和这些事有什么关系？"

"卡桑德拉·科伊尔，蒂莫西·麦克杜格尔，萨拉·拜恩，这些名字你有印象吗？"

他沉默了，脸色变得惨白。

"你当然记得这些孩子，你每天都在放学后接他们，对吧？坐你开的校车的那些孩子。他们告诉了检察官，你在没人的时候对他们做了什么。"

"我什么都没对他们做过。"

"他们死了，施塔内克先生，他们三个全死了，就从你三个月前出狱后开始。你不觉得很巧吗？你在监狱服刑二十年，终于被放出来了，然后忽然之间，他们陆续死去。"

他身体猛地往椅背上靠去，就像被人重重地打了一拳。"你觉得是我杀了他们？"

"我们得出这样的结论很奇怪吗？"

他有些自暴自弃地笑了一下。"当然不能怪你们，除了我，你们还能怪罪到谁头上呢？不管怎样，最后总会指向我。"

"是你杀了他们吗？"

"不，我没有杀他们。但我相信，你们一定会想方设法证明就是我干的。"

"我来告诉你我们会怎么做，施塔内克先生。"简说道，"我们现在要搜查你的住所，还有汽车。你可以配合我们，允许我们这样做,或者我们来硬的,带着搜查令来。"

"我没有汽车。"他面无表情地说。

"那你是怎么行动的?"

"靠好心的陌生人。"他看着简,"这世上还是有些好人的。"

"您允许我们搜查您的住处吗,先生?"弗罗斯特问。

施塔内克无所谓地耸了耸肩。"我说什么都没用,反正你们无论如何都会搜的。"

在简看来,这是同意了。她转身看向弗罗斯特,后者掏出手机,给附近待命的犯罪现场调查组发了信息。

"你盯住他。"简对弗罗斯特说道,"我先从卧室开始。"

卧室和客厅一样阴暗而幽闭,房内唯一的光源是一扇窗子,朝向紧挨着这栋楼的另一栋建筑。地毯上布满一块又一块的污渍,空气里全是霉味和亚麻制品变质的味道。但床铺打理得十分整洁,连一条褶皱都看不见。简先走进卫生间,打开了药品柜,挨个儿寻找,看有没有哪个药瓶里装了氯胺酮。不过她只找到了阿司匹林和一盒邦迪创可贴。洗手池下方的柜子里摆着卫生纸,但没有胶带,也没有绳子。杀手工具箱里必备的东西她一样也没找到。

简回到卧室,看了看床下,细细检查了褥子和弹簧床垫之间。她看了看床边唯一的床头柜,打开了抽屉。里面只有一把手电筒、几粒衣服上脱落的纽扣,还有一个装有照片的信封。她看了一遍这些照片,大都是几十年前拍摄的,都是被投入监狱之前施塔内克一家人的照片。简看到最后一张照片时愣住了。照片中是两个六十多岁的女人,都穿着橘色的囚服。其中一个女人是马丁的母亲艾琳,她头上的银发只剩下稀薄的几缕,面孔苍老,年轻时的样子已经不见踪影。但让简感到震惊的是她旁边的那张脸,因为简认得那个人。

她翻到照片的背面,上面有一行墨水写的字:你母亲把一切都告诉我了。

简面色沉重地来到客厅,将照片猛地举到施塔内克面前。"你知道这个女人是谁吗?"她问道。

"那是我母亲。拍完这张照片几个月后,她就在弗雷明翰去世了。"

"不,我是问站在她旁边的这个女人。"

他犹豫了一下,说:"是她在那边认识的人,一个朋友。"

"对她这个朋友,你了解多少?"

"她在监狱里很照顾我母亲,保护我母亲不被别的犯人欺负,就这样。"

简翻转照片,指着照片背面那行字:"'你母亲把一切都告诉我了。'这是什么意思?你母亲告诉她什么了,施塔内克先生?"

他什么话也没说。

"可能是'苹果树'事件的真相?莉齐·迪帕尔马被埋葬的地点?或是你们出狱之后要对那些孩子做的事情?"简问。

"我没什么好说的了!"他突然看着脚下吼道,简被吓得畏缩了一下。

"也许别人有话可说。"简说着,拿出手机拨给了莫拉。

26

照片中的女人直勾勾地看着镜头，似乎在说：我看见你了。她的头发白了一半，短短的发丝像豪猪的刺一样在她的脑袋上根根竖起，但更让莫拉震惊的是女人的眼睛。看着这双眼睛，莫拉觉得自己似乎是通过镜子看着未来的自己。

"是她，是阿玛提亚。"莫拉说道，惊愕地看了简一眼，"她认识艾琳·施塔内克？"

简点了点头："照片是四年前拍的，就在艾琳在弗雷明翰监狱去世之前。我问过监狱长，他也证实，艾琳和阿玛提亚确实是朋友。她们几乎整天黏在一起，吃饭时候一起，出来活动的时候也是。'苹果树'的事情阿玛提亚全知道，也知道施塔内克一家对孩子们做过什么。难怪她们两个能混到一起，臭味相投罢了。"

莫拉仔细看着照片中艾琳·施塔内克的脸。有些人会说，他们可以从一个人的双眼中看出这人的本性，但照片中站在阿玛提亚旁边的女人看起来并不邪恶，也不危险，反而有些羸弱和疲惫。艾琳的眼中并没有那种让人一见就心惊肉跳的气势，不会给人"此人危险，不可靠近"的感觉，完全没有。

"你看她们俩，就像两个可爱的慈祥老奶奶，是不是？"简说道，"光看照片，完全想不到她们到底是什么人，造了什么孽。艾琳死后，阿玛提亚把那些照片寄给了马丁·施塔内克，而且从马丁出狱开始,她就一直在给他写信。两个杀人凶手,一里一外,就这么交流着。"

阿玛提亚的话唤醒了莫拉的记忆,她突然理解了那句话的意思:你很快就会发现另一个。

"她知道施塔内克在做什么。"莫拉说道。

简点头:"现在该找她谈谈了。"

不过是几周之前,莫拉才与阿玛提亚·兰克诀别,现在她又来到了弗雷明翰监狱的探视间,等着与曾发誓再也不会相见的母亲当面对质。不过这次她不是孤身一人了。简就在单面镜的另一侧看着她,时刻准备着,她们若是一言不合,简就会冲进来。

简通过对讲机问过莫拉:"你确定你可以吗?"

"我们必须这么做,必须问问她到底知道些什么。"

"我真的不愿意把你逼到这个份儿上,莫拉。要是还有别的办法就好了。"

"她只会对我说真话,只有我们血脉相连。"

"别这么说。"

"这是事实。"莫拉深呼吸调整好自己的状态,"现在就看这血缘关系有没有用了。"

"好,他们要把人带进来了。准备好了吗?"

莫拉僵硬地点了点头。门开了,手铐叮叮当当的响动宣告着阿玛提亚·兰克的到来。狱警将犯人的脚踝铐在桌腿上,阿玛提亚的目光一直紧紧盯着莫拉,如同激光光束一般。第一轮化疗结束,她的体重慢慢恢复了一些,头上也开始长出一簇一簇的短发。不过这些都比不过她的眼睛。那双眼睛再次闪着阴郁狡猾的光,那个黑暗而危险的阿玛提亚回来了。

狱警做完该做的事,退到一旁,留下两个女人沉默地注视着彼此。莫拉必须强迫自己不要逃避阿玛提亚的目光,或者看向单面镜求救。

"你说过你再也不会回来看我了。"阿玛提亚说道,"为什么又来了?"

"你送过来了一箱照片。"

"你怎么知道是我送的?"

"因为我认出了照片里的那些人,他们是你的家人。"

"也是你的家人,是你的父亲和你的兄弟。"

"箱子是一个女人送到我家的,她是谁?"

"不相干的人。我在这里护着她,这是她欠我的人情。"阿玛提亚身体向后,靠坐在椅背上,露出一个了然的微笑,"只要时机合适,我会照看照看旁人,不让他们惹上麻烦,不管是在墙内还是墙外。"

自以为是的妄想,莫拉想。她不过是个将死的老太太,被关在监狱里,却还以为自己有能力操控什么。她不禁怀疑:我们会不会太天真了,这样的人会对我说实话吗?

阿玛提亚看了一眼单面镜。"里佐利警探就在玻璃后面,对吧?她看得到也听得到我们的谈话。我总在新闻里看到你们两个,人们说你们是'波士顿刑侦双姝'。"阿玛提亚说着,转头对着镜子说道,"你要是想知道艾琳·施塔内克的事,警探,还是进来自己问我吧。"

"你怎么知道我们是因为艾琳来找你的?"莫拉问。

阿玛提亚轻嗤一声:"不会吧,莫拉?你不应该这么小看我,我知道外面出了什么事,知道你们现在遇上了什么麻烦。"

"你是艾琳·施塔内克生前的朋友。"

"她只是我在这里遇到的另一个迷路的可怜人罢了。我照看她,不让她受伤。可惜,她还没来得及还我的人情,就死了。"

"所以你就给马丁·施塔内克写信?因为他母亲欠了你人情?"

"我照顾他妈那么久,他帮我一些小忙有什么不对?"

"帮你什么小忙?"

"给我买些杂志、报纸,还有我爱吃的巧克力棒。"

"他还跟你说了些事情,他计划要做的事情。"

"他说了吗?"

"我上次来见你的时候,你说'你很快就会发现另一个'。你其实是在说我们还会找到马丁·施塔内克其他的被害人,对吗?"

"我说过那样的话?"阿玛提亚耸了耸肩,又指着自己的头说道,"你知道的,化疗之后的脑袋,总是记不住事儿。"

"施塔内克有没有告诉过你,他打算对那些举报他的孩子做什么?"

"为什么你觉得他在计划什么?"

两个人的对话就像是下国际象棋,阿玛提亚在装傻,讨价还价地想要知道得更多,绝不会白白分享任何东西。

"回答我,阿玛提亚,现在是人命关天的时候。"莫拉说道。

"那些人命和我有关系吗?"

"你要是还有那么一点点人性,就和你有关系。"

"那也要看,你说的是谁的命?"

"二十年前,五个孩子站出来,帮助警方把施塔内克一家关进了监狱。现在五个人里死了三个,还有一个失踪了。不过你早就知道了，对不对？"

"如果这几个被害人是罪有应得呢？要是你把一切都搞反了，其实施塔内克一家才是被害人呢？"

"你这是在颠倒黑白。"

"你不认识艾琳，我认识。我只看她一眼就知道她来错了地方。她不属于这里。人们喜欢说什么惩恶扬善，但是你们大多数人根本分不清谁是善、谁是恶。"

"我猜猜，你就能分得清？"

阿玛提亚微微笑了笑："我能认出自己的同类。你能吗？"

"我只通过人们的行为去判断好坏，而且我知道马丁·施塔内克对孩子做了些什么。"

"那你其实就什么都不知道。"

"我应该知道什么？"

"有些时候，黑白就是颠倒的。"

"你当时说，我很快还会找到别的被害人。你是怎么知道的？"

"你当时并不想知道。"

"是马丁·施塔内克和你说了什么吗？他跟你讲过他的复仇计划吗？"

阿玛提亚叹了口气："你连问题都没有问对。"

"那要怎么问才算对？"

阿玛提亚再次转头看向单面镜，朝着对面的简笑了。"你应该问：哪个被害人还没被找到？"

"都是胡扯。她就是在胡扯，一直不说实话，吊着你，好让你再回去看她。"简猛地拍了一下方向盘,"妈的,就应该让我去问那个贱人。对不起,让你受这一茬罪。"

"当时不是我们两个都同意了吗?只有我去才行,"莫拉说道,"她比较信我。"

"她比较能操控你。"简怒目盯着下午堵塞的街道,前面的车流一眼望不到尽头,两人回波士顿的路似乎更长了,"白跑一趟,什么有用的都没问出来。"

"她说你们应该去调查那个还没被找到的被害人。"

"她说的应该是比尔·沙利文,在布鲁克莱恩失踪的一个年轻男子。要是他真的和圣维塔利斯一样被活埋了,我们可能永远也找不到他。我现在只希望施塔内克不是在比尔还活着的时候把他埋了的。"

"如果阿玛提亚说的是另一个被害人呢,简?你们也还没找到霍莉·迪瓦恩。她现在还活着吗?"

"我一直在给她父亲打电话,但是迪瓦恩先生一直不愿意跟我聊。所以,也许这样也好。如果警察找不到她,那凶手也找不到。"

莫拉看着简,说道:"你这么确定马丁·施塔内克就是凶手,为什么不直接逮捕他?"

简的沉默说明了一切。她只是看着前面的车流,过了一会儿才开口承认:"我没有证据。"

"你搜过他的公寓了,什么证据都没找到?"

"没有氯胺酮,没有胶带,没有手术刀,什么都没有。他连车都没有,那他到底是怎么把蒂莫西·麦克杜格尔的尸体搬到码头的?另外,平安夜,他有完美的不在场证明。讽刺的是,他那天晚上在教堂的汤厨房吃饭,教堂的修女记得他。"

"也许他不是你要找的凶手。"

"或许他还有个同伙,有人帮他杀人。施塔内克在监狱里待了二十年,谁知道他在里面都认识了些什么人?肯定是有人在帮他。"

"警方不是已经监听了他的电话吗?他都联系了谁?"

"就是几个你能想得到的人。律师、当地的比萨店,还有正在写作的记者,再有就是帮他卖房子的房地产经理。"

"这些人里,有谁是有犯罪记录的吗?"

"都没有,他们干干净净。"简怒视前方的道路,"他肯定是和在监狱里认识的人一起做的。"

莫拉没有接话,过了一分钟后,才说道:"如果不是施塔内克做的呢?"

"只有他有杀人动机,不是他还能是谁?"

"我只是觉得我们结论下得太快了,这么快就认定是他。"

简转头看着莫拉:"好吧,告诉我,你到底在怀疑什么?"

"是阿玛提亚对我说的一些话。她说我太相信自己的判断,所以忽视了其他的一切,对真相视而不见。"

"她就是在和你玩心理战。"

"如果我们一直都忽视了重要的线索怎么办,简?如果马丁·施塔内克自始至终都是无辜的怎么办?"

简发出一声挫败的低吼,随即突然转动方向盘,将车子掉头,开向了最近的出口匝道。

"你在做什么?"

"我们现在就去布鲁克莱恩,我要带你去看看苹果树日托中心。"

"那地方还在?"

"日托中心在施塔内克家房子的侧翼。我和弗罗斯特昨天去那里转了转。那地方已经在市面上挂了好多年了，连个打听的人都没有，可能谁都不喜欢那里邪恶的氛围吧。"

"你带我到那儿去干吗？"

"阿玛提亚在你的脑子里塞了乱七八糟的东西，现在我说什么你都不会信。所以我要带你去看看那地方，然后你就知道为什么我觉得马丁·施塔内克有罪了。"

她们终于来到施塔内克家时，太阳已经快要下山了，树木在白雪覆盖的前院投下细长的影子。日托中心的路标仍然立在门口，但房顶的瓦片已经一去不复返了，只留下院子里一个破旧的秋千，表明这里确实曾有孩子嬉笑玩耍。莫拉在温暖的车内磨蹭着，不愿意下车，更何况她们还要在刺骨的寒风中跋涉到门廊处。房子是传统的新英格兰科德角式，有木制百叶窗和双悬窗，护墙板上的油漆剥落得像羽毛一样，破碎的屋顶瓦片上散落着斑斑点点的沥青。

"你要我看什么？"莫拉问。

"跟我来吧。"简打开车门，"我带你去看。"

门廊前齐踝深的雪已经被踩出了两趟脚印，那是前一天简和弗罗斯特来过的痕迹，现在她们踩着之前已经被冻成冰的脚印慢慢向房子的前廊走去。

"门廊那边的楼梯已经快散架了，所以小心点儿。"简叮嘱道。

"房子别的地方也损坏成这样了吗？"

"这里差不多就等着被推平了。"简说着，捡起门廊台阶旁的一块石头，从下面拿起一把钥匙，"真想不通房地产经纪人锁门有什么用。她就应该让人们进来把这地方一把火烧了，所有问题就都解决了。"简推开前门，伴随着鬼屋特有的嘎吱声，门缓缓打开,"欢迎来到撒旦日托中心。"

屋子里比外面还要冷,好像有一团寒气被永远地困在了这里。莫拉站在阴暗的门厅,打量着剥落的墙纸,依稀可见上面印着精致的粉红色玫瑰,这是外婆那个年代的人都喜欢的墙面装饰花样。门厅外挂着一面裂痕累累的镜子,宽条的松木地板上散落着枯叶和其他杂物,随着访客的到来,被外面带进来的风扬起,又飘落。

"楼上就是施塔内克家住的三间卧室。"简说道,"这里没什么好看的,就是一些空房间,屋里的家具几年前就被拍卖了,为了付打官司的钱。"

"这房子还在马丁·施塔内克名下?"

"在的,不过他不能住这儿。施塔内克有性侵记录,也交不起税,所以就把房子挂出去卖了。"简指了指走廊,"他们的日托中心在房子后边。我要带你去看的就是那里。"

莫拉跟着简走过一间瓷砖剥落的浴室,然后是锈迹斑斑的厕所。随后她们就走进了苹果树日托中心的娱乐室,宽大的落地窗正对着后院,院子里面曾经的小树苗也已经长成幽深的树丛,此刻长长的树枝几乎伸到房间里。水滴渗透房顶,地毯上布满霉点。

"好好看看那面墙。"简说道。

莫拉转身,看着墙上的一排肖像画,那些面孔对于现在的莫拉来说已经不再陌生。

"你知道这是谁,对吧?"简问道,手指向一副肖像画,画里的女人一只手握着自己的眼球,眼神清澈,面容安详,"咱们的老朋友,圣露西。然后你再看这个,圣塞巴斯蒂安,被箭射死。这是圣维塔利斯。圣女贞德,被火烧死。艾琳·施塔内克在她教区的教堂慕道班教课，让孩子们记住每一个圣徒纪念日，她还让那些与圣人生日相同的孩子把自己的名字写到圣人像下面。你看看圣露西像下面是谁的名字。"

莫拉皱眉看着画像下面那一行用大写字母写的名字，是那种有些歪歪扭扭的孩子气的字体：卡桑德拉·科伊尔。

"这边是蒂莫西·麦克杜格尔的名字，在圣塞巴斯蒂安画像下面。圣维塔利斯像是比尔·沙利文。好像这些孩子在二十年前就签下了各自的死亡契约。"

"基本上每个主日学校都有这些圣人像。这并不能证明什么，简。"

"马丁·施塔内克就是在这里长大的。他每天都看着这一墙的圣人，知道哪个孩子的生日是圣露西纪念日，哪个是圣女贞德纪念日。你看到艾琳给这些殉道者贴的金色星星了吗？为你欢呼！你死得其所！被石头砸死、被钉死在十字架上、被活活剥皮，宗教里最高尚的死法都在这儿。而马丁就在这样的环境下长大，他很可能受到了这些东西的鼓惑。"

莫拉的目光锁定在一双殉道者的图像上，其中一个手里握着一把剑。这和她在圣母圣光大教堂的彩绘玻璃上看到的那对圣人一样。圣福斯卡和圣莫拉，两个人都被砍掉了脑袋。

"这边就是我们的第五位儿童证人，我们没找到的那位。"简说道，手指着霍莉·迪瓦恩的名字。名字上方的画作上是一个男人，手捧着一个碗，接着从他张大的嘴中流出的血。

"圣利维努斯。"莫拉说道。

"如果我们不尽快找到霍莉，这就是她的下场，像悲惨的圣利维努斯一样。人们拔掉了他的舌头，不让他布道。"

莫拉打了一个寒战，不再去看满墙的恐怖形象。因为这幽深而忧郁的氛围，房子里似乎变得更冷了，寒意透骨。她走向窗边，看向后院，那些野蛮生长的树木此刻已经渐渐隐没在朦胧的黑暗中。

"我总会想到瑞吉娜。"简说，"如果我是把孩子送到这里的家长之一，该怎么办？为了不让外面的禽兽伤害到你的孩子，你可以做任何事情，但你还得工作，得赚钱。你不得不把孩子托付给别人。"

"你很幸运，有你妈妈帮忙照看孩子。"

"是，但如果她不能帮我呢？如果我没有妈妈了呢？我知道苹果树日托的一些家长肯定是没有选择的，但他们就一直没发觉这个地方有什么不对劲吗？"

"你觉得不对劲是因为你知道这里发生了什么。"

"你难道就感觉不到这里的诡异气息吗？"

"我不相信'气息'这种东西。"

"你不相信，是因为它没法用你那些科学仪器检测。"

"我现在能检测到的就是这里的温度，我快冷死了。要是没什么别的东西要看，我想——"莫拉突然收声，僵住了身体，盯着外面的树木，"外面有人。"

简顺着她的目光看向窗外。"我没看到人。"

"他刚刚就在树丛边上站着，脸朝着这边。"

"我出去看看。"

"等等，你不是应该先叫支援吗？"

不过简并没有回答，她早已从后门跑了出去。

莫拉紧跟着来到外面，只看见简快速冲进常青灌木丛中。很快，黑暗就将她的身影吞噬了。莫拉能听到简快速跑动间脚下灌木丛发出的响动，被靴子踩断的树枝爆发出清脆的响声。

而后是一片沉寂。

"简?"

莫拉的心脏跳动得又急又快,她顺着简在后院踩出的脚印,跌跌撞撞地走进了幽深的树丛。落雪掩盖了树根和掉落的树枝,莫拉磕磕绊绊地向前走,蠢笨而吵闹得如同一头水牛。她忍不住想象着,简倒在雪地上,杀手居高临下地站在她旁边,就要给她致命一击。

呼叫支援。

莫拉从口袋中拿出手机,用冰冷而颤抖的手指输入解锁密码。然后她听到有人大声命令道:"别动!警察!"

莫拉顺着简的声音传来的方向,一脚深一脚浅地走到一片空地,正看到简拿着枪站在那里。几步开外的地方站着另一个人影,那人双手高举,脸被兜帽遮住,看不清楚。

"用不用我叫支援?"莫拉问道。

"先看看这人是谁。"简说完,再次对那人影大喊道,"报上你的名字!"

"我可以先把手放下来吗?"对方冷静地说道,是一个女人。

"可以,动作慢点儿。"简回答。

女人放下手臂,然后将兜帽拉到脑后。尽管被黑漆漆的枪口指着,但她看向简和莫拉时却出奇地平静。"到底是怎么回事?我就是在家周围散步也犯法了吗?"

简放下枪,有些惊讶地说道:"是你。"

"抱歉,我们认识吗?"

"你去过卡桑德拉·科伊尔的葬礼,还有蒂莫西·麦克杜格尔的葬礼。你到这里来做什么?"

"我在找我爸的狗。"

"你住在这附近吗?"

"我爸住在那边。"年轻女子指了指树丛之外一个亮着灯的房子说道,"他的狗跑出来了,我刚刚一直在找它。后来我看到你们的车,还以为是有人想偷偷闯进老日托中心。"

"你是霍莉·迪瓦恩,对吗?"简说道。

女子并没有回答。短暂的沉默后,她终于开口,喃喃自语道:"已经有好些年没人这样叫过我了。"

"我们一直在找你,霍莉。我给你父亲打了很多通电话,但他就是不告诉我你在哪儿。"

"因为他谁也不信。"

"好吧,你们必须相信我。这可是性命关天的事。"

"你在说什么?"

"我们先找一个暖和点儿的地方坐坐,然后我会告诉你的。"

27

厄尔·迪瓦恩的房子朴素而不起眼，三个人走上门廊处的台阶便听到了狗叫声。莫拉根据犬吠声判断这应该是一条大狗，于是微微退后几步，生怕霍莉开门后，从门里跑出一条呲着尖牙的大狗。不过眼前的黑色拉布拉多对简和莫拉并没有什么兴趣，反而对霍莉表现出极大的热情，摇头摆尾地凑到她身前，用头在她的手心里蹭来蹭去。

"你个小坏蛋，自己跑回来了是不是？"霍莉佯装生气地训斥道，"以后再也不找你了。"

"霍莉，这两位是谁？"屋内的厄尔声音粗哑地问道。他走到玄关处，脸在灯光下显出暖黄色的光晕。他的衣服过于肥大，松松垮垮地套在身上，看来他最近应该消瘦了不少。但面对莫拉和简，他的手臂依旧微微弯曲，五指握成了拳，有些戒备地看着她们，似乎随时可以为了保护女儿重重地挥出一拳。

"我刚刚出去找乔，在老日托中心那边碰到了这两位女士。"霍莉说道，"结果乔自己跑回来了。"

"嗯，它自己回来了。"厄尔说，但注意力始终在简和莫拉两人身上，"你们是谁？"

"我和您通过电话的，迪瓦恩先生。"简开口道，"我是波士顿警察局的警探，简·里佐利。"

厄尔看着简伸出的手,最终决定握住。"所以你还是找到我家姑娘了。"

"如果您直接告诉我她在哪儿,我也不用费这么大力气了。"

霍莉对父亲解释道:"我跟她们说了,你那么做是因为信不过外人,爸爸。"

"连警察也信不过?"简问道。

"警察?"厄尔·迪瓦恩冷哼了一声,似乎有些不屑,"我为什么要信?这年头,只要看看新闻就明白了。警察能帮忙,也能掏枪毙了你。"

"我们不过是想保证您女儿的安全。"

"是,电话里你也是这么说的,可我怎么知道你说的是实话?我怎么确定你真的是一名警察?"

"我爸爸这样小心也是有原因的。"霍莉说道,"前段时间有个男人一直在跟踪我。我没办法,把姓改成了多诺万,才甩掉了他。"

"他还一直往我这里打电话,打听霍莉。"厄尔接着说道,"这男人甚至让一个女人打电话,说她是个记者,想和霍莉聊聊。我才不会因为你说自己是警察就相信你。"

"是谁在跟踪霍莉?"简问。

"霍莉以前认识的一个年轻人。他那德行我一直看不上,他还一直上门来问霍莉的事,好在最后我把他吓走了。他要是知道些好歹,就应该离我女儿远点儿。"

"她们来这里不是因为他,爸爸。"霍莉说道。

"是关于苹果树日托的案件,先生。"简解释道。

厄尔立刻皱眉看着她:"为什么?那都是多久之前的事了,早就结束了,人也都进监狱了。"

"马丁·施塔内克已经出狱。我们推测他想要报仇，也许会伤害当年把他送进监狱的人，我们现在很担心，他可能会对霍莉下手。"

"那畜生威胁她了？"

"还没有，但是当年提供证词的孩子里，有三个已经被杀，还有一个失踪。所以您现在应该理解我们为什么很担心您女儿的安全。"

厄尔盯着简看了好一会儿，随后表情僵硬地点了点头："跟我说说你们想怎么做吧。"

几人来到了厄尔·迪瓦恩家中狭小的客厅里，破旧的沙发和褪色的瑙加海德革①扶手椅似乎已经随着时间的流逝融在地板上，渐渐成了房子的一部分。其中一把椅子上有厄尔留下的坐痕，坐垫显现出人体的形状。霍莉为两位客人端来了咖啡，莫拉看了一眼马克杯污迹斑斑的边缘，小心翼翼地放下了杯子。不光是在杯子上，房间里的污渍随处可见：地毯上狗狗拉尿的痕迹，沙发扶手上被香烟烫坏的痕迹，天花板上漏雨造成的淡淡霉斑。房间里一眼看不到书籍或杂志，只有一沓《省钱周刊》和报纸优惠券。在众人的谈话过程中，电视机一直开着，房间里闪烁着变换的光。

"当时做证的孩子姓名都是保密的，起诉检察官跟我们承诺过。"厄尔·迪瓦恩紧紧盯着简，"你怎么会知道霍莉的名字，还要来找她？"

"迪瓦恩先生，其实是您女儿先现身的。"简转向霍莉，"你参加了卡桑德拉和蒂莫西的葬礼，所以应该早就知道他们被谋杀

---

① 一种家居装潢用的织物。

的消息了。"

厄尔也皱眉看向女儿："你没跟我说过你去了他们的葬礼。"

"我想知道他们两个的死有没有关联。"霍莉回答道,"我什么也没打听到。"

"因为当时没人发现这两起案件之间的关联。"简说道,"但你是知道的,霍莉。如果你当时打电话报警,事情就没这么麻烦了。你为什么没有联系警方?"

"我当时希望他们两个的死只是巧合。我也不确定。"

"你为什么没有打电话报警,霍莉?"简又问了一遍。

霍莉同样瞪视着简,被她语气里的尖锐震慑住了。片刻后,霍莉移开了目光。"我应该报警的,对不起。"

"如果你当时联系了我们,也许比尔·沙利文现在还活着。"

"比利怎么了?"厄尔问。

"他失踪了。"简答道,"根据他失踪现场的情况和他车子里的血迹,我们认为他已经遇害了。"

莫拉一直在看着霍莉,所以她注意到了霍莉听到后半句时突然抬起头来,眼里有着无法假装的震惊。

"比利死了?"

"你不知道吗?"简问道。

"不,我不知道,我从没想过他会……"

"你说当年的孩子死了四个,"厄尔说道,"你只说了三个人。"

"还有萨拉·拜恩,去年十一月的时候死于一场火灾。警方将她的死定为意外,但现在案件调查又重新启动了。所以您明白了吧,为什么我们一定要找到您的女儿。"简看着霍莉,"到底是出于什么原因,你才会躲着警方——"

"等等，你——"厄尔打断简，反驳道。

简抬手示意他不要说话："我想听您女儿亲口回答这个问题。"

在众人的注视下，霍莉似乎在努力调整自己，才能鼓足勇气回答简的问题。她坐直了身体，在简的注视下开口说道："那件事早就已经尘埃落定，我也不想旧事重提。我不想让大家都知道。"

"知道什么？"

"知道'苹果树'的事情，知道那些禽兽对我做过什么。你们似乎不了解那种事情会对你造成什么样的影响，或者人们知道你被猥亵过会怎么看你，他们脑子里会想象什么样的画面……"霍莉双臂环抱住自己，低头看向脏兮兮的地毯，"回想起来，妈妈把我送到那种地方，只是因为她觉得放学后我一个人在家不安全。她总觉得会有男人在灌木丛里蹲着，蹿出来强暴我。"

"霍莉。"厄尔呼唤她。

"是真的，爸，妈妈就是这样的，觉得哪里都是强奸犯。所以我每天都必须坐上他的巴士，他把我们带到那边。我们就像任人宰割的羔羊。"她抬起头，对上简的目光，"你们看过案件记录了吧，警探。你知道我们身上发生了什么。"

"是的，我知道。"简回答。

"这一切都是因为我妈妈想保证我的安全。"

"不要再纠结于这些痛苦的过去了，霍莉，这样对你没好处。"厄尔看向简，"我妻子的童年时期过得很不好。她小时候经历过一些很糟糕的事情，她觉得耻辱，从来也不愿意提起。她有一个叔叔，那男人……"厄尔停了一下，又继续说道，"总之，那件事让她很害怕，她担心霍莉也会遭遇同样的事情。案件庭审之后没过几个月她就去世了,也许是她的心里再也承受不住了吧。那之后就只剩下我们父女俩相依为命,但我觉得我们过得也还可以。看看我女儿!她读了大学,还有一份不错的工作。霍莉最大的愿望的就是'苹果树'那件事永远烂在过去,谁也不要再提起。"

"这都是为了霍莉好,迪瓦恩先生。我们只是担心她的安危。"

"那就把那浑蛋抓起来。"

"我们现在还不能这么做,证据还不够。"简对霍莉说道,"我知道这对你来说很困难,这些记忆让你很痛苦,但是你一定要帮我们把马丁·施塔内克重新关进监狱,不能留下这个祸害。"

霍莉看向父亲,似乎是为了确定什么。这两人看起来要比一般的父女亲密很多,是多年互相依偎的鳏夫和孤女之间才有的深厚情感。

"别怕,孩子。"厄尔说道,"她们想知道什么你就说吧。咱们把那个狗杂种永远关起来。"

"我只是……只是很难说出,马丁——那个人——对我做了什么……我爸爸还在这儿。这太令人难以启齿了。"

"迪瓦恩先生,您介意暂时回避一下吗?"简问道。

厄尔站起身。"你们几个谈吧。宝贝,要是有任何需要,你只管叫我就好。"说完,他走进了厨房。接着,客厅里的三人听到了流水声,还有水壶放在炉子上的声音。

"我每次回来他都会给我做晚饭。"霍莉说,随后又苦笑着补充道,"其实他做饭很难吃,不过我知道,这是他关心我的方式。"

"我们能看出来他有多关心你。"莫拉说。

霍莉似乎这才第一次注意到莫拉。在这之前，莫拉一直沉默着，任由简主导这次谈话，但此时，莫拉感受到了房间内流动的异同寻常的情绪波动，她好奇简有没有发现这对父女之间总是用眼神寻求肯定和安慰。

"因为我们害怕那个跟踪我的男人会在这附近伏击我，所以我好几个月都没回来。对我爸来说，看不到我的那段时间很煎熬。他是我最好的朋友。"

"但你还是不能当着他的面说起马丁·施塔内克。"简说道。

霍莉看了她一眼，说道："你能对你父亲讲述一个男人猥亵你的过程吗？描述那个男人如何把他的阴茎插进你的喉咙里？"

简顿了顿，回答道："不，我不能。"

"那你就能理解，为什么我们从来不会聊这个。"

"但我们必须要聊，霍莉，你必须先帮我们，我们才能保证你的安全。"

"那个检察官就是这样说的：把发生的一切都告诉我们，我们会保证你们的安全。但我很害怕，我不想像莉齐那样消失。"

"你认识莉齐·迪帕尔马？"

霍莉点头："我们每天都乘马丁的巴士，一起去'苹果树'。莉齐比我要聪明得多，也很勇敢。以她的性格，若是发生了什么一定会反抗的。也许他只能杀了她，不然她就会尖叫呼救，或者告诉别人马丁对她做了什么。她被绑架那天是星期六，没有任何孩子看见，我们都不知道莉齐到底出了什么事。"霍莉深深吸了一口气，而后看着简说，"直到后来，我找到了她的帽子。"

"在马丁的车上。"简接话道。

霍莉点了点头："那时我才知道是他做的，我知道我必须得说出来了。我很感激，妈妈当时选择相信我。因为她小时候发生过的那件事,她毫不怀疑我的话。但其他家长并不相信他们的孩子。"

"因为有些孩子说出的故事很难让人相信。"简说道,"蒂莫西说森林里有会飞的老虎;萨拉说日托中心有一个隐秘的地下室,施塔内克一家总往里面扔死掉的婴儿。但警察彻底搜查过那栋建筑,根本没有地下室,当然也从来没有什么会飞的老虎。"

"蒂莫西和萨拉那时候还是小孩,很容易被不理解的事情迷惑。"

"但你也应该清楚,为什么有些证词是不合标准的。"

"你不是当事人,警探,你不用每天面对一整面墙的圣人,去记他们是怎么死的。维罗纳的圣彼得,他的头被砍刀劈开;圣劳伦斯,在烤架上被烧死;圣克莱门特,脖子上挂着锚淹死。如果你的生日正好是圣人纪念日,你可以戴上殉道者的皇冠,拿着塑料棕榈叶,大家都围着你跳舞。我们的家长都认为这是非常光荣的事情!但这正是整个事件最阴暗的地方。邪恶伪装成虔诚。"霍莉打了个寒战,继续说道,"但莉齐失踪后,我终于鼓起勇气说了些什么,因为我知道,发生在她身上的事也可能会发生在我身上。我说了实话,所以马丁现在想要报复。"

"我们会保护你的,霍莉,"简说道,"但你得帮我们。"

"我要怎么做?"

"在我们有足够的证据逮捕马丁·施塔内克之前,你最好离开波士顿。你有没有外地的朋友可以暂时收留你?"

"不,没有,我只有父亲一个人可以信任。"

"这地方不安全。施塔内克很可能会在这里守株待兔。"

"我不能就这么辞职,我还要付账单。"她的目光在简和莫拉的身上来回梭巡,"反正他还没有找到我,那我在自己的公寓应该是安全的，不是吗？我备一把枪怎么样？"

"你有持枪许可证吗？"简问。

"一定要有吗？"

"你知道我不能鼓励你去触犯法律。"

"但有的法律根本毫无道理，我要是死了，你们的狗屁法律还有什么用？"

莫拉提议道："警方出面怎么样，简？安排一个警官保护她。"

"我看看吧，但我们现在人手有限。"简看着霍莉，"在我有下一步安排之前，你最好还是能有所防备，知道该注意些什么。我们认为施塔内克并不是独自行动，他还有一个同伙，这人可能是男的也可能是女的。不管在什么情况下，你都不能放松警惕。我们现在确定有两名被害人生前喝了掺有氯胺酮的酒，很可能是在一个酒吧里，所以如果有陌生人给你酒水，千万不要接受，最好就不要去喝酒的地方。"

霍莉瞪大了眼睛："那就是他的手段吗？给人们的酒里下毒？"

"但你不会有事的，因为你现在已经知道他的做法了。"

简的手机铃声响起，她接起电话，干脆地应道："我是里佐利。"片刻后，莫拉便被简的动作吓了一跳。只见简突然站起身，大步朝着门外走去，没让任何人听到谈话内容。但是透过关闭的前门，莫拉还是听到了简的质问声："怎么会这样？负责看着他的人是谁？"

"发生什么事了？"霍莉问。

"不清楚，我这就去看看。"莫拉也跟着简来到了外面，关上了身后的门。她就站在冷风里发抖，等着简讲完电话。

"天哪。"简挂断了电话,转向莫拉说道,"马丁·施塔内克逃跑了。"

"什么?什么时候的事?"

"我们有一队人在他的住处附近监视他,但他从后门溜走了,那之后再没人看见他。现在没人知道他去哪儿了。"

莫拉转过头,看到霍莉的脸贴在玻璃窗上看向她们两个,她轻声说道:"你们得快点儿找到他。"

简点了点头:"赶在他找到霍莉之前。"

28

透过客厅的窗子,我看到里佐利警探和艾尔斯医生开车离开,转身看向身后的父亲,承认道:"我很害怕,爸。"

"不用怕。"

"但警察都不知道他在哪儿。"

父亲将我拉近,双臂环抱住我。以前,拥抱父亲就像是拥抱沉默又结实的树干。现在他瘦了很多,拥抱他像是拥抱一把骨头,透过他有些硌人的胸骨,我听到父亲的心与我的心一起跳动着。

"他要是敢来动我女儿就死定了。"父亲抬起我的脸,看着我的眼睛,"别担心,爸爸什么都能解决。"

"你保证?"

"我保证。"他握住我的手,"好了,现在跟我去厨房看看吧。我给你准备了一些东西。"

29

"在找到马丁·施塔内克之前,我们怎么才能保障她的安全?"塔姆警探问道。

波士顿警察局的会议室里坐满了人,大家都很关心这个问题。因为案件调查范围变广,克罗和塔姆也参与进来。今天早上,朱克博士也加入了他们。他们确信,霍莉将是施塔内克的下一个目标,但他们不知道施塔内克会在什么时候、什么地方动手。

"霍莉·迪瓦恩明知道自己随时都有生命危险,却表现得一点儿都不担心的样子。"克罗说道,"昨天早上,我和塔姆去她的公寓检查她住处的安保,她一句话也不愿意和我们多说,只说她上班快迟到了,然后就走了。"

"好消息是,"塔姆接着说道,"我查到她父亲是有持枪许可的,而且迪瓦恩先生还是海军退伍军人。或许我们可以劝她,让她父亲搬过来同住。和自己持枪的老爹住在一起,这样还不够安全吗?"

简不赞同地说:"谁要是让我和我爸住在一起,我宁愿先一枪崩了自己。不,霍莉并不是那种会忍受别人指手画脚的人。她有自己的想法,而且她很……不一样。我现在还没看懂她。"

"怎么不一样?"朱克博士问。毫无疑问,犯罪心理学家最喜欢问这种问题。简思索了一会儿，试着给出一个答案，解释霍莉·迪瓦恩有哪里让她感觉不对劲。

"她对于自己当前的处境表现得异常冷静，没有一点儿慌张，也不愿意听从我们任何一条建议。她不想出城，也不愿意离职。这女孩要自己做主，并把这一点表达得很清楚。"

"你说这话的时候，语气里是有些赞赏的，里佐利警探。"

简对上了朱克让人不安的冰冷目光，他正像以往一样研究着她，试图挖掘她最深处的秘密。"没错，在这一点上我很佩服她。我认为每个人的生活都应该由自己来掌控。"

"话虽这么说，但是这让保护她的工作变得更麻烦了。"塔姆说道。

"我已经提醒过她嫌疑人是如何接近其他几个被害人的了，也告诉了她他们的酒里有氯胺酮。她现在已经知道了应该提防些什么，这就是最好的保护。"简停顿了一下，又补充道，"再说，如果她愿意毫无保留地暴露在人们视野中的话，也许对我们来说不算是坏事。"

"我们利用她做诱饵？"克罗问道。

"确切地说并不是利用她。谁叫她那么倔，我们只能见招拆招。即使知道施塔内克要对她不利，她还是不愿意让这件事影响生活，坚持自己的生活节奏，不改变日常的活动。如果我是她，我也会这么做。实际上，我也确实这么做过，几年前我曾处在和她相同的境地。"

"你说的是什么境地？"塔姆不解地问道。他是最近才加入凶案组的，并没有参与四年前那起案件的调查。当时简在追踪一名杀手，代号"外科医生"，这人突然对简有了变态的执念，开始将她作为自己猎杀的目标。

弗罗斯特轻声回答道:"她说的是沃伦·霍伊特。"①

"若是一个疯子迫使你改变了生活,那他就已经赢了。"简说道,"霍莉拒绝投降。既然她这么固执,我觉得我们可以将计就计。我们要时刻追踪她的行动轨迹,在她的住处和上班的地方安装监控摄像头,等着施塔内克动手。"

"你说她愿不愿意戴上一个监控手环?"塔姆提议道,"那样就方便我们追踪她了。"

"你可以自己去试着说服她戴上。"

"这位年轻女士为什么这么不配合?"朱克说道,"对此你有什么看法吗,里佐利警探?"

"我认为她的性格就是这样的。要记得,霍莉之前也是反抗过的。她是所有孩子里第一个站出来揭发施塔内克一家猥亵行为的人,对于一个十岁孩子来说,这需要很大的勇气。如果不是霍莉,施塔内克一家根本不会被逮捕,也不会经历审判,他们虐童娈童的罪行可能会因此持续更久。"

"没错,我看了心理学家对她的访谈记录。"朱克说道,"霍莉的证词是最精确也最可信的,而其他孩子的证词显然是被污染过的。"

"您是什么意思,朱克博士?"塔姆问道,"污染?"

朱克回答道:"那些年纪更小一些的孩子,他们的证词十分荒谬。有一个五岁的男孩说看见树林里有会飞的老虎;一个女孩说很多猫和婴儿被献祭给恶魔,然后被扔进一个地下室里。"

简耸了耸肩:"孩子有时确实会说得夸张一些。"

"又或者是有人教他们这么说的?控方引导他们说了那些证

---

①相关故事请见《外科医生》《学徒》。

词？要记得，对施塔内克一家的审判发生在一个特殊时期，那时全国各地的民众都确信当地有人进行邪教崇拜。在二十世纪九十年代初，我参加过一个犯罪心理学论坛会议，听到一个所谓的专家描述全国各地的邪教网络，以及他们如何虐待儿童甚至用婴儿做祭品。她声称自己的病人中有四分之一都是这种虐待的幸存者。当时这类刑事审判在全国各地都有，和'苹果树'案子一样。不幸的是，在这些审判中，大多数案子都没有事实依据，不过是人们的恐慌和迷信作祟罢了。"

"如果真的是子虚乌有的事情，孩子们为什么会编出这么荒唐的故事？"塔姆问。

"我们就拿那起仪式虐待案件来说吧——加利福尼亚州的麦克马丁幼儿园虐童案。一个患有精神分裂症的母亲向警察报案，声称自己的孩子遭到老师性侵。案件调查开始，警方写信给所有孩子的家长，提醒他们，他们的孩子很可能也是受害者。案件进入审判阶段后，指控已经翻了几倍，变得更为离谱。有人说被告纵欲放荡，还有的孩子指控他们把儿童从马桶冲到一个密室里，或者说袭击者像是会魔法一样在空中飞来飞去。结果呢，一个无辜的男人含冤入狱，被关了五年。"

"千万别告诉我，您认为马丁·施塔内克是无辜的？"简说道。

"我只是在怀疑'苹果树'案件中那些孩子的证词是被污染的。这些证词里有多少是孩子们想象的？有多少是被引导的？"

"但霍莉·迪瓦恩的身上确实出现了人身伤害的痕迹。"简指出，"医生检查了她说的头上的瘀伤，还有手臂和脸上的刮伤痕迹。"

"其他孩子身上都没有。"

"控方的心理学家说，那些孩子都有受虐后的情绪反应，惧怕黑暗、尿床、夜惊。我可以告诉你法官当时的原话，他说这些孩子受到了极深且极恐怖的伤害。"

"他当然会这么说，当时整个国家都处在道德恐慌中。"

"道德恐慌不会让一个孩子凭空消失。"简说道，"记得吧，一个九岁的女孩莉齐·迪帕尔马失踪了，她的尸体一直没被找到。"

"这起谋杀指控并没有被定罪。"

"因为陪审团拒绝对谋杀指控做出有罪判断，但所有人都知道，就是他做的。"

"你总是相信群体的智慧吗？"朱克博士挑眉回应道，"作为一名犯罪心理学家，我的职责就是为你们提供不同的思维视角，指出你们可能忽视的东西。人类的行为并不是你以为的那样非黑即白。人们的动机往往十分复杂，而正义就是由不完美的人类来实现的。你肯定也察觉到了那些孩子的证词有不妥的地方吧。"

"检察官相信了他们。"

"你女儿今年三岁了，是吧？想象一下，她手里若是握着能把一个家族送进监狱的权力。"

"苹果树日托的孩子们都比我女儿大。"

"但不见得比你女儿更正确或可信。"

简叹了一口气："你和艾尔斯医生说了一样的话。"

"啊，是啊，永远的怀疑论者。"

"你想怀疑就怀疑，朱克博士。但事实就是，莉齐·迪帕尔马在二十年前失踪了，而她的帽子就在'苹果树'的校车上被发现，这让马丁·施塔内克成为主要嫌疑人。现在，当年指控过他的孩子们一个接一个被杀害。这么一看，施塔内克简直就是为案件量身定制的凶手。"

"那就证明给我看。找到能将他与这些谋杀案联系到一起的证据，任何证据都行。"

"是狐狸就会露出尾巴，"简说道，"我们一定会把他的尾巴揪出来。"

比利·沙利文的母亲住在一幢都铎式的漂亮房子里，离他长大的布鲁克莱恩社区很近。今天早上的冻雨让灌木上结了一层霜，通往沙利文太太家门廊的砖砌人行道上也结了一层薄冰，看上去很滑，甚至可以滑冰了。弗罗斯特和简在车里待了一会儿，望着房子，为接下来要面对的寒冷做好心理准备。除此之外，他们要面对的还有即将展开的糟心对话。

"她应该知道了吧，她的儿子已经死了。"弗罗斯特说道。

"但她还不知道是怎么死的。我肯定不会告诉她，她儿子的死可能有多可怕。"和圣维塔利斯一样，被活埋。或者说，凶手其实并没有那么残忍，在比尔·沙利文死了之后才开始填土埋他？简不愿去想另一种可能性：比利还活着且意识清醒的时候，被扔进一个棺材，听着棺材上撒下一铲又一铲冻成块的泥土；或是被捆住手脚，扔进一个墓坑中，泥土像雨点一样落在脸上，他被活活呛死。这些就是简噩梦的来源。若是她真的软弱地听之任之，她的工作就会将她囚禁于其中。

"走吧，早晚都要和她说的。"弗罗斯特说道。

两人来到房子的前门，弗罗斯特按下了门铃，随后他们一边等一边在凛冽的冬日寒风里瑟瑟发抖，雨夹雪拍打着人行道和灌木丛。房内，比利·沙利文的母亲肯定已经吓坏了，她预感到坏消息在敲门，同时又绝望地守着心里那一线希望。简总能在受害者家属的脸上看到希望的火苗，遗憾的是，多数情况下，她都不得不将这簇火苗熄灭。

一个女人打开了房门，但并没有邀请两人进去，而是在门口站了一会儿，好像不愿意让悲剧进入她的家。她面色苍白，眼睛干涩，脸颊像蜡像一样僵硬，可以看出她正在努力控制自己的情绪。女人的金发被一丝不苟地梳到脑后，她身上穿着的奶油色针织裤和粉色毛衣更像是出席某个乡村俱乐部午宴的穿着。然而，今天可能是她人生中最糟糕的一天，她还戴着珍珠首饰。

"沙利文夫人，"简开口道，"我是波士顿警察局的警探简·里佐利。这位是我的搭档，弗罗斯特警探。我们可以进去吗？"

女人点了点头，侧过身，让简和弗罗斯特进到室内。两人进屋后便脱掉身上已经潮湿的外套，这期间谁都没有说话，空气中弥漫着让人难过的沉默。即使面临令人心碎的坏消息，沙利文夫人还是没有忘记自己作为女主人的职责。她将两人的外套挂到衣橱，然后领着他们来到了客厅。一到客厅，简的注意力就被挂在粗石壁炉上方的一幅油画吸引了。那是一幅金发青年的肖像，他英俊的脸面向阳光微微侧头，嘴唇弯起，露出一个平静而愉快的微笑。

她的儿子，比利。

客厅里描绘比利样貌的可不止这一幅画。简环顾整个房间，目之所及都能看到比利的照片。壁炉台上是一张他在毕业典礼上的留影，他头戴一顶学士帽，一副意气风发的样子。三角钢琴上放着几张带银相框的照片，分别是蹒跚学步、青春期，还有在帆船上咧嘴笑的被晒伤的比利。简没有看到任何一张男孩父亲的照片，只有儿子，显然，他是苏珊的最爱。

"我知道，这里摆这么多他的照片会让他难为情。"苏珊说道，"但我太为他骄傲了，他是全天下最好的儿子。"

她的语气里丝毫听不出已经失去儿子的痛苦，似乎她的儿子还活着，看来在她心里，希望的火焰还在熊熊燃烧。

"沙利文先生还在吗？"弗罗斯特问道。

"他还在世的。"苏珊简洁地答道，"他的第二任妻子也还在。比利十二岁时，他父亲离开了我们。之后我们一直没听到他的消息，也不需要知道。就算只有我们母子，也能过得很好。比尔对我很好，很照顾我。"

"您的前夫现在在哪儿？"

"在德国的什么地方吧，他又成了家。不过我们没必要提他。"她顿了顿，有那么一瞬间她的镇定出现了裂痕，眼里流露出一种绝望的神情。"你们找到——你们还有别的消息吗？"她低声问道。

"案子是由布鲁克莱恩警察局负责的，沙利文夫人。"简说道，"他的案子目前还定为失踪人口案。"

"可你们两个是波士顿警察局的。"

"是的，夫人。"

"在电话里，你说你们是凶案组的。"沙利文夫人的声音开始发颤，"那是不是说，你们觉得他……"

"我们只是不想出现什么疏漏，所以各个方面都要调查一下，考虑到所有的可能性。"弗罗斯特连忙接话道，"我知道您最近一直在跟布鲁克莱恩警方联络，基本上什么都交代过了，也理解重温一遍事件对您来说很难，但也许您会想起一些其他的细节，或许能帮我们找到您儿子。您最后一次见到比利是在周一的晚上，对吧？"

苏珊点了点头，双手不自在地放在腿上。"我们两个在家吃了晚饭，烤鸡。"她补充道，因为想起温馨的往事，脸上露出一丝微笑，"然后他说要去办公室加班，所以八点左右就又出门了。"

"我们听说，他是做金融方面工作的？"

"他是康韦尔投资公司的投资组合经理。有一些非常高净值的客户，他要格外关注，所以他一直在努力工作，让客户们满意。但你们可别问我他具体都做些什么，我什么都不懂。"苏珊有些羞怯地摇了摇头，"我对钱的事情几乎一窍不通，所有的理财都是比利在做。他做得很好。全靠他，我们才买得起这栋房子，不然我是绝对付不起这笔钱的。"

"您儿子和您一起住在这儿？"

"是啊。这么大的房子我一个人住不了，一共有五间卧室，四个壁炉。"苏珊说着，抬头看向十二英尺[①]高的天花板，"我一个人住的话，会非常孤独。自从他父亲离开了我们，比利和我就只能依靠彼此。我们两个相互照顾，是最好不过的安排。"

怪不得她儿子一直都没结婚，简想，哪个女人可以比得过眼前这位妈妈呢？

"跟我们讲一下周一晚上的事情吧，沙利文夫人。"弗罗斯特语气轻柔地问道，"那天晚上你儿子走后发生了什么？"

"他说他会在办公室加班到很晚，所以我十点左右就上床休息了。第二天早上，我醒来之后，发现他一整晚都没有回来。我打电话给他也没有人接，就知道肯定是出事了。我报了警，又过了几个小时，警察他们……"苏珊停住了，清了清嗓子，继续说道，"他们找到了比尔的车，在一个高尔夫球场旁边。车钥匙还

---

① 一英尺约合零点三米。

插在车里，他的公文包也放在前座上。还有血。"苏珊的双手再次搅在一起，她不安的时候就会这样。这样自持的人若是情绪崩溃，允许自己放声大哭，那一定让人不忍相看，简想道。

"警察说，那附近有一个停车场的监控摄像头，录像里拍到比尔在十点半左右从办公室离开。但在那之后，谁也没看到或听到过他的消息。"苏珊说道，"他办公室的同事、秘书也都没有，谁都没再见过他。"她转头看向弗罗斯特，殷切地注视着他，说道："你们要是知道发生了什么，一定要告诉我实话。我最受不了这样一点儿消息都没有。"

"只要他还没被找到，就还有希望，沙利文夫人。"弗罗斯特说道。

"是的，希望。"苏珊深吸一口气，坐直了身体，重新控制住了情绪，"你们说布鲁克莱恩的警方负责这起案子，那为什么波士顿警察局也参与进来了。"

"您儿子的失踪也许和波士顿警察局在调查的一些其他案件有关。"简解释道。

"哪些案件？"

"您记得卡桑德拉·科伊尔这个名字吗？或是蒂莫西·麦克杜格尔？"

苏珊沉默地坐了一会儿，目光看向虚空，似乎是在看向一段久远的记忆。她终于想起了些什么，就在那一瞬间，她的眼睛忽然瞪大了："苹果树。"

简点了点头，说："卡桑德拉和蒂莫西最近都被杀了，现在您儿子又失踪了，我们怀疑这些案件也许——"

"不好意思，我有点儿不舒服。"苏珊站起身冲出客厅。他们听到卫生间门关闭的声音。

"上帝啊，"弗罗斯特说道，"我讨厌这样。"

壁炉台上的一座时钟发出滴答声。旁边摆放着一张比利和母亲的合照，两人骑在摩托艇上，咧嘴笑着，摩托艇尾部用西班牙语写着"宝藏，阿卡普尔科"。

"这对母子关系很亲密。"简说道，"她肯定是知道的，她内心深处一定已经意识到了，比利已经走了。"简低头看着面前的茶几，桌面上方方正正地摊开着一本《建筑文摘》，摆放的角度似乎都是由设计师精心设计过的。这是一间完美的客厅，内嵌在一座完美的房子里，在这里，苏珊·沙利文曾过着完美的生活。而现在，她在浴室里抱着马桶呕吐，她的儿子也正在某个坟墓里腐烂。

马桶冲水声响起，接着走廊里传来脚步声，苏珊再次出现，板着脸孔，肩膀依旧挺直。

"我想知道他们是怎么死的。"她说道，"卡桑德拉和蒂莫西发生了什么？"

"很抱歉，沙利文夫人，案件还在调查中，我们什么都不能说。"

"你说他们是被谋杀的。"

"是的。"

"我有权知道更多信息，告诉我。"

沉默了片刻后，简最终点了点头："您先坐下吧。"

苏珊依言坐到了靠背椅上。她的脸色依旧苍白，但眼神和挺直的脊梁流露出钢铁般坚强的意志。"谋杀案都是什么时候发生的？"

简认为这些都已经是见报的消息，所以是可以告诉她的，于是回答道："卡桑德拉·科伊尔的遇害日期是十二月十六日，蒂莫西·麦克杜格尔在十二月二十四日遇害。"

"平安夜。"苏珊喃喃地说。她盯着房间另一头的一把空椅子,仿佛看见儿子的鬼魂在那里徘徊,"那天晚上,我和比利烧了一只鹅当平安夜晚餐。我们整天都在厨房里忙活,一边喝酒,一边说笑。然后我们拆了礼物,又看老电影,一直到凌晨一点,就我们两个人……"她停顿了一下,目光迅速回到简身上,"那个人出狱了吗?"她不必说出他的名字。他们知道她说的是谁。

"马丁·施塔内克十月份被刑满释放了。"简说道。

"我儿子失踪那晚他在哪里?"

"我们还不确定。"

"把他抓起来,逼他开口!"

"我们现在还在找他。而且没有证据,我们不能随便逮捕他。"

"这不是他第一次杀人了。"苏珊又说,"那个小姑娘,莉齐,他绑架了她然后杀了她。所有人都知道这件事,除了当年那个愚蠢的陪审团。他们要是相信检察官的话,那男人现在还在监狱里。我的儿子——我的比利——"她转过头,无法面对他们:"我不想再说什么了,请你们离开吧。"

"沙利文夫人——"

"求求你们。"

简和弗罗斯特有些不情愿地站起身。他们什么有用的信息都没问出来,这次来访唯一做成的事就是毁了这位母亲心中希望的火种,而他们还是没有得到任何能够找到马丁·施塔内克的线索。

回到车里,简和弗罗斯特再次看向那位母亲独自一人居住的房子。透过客厅的窗户,简可以看到苏珊晃动的身影,她正在房间里来回走动。简很高兴能够离开那栋房子，可以呼吸到外面的空气，而不是在里面品尝弥漫的哀恸。"他是怎么做到的？"她问，"施塔内克是怎么把比利·沙利文这样一个一米八五的健壮青年放倒的？"

"氯胺酮和酒精。他之前就这么干过。"

"但这次现场应该会留下一些挣扎的痕迹才对。化验室证实了，车里面的血迹就是比利·沙利文的，所以他肯定反抗过。"说着，她启动了车子，"我们到高尔夫球场那边看一下，我想知道沙利文的宝马是在哪儿找到的。"

布鲁克莱恩的警察已经搜查过了现场，什么也没发现，此时正值午后，天气阴沉，现场也没什么可看的。简把车停在高尔夫球场边上，眺望着结冰的草坪。雨夹雪滴答滴答地打在挡风玻璃上，融化的雪水顺着玻璃滑下。她没看到附近有监控摄像头，这段路上发生的一切没有任何记录，既没有监控，也没有目击证人。但宝马车里的血，尽管只是溅到仪表盘上的几处血迹，也提供了大量的信息。

"凶手把车丢弃在这里，但他是在哪里接走被害人的呢？"简说。

"如果他的作案手法和之前两起案件一样，那就会有酒。可能是在酒吧，或是餐馆。当时已经很晚了。"

简又一次发动了引擎。"我们去他工作的地方看看。"

简把车开进康韦尔投资公司的停车场时，已经是下午六点了。街上的其他店铺都已经关闭，但比利·沙利文办公室所在楼层的窗户还亮着灯。

"停车场里有四辆车。"简说，"看来有人在加班啊。"

弗罗斯特指着安装在停车场的监控摄像头说："这一定是拍

到他离开大楼的那个摄像头。"

他们通过监控录像得知，比尔·沙利文在周五晚上八点十五分走进了大楼。十点半，他走了出来，随后开上他的宝马车离开了。在那之后又发生了什么？简思索着。为什么沙利文的宝马车会开到几公里外的高尔夫球场，车里的血迹又是怎么来的呢？

简推开车门。"咱们找他的同事聊一聊吧。"

大楼的前门锁住了，百叶窗挡住了他们向内探查的视线。简敲了敲门，等了一会儿，随后再次敲门。

"我知道里面有人。"弗罗斯特说道，"我刚才还看到楼上窗户那边走过去一个人影。"

简拿出手机。"我给他们打个电话试试，看看会不会有人接。"

她还没来得及输入号码，门突然开了。一个男人出现在门口，他面无表情地打量着他们，不发一语，好像在思考要不要招待他们。男人一身标准的商务装——白色的牛津纺衬衫、羊毛长裤，打着一条中规中矩的蓝色领带，只是他的发型和居高临下的态度暴露了他的身份。简之前见过一个和他梳着一样发型的男人。

"公司晚上不接待客人。"他说道。

简看向他身后，办公室里还有别人在。一个男人坐在桌前，眼睛盯着电脑，袖子高高挽起，似乎是打算熬一个通宵。穿着裙装的女人匆匆走过，手中拿着一个装满文件夹的纸箱。

"我是波士顿警察局的里佐利警探。"简说道，"你们是哪个部门的？这里发生了什么事？"

"这并不在您的管辖范围，女士。"男人一边说着，一边作势要关上门。

简伸出手挡住了他的动作。"我们在调查一起属于潜在谋杀案的绑架案。"

"谁的案子?"

"比尔·沙利文。"

"比尔·沙利文早就不在这里工作了。"

门被猛地关上,随后砰的一声落下了门闩。简和弗罗斯特呆呆地盯着康韦尔投资公司挂在门上的黄铜牌匾。

"这下可有点儿意思了。"简说道。

30

有人在看我。菲尔和奥德蕾两个人一边交头接耳，一边鬼鬼祟祟地瞥上我一眼，那眼神就像是在看一个不久于人世的绝症病人。上周，维多利亚·阿瓦隆解除了和高才生传媒的合作关系，转而勾搭上了高端的纽约宣传事务所。虽然我的老板马克到现在还没有发火指责我丢了重要客户，但其他人都是这么想的，尽管我真的已经竭尽全力去推广那本狗屎一样的回忆录，要知道这本书所谓的作者维多利亚本人根本就一个字都没写。现在我的手里只剩十一位作者客户，我很担心会因为这事丢了饭碗，偏偏这个时候，警察还在盯我的梢。

还有其他人，马丁·施塔内克正在外面徘徊，伺机下手。

马克正向我办公桌这边走来，于是我快速转向电脑，开始写下一封推销信：索尔·格雷沙姆令人屏息的新小说。信只写了一半，都只是一些陈词滥调，一些像是"极佳、极优、最好的"等极致的形容词而已。我的手指悬在键盘上，绞尽脑汁想要搜刮出一些新颖有趣的赞美之词来装点这本实际上一无是处的书。但我最想打出来的是：我讨厌我的工作我讨厌我的工作我讨厌我的工作！

"霍莉，一切都还好吗？"

我抬起头，看着马克。他脸上的关切并不像假的，不像是奥德蕾惺惺作态的关心,也不像菲尔表现出的别有用心的同情,马克看起来是真的有些担心我。这是个好迹象,至少这样看来,他应该不会开除我。

"你午休出去吃饭时,一个叫里佐利的警探来这里找你,说想和你谈谈。"

"我知道。"我的手继续在键盘上敲着,一串宣传公关词库里的俗烂套话行云流水般地显示在了屏幕上。令人毛骨悚然又不忍释卷,让读者不禁心跳加速。"上周我去看望爸爸的时候她已经找过我了。"

"发生什么事了?"

"他们在调查凶杀案,那些被害人我都认识。"

"不只有一个被害人?"

我停下打字的动作,抬头看着他。"抱歉,我不能说。警方要求我什么都不能说。"

"当然。天哪,我很心疼你要经历这些,一定很不好受吧。警方知道凶手是谁了吗?"

"他们知道,但是现在还没找到他,而且他们认为我也有危险,所以我最近一直不在状态,总是心神不宁的。"

"嗯,这就说得通了。你最近要应付这么多事情,所以维多利亚的工作才会出了岔子。"

"我很抱歉,马克。我真的已经使出浑身解数让她满意,但我现在的生活就是一团糟。"我的声音止不住地颤抖,"而且,我很害怕。"

"有什么我能帮上忙的吗?你想要休息一段时间吗?"

"我不能休息。拜托,我不能没有这份工作。"

"当然。"他站直了身体,提高音量好让所有人都听到,"只要你需要,这里永远有你的位置,我向你保证,霍莉。"他特意强调一般,敲了敲我的桌子。我可以看到奥德蕾不满地盯着我的方向。看到没有,奥德蕾,不管你在我背后说什么,我都不会被赶出去。但吸引我注意的并不是奥德蕾,而是菲尔,他正拿着一束玻璃纸包起来的花向我走来。

"这是什么?"他直接将花束递给我,我不由得有些惊讶。

"这主意不错,菲尔。"马克说着,还拍了拍菲尔的背,"做得不错,让咱们的霍莉开心一点儿。"

"不是我送的。"菲尔说道,声音里有一丝懊恼,似乎是在自责为什么自己没想到这个主意,"是快递员刚刚送过来的。"

办公室里的所有人都在看着我,我撕开玻璃纸,凝视着一打黄色的长茎玫瑰,玫瑰外是一些满天星和茂盛的绿色枝叶。我用颤抖的手指筛过绿叶,但花束里并没有棕榈叶。

"有张卡片。"奥德蕾和往常一样,一惊一乍地宣布道,也许又在想什么对付我的花招,"谁送来的?"

他们三个都挤在我的桌边,我没办法,只好当着他们的面打开装有卡片的信封。一张短短的字条掉了出来,上面的字很少,瞥一眼就能看完:

想你。埃弗里特。

菲尔的眼睛眯起:"埃弗里特是谁?"

"我最近在交往的一个男人,我们约会过几次。"

马克咧嘴。"啊,我闻到了浪漫的味道啦!好了,伙计们,都回到自己岗位上去,让霍莉自己享受花朵的芬芳吧。"

随着众人回到自己的工位,聚焦在我身上的注意力终于消散了。这是埃弗里特送来的花束,没什么好担心的。自从维多利亚·阿瓦隆签售那晚分开后,我一直没有见过他。那天晚上我被那束花吓坏了，所以毁了当晚的约会。他给我带来的那瓶红酒还没开封，在我的橱柜里老老实实地待着，等着他下次前来。那晚之后，他每天都会给我发信息，已经过去整整一周了，他还在等着见我。这个男人不会放弃的。

这时，我又收到了另一条短信。发信人当然还是埃弗里特。

你收到我的花了吗？

我回复道：收到了，花很漂亮，谢谢你！

埃弗里特：下班后一起喝一杯？

我：我不确定，我最近觉得很乱。

埃弗里特：也许我能帮到你。

我看着桌子上的黄色玫瑰，突然想起我和埃弗里特初次共度的那个美好夜晚，想起我们两个像发情期的动物一样渴望着彼此。我记得他是个不知疲倦的情人，他知道如何取悦我。也许这正是我今晚需要的：一场可以让我振奋起来的、酣畅淋漓的火辣性爱。

他又发过来一条信息：玫瑰与蓟酒吧？五点半？

我考虑了一下，回复道：好的。五点半。

埃弗里特：我们酒吧见。

我放下手机，继续写那封写到一半的推销信。带着满满的厌恶，我生硬地敲下：我讨厌我的工作！！！然后按下删除键，删掉这行字，将未完成的信抛在了脑后。今天已经没必要那么努力工作了，毕竟现在已经五点了。

我关上电脑，将桌上索尔·格雷沙姆那本烂书的笔记收起来，打算把这本书的业务带回家做，起码在家里不用面对奥德蕾阴阳怪气的指责，还有菲尔黏在我身上的目光。我打开背包，手伸进去，确定我的枪还在。一把淑女手枪。那天晚上，父亲把它递给我时就是这样说的。这把枪很小巧，所以后坐力不会将人带翻，但杀伤力同样致命。手枪的触感冰冷而陌生，但让人安心。这就是我的小帮手。

我将背包挎在肩膀上，走出了办公室，准备好面对任何险恶之事，或是险恶之人。

在玫瑰与蓟酒吧里并没有看到埃弗里特的影子。我选了角落里的座位坐下，一边喝着一杯赤霞珠，一边四下打量。这是一家环境宜人的小酒吧，放眼看去，所有装潢都采用深色木材和黄铜配件。我从未去过爱尔兰，但这就是我想象中那种古老的乡村酒吧的样子，壁炉里炉火噼啪作响，壁炉架上挂着健力士金竖琴。只是酒吧里的顾客有些不同，这里都是些年轻时髦的商务人士。他们都穿着牛津衬衫，打着丝绸领带，就连女士也穿着条纹套装。经过一天在商海里的沉浮厮杀，下班后，他们都选择来这里放松一下。渐渐地，酒吧开始变得拥挤喧闹起来。

我看了一下手表，下午六点了。埃弗里特还没到。

起初，我只注意到脸上有一些几不可查的针刺的感觉，好像有微风拂过。我知道研究已经证明，人们并不能真正感知到别人注视自己的目光，但当我回过头去寻找引起这份异样感受的来源时，立刻就看到了站在吧台前盯着我的那个女人。她看起来应该已经四十多岁了，红褐色的头发上点缀着几缕漂亮的银丝，看上去就像年长的红发版的我，但她比我还多了二十年的自信。我们的目光锁定在一起，她轻扯右边嘴角，露出一个微笑。随后，她转身对酒保说了些什么。

看来若是埃弗里特不出现，酒吧还是有其他诱人的选项的。

我拿出手机，看看有没有新短信。埃弗里特什么消息都没有。就在我编辑信息时，一杯红酒突然出现在了我的桌子上。

女侍者说："您之前点过的饮品，这是吧台边的那位女士赠给您的。"

我朝吧台瞥了一眼，那个红褐色头发的女人正在朝我微笑。我觉得好像在哪里见过她，但记不起时间和地点了。我们认识吗？还是说，她不过是有一张让人觉得熟悉的脸和亲切的微笑呢？那杯赤霞珠葡萄酒摆在我面前，在酒吧熊熊炉火的照耀下漆黑如墨。我想着，这杯酒要经过多少双手才能送到我的桌子上。从农民到开收割机的工人，从酒商到装瓶商，从倒酒的酒保到把酒放在我面前的女侍者，还有无数我看不见的人。想想看，这简单的一杯酒就像是精灵的杰作，若是有哪个精灵想要害你，你毫无还手之力。

手机响起提示音，是埃弗里特发来的短信。

啊，对不起！最后一分钟要见一个客户。今晚应该是没办法过去了。我明天打给你？

我并没有浪费心神回复他，反而端起那杯酒轻轻晃动。我已经品尝过这里的赤霞珠，所以知道它寡淡无味，不值得再来一杯。让我沉吟的并不是这杯酒，而是我的下一步行动应该怎么做。我要不要请她来我这里坐坐，然后开始游戏呢？

31

"她是脑子不好吗?到底在搞什么?"简说道。通过耳机,塔姆的声音几乎被酒吧的喧闹声淹没。"她没有喝那杯酒,只是坐在那儿,晃着酒杯。"

"我们提醒过她了。我们明确地告诉过她,那些被害人都被下了药。"她看着弗罗斯特,后者和她一样坐在车里,就坐在她旁边,"她难道是在找死吗?"

"好了,等等。"塔姆说道,"有一个女人走到她这桌来了。她好像对霍莉说了些什么。"

简看向车窗外,双眼紧紧盯着街对面的玫瑰与蓟酒吧。半个小时之前,塔姆报告称霍莉一个人在一家酒吧坐着,于是简和弗罗斯特慌忙赶到现场。这个霍莉,不仅不听他们的劝告改变日常行程,反而把自己暴露在明处,似乎是在不遗余力地自找麻烦。在简的印象里,霍莉·迪瓦恩并不是这样一个鲁莽的人,然而她真的这样做了——坐在酒吧里,接受来自陌生人的酒水。

"那女人在霍莉的桌旁坐下了。"塔姆又说道,"是个白人女性,中年,身材瘦高。"

"霍莉喝那杯酒了吗?"

"没有。她们还在聊天,也许是熟人,我不确定。"

"塔姆应该介入,"弗罗斯特说道,"把霍莉带出来。"

"不。先看看接下来的情况再说。"

"万一她喝了那杯酒怎么办?"

"我们的人就在这边看着她。"简盯着酒吧,"也许霍莉是故意的,她想把杀手给我们引出来。她要么是蠢得要命,要么就是非常非常聪明。我赌她是个有脑子的聪明人。"

"有麻烦了。"塔姆的声音从耳机中传来。

"怎么了?"简快速问道。

"她喝了一口酒。"

"那个女人呢?她在干吗?"

"还在那边坐着,没什么异常。她们只是在聊天。"

简看了一眼手机上的时间。氯胺酮的起效时间是多久?他们能不能看出来霍莉到底有没有中毒?五分钟过去了。然后又十分钟。

"啊,妈的,她们两个都站起来了。她们要走了。"塔姆说道。

"我们的车就停在酒吧正门口。要是她们出来了我们还是能截到人的。"

"她们没走正门!她们正在往后门走。我正跟着……"

"是时候了。"弗罗斯特说,"我们得介入。"

简和弗罗斯特几乎同时打开车门,快速穿过街道。简走在前面,率先走进了酒吧正门。她毫不犹豫,直接往后门的方向走去,酒吧里人很多,她不得不用手肘推开人群。移动中,一只酒杯摔在了地上,随后便听到有人朝着她的方向喊:"你他妈的在搞什么啊,大姐?"但简和弗罗斯特继续向前挤,经过了三个排队上厕所的女人后,冲出了酒吧的后门。

酒吧的后门连着一条小巷,黑暗无光。霍莉在哪儿?

从小巷的尽头传来一声女人的喊叫。

他们一边躲避着脚下的纸箱和散落的垃圾，一边朝着声音传来的方向跑去。就在街边，塔姆正把一个女人按在墙上，霍莉站在一边，满脸震惊地看着塔姆给那个女人戴上手铐。

"这他妈的是要干什么？"女人挣扎道。

"波士顿警察局，"塔姆说道，"不要抵抗！"

"你们不能抓我！我什么都没做！"

塔姆看了一眼他身后的简和弗罗斯特："她刚才想跑。"

"我当然要跑！我根本不知道你他妈的是谁，跟踪我们到这里。"

塔姆依然将女人靠墙按住，简搜了她的身，并没有发现任何武器。

这时，街边人行道上，一个声音喊道："快看啊，警察暴力执法！"

"笑一个啊，警察叔叔！你们要出名了！"

简环视了一下迅速聚集在周围的人群，每个人都拿着手机，拍摄他们逮捕的过程。保持冷静，她想，做好你的工作，别让他们吓到你。

"说出你的名字。"简对那女人说道。

"你的名字又是什么？"

"波士顿警察局警探，里佐利。"

弗罗斯特捡起那个女人掉在人行道上的背包，从里面掏出一个钱包。"她的驾照上显示她叫邦妮·巴顿·桑德里奇，四十九岁，住址是博干代尔路二百二十三号，"他抬起头来，"在西罗克斯伯里。"

"桑德里奇？"简皱起了眉头，"你就是那个记者。"

"你认识她？"塔姆问道。

"认识，前几天我还和她聊过。我在马丁·施塔内克的手机联系人里看到了她的名字。她说自己是记者，正在写一本关于'苹果树'案件的书。"

塔姆将女人扳过身来，脸对着他们。刚才的挣扎让她的下巴擦出一道血痕，脸颊上也蹭上了睫毛膏。

"没错，我确实是记者。"女人说道，"而且，相信我，我肯定要写一写你们逮捕我的事情！"

"你和马丁·施塔内克是什么关系？"简问道。

女人瞪着她："是因为这个要抓我吗？你们有什么问题不能礼貌一点儿问我吗？非得动手抓人？"

"回答我的问题。"

"我已经告诉过你了，我为了写书采访过他一些事情。"

"写书只是你单方面的说辞罢了。"

"你们可以去问我的文学经纪人，她可以证实我说的话。我是一名记者，在做自己的工作而已。"

"我也只是在做我的工作而已。"简看向塔姆，"把她带回局里，录下她说的每一句话。"

"为什么要抓她？她犯了什么罪？"人群中有人喊道。

"我是一个作家！根本没有做错任何事！"邦妮朝人群喊道，"只不过要向人们揭露当局的司法腐败！"

"这条视频会传到网上的，女士，不用担心，如果你有诉讼需求尽管用这条视频！"

塔姆将这位傲慢的囚徒带走了。霍莉也成了热心的市民兼记者的一员，举着手机拍摄着他们的一举一动。

简抓住了霍莉的胳膊，一把将她拉到一边。"你到底在想什么？"

"我做错什么了吗?"霍莉反驳道。

"你居然去了酒吧,我明明警告过你那里不安全。"

"我要去见一个朋友。"

"那个女人?"

"不是,是我在交往的一个男人,但他在最后一分钟取消了会面。"

"所以你就坐在那儿接受陌生人送你的饮品?"

"她看起来没什么不对劲。"

"人们觉得泰德·邦迪也没什么不对劲。"

"她就是个普通的女人,一个女人能对我做什么?"

"我警告过你,马丁·施塔内克不是一个人在行动。他还有一个同伙,很有可能是个女人。"

"好吧,不过现在你们已经抓到她了,对吧?而且多亏了我,我帮了你们大忙。"

"现在就回家,霍莉。"简拿出手机,"我要确保你安全到家。"

"你在做什么?"

"打电话叫警官开车送你回去。"

"太丢人了,我才不要上警车。"

"如果她在你的酒里下了药呢?我们必须开车送你回去。"

"不要,"霍莉躲闪到一边,"我现在完全没有问题。你看,那边就有一个地铁站。你们已经抓到嫌疑人了,现在我要回家了。"说完,她便转身离开。

"喂!"简喊道。

霍莉并没有理会她,头也不回地走下台阶,消失在地铁站里。

* * *

在波士顿警察局审讯室明亮的灯光下，邦妮·巴顿·桑德里奇看上去比她在街上时更为狼狈了。她下巴上刮伤的地方结了痂，那道睫毛膏在她的面颊上留下了瘀青一样的痕迹。简和弗罗斯特坐在桌子对面，邦妮所有的东西都摆在桌面上了：一个装着六十七美元现金的钱包，三张信用卡和一本驾照，还有一部安卓手机，挂了三把钥匙的钥匙圈，揉成一团的面巾纸。除此之外，最让简感兴趣的是一个小小的线圈本，那上面写着半本详细的笔记。简慢慢地翻着，目光停在了最近的一页上。

她抬头看着邦妮："你为什么要跟踪霍莉·迪瓦恩？"

"我并没有跟踪她。"

简举起邦妮的笔记本："你有她公司的地址，就记在这里。"

"高才生传媒是做生意的，他们的地址是公开的信息。"

"但你和她出现在同一个酒吧绝对不是什么巧合。你是从她的办公室跟踪她到酒吧的，对吗？"

"是又怎么样？几周前开始我就试着要采访她了，不过这姑娘的行踪很难掌握。今晚是我第一次有机会接近她，和她聊聊。"

"所以你就请了她一杯酒，然后想从后门偷偷带走她。"

"是霍莉提出从后门离开的。她说有人在跟着她，她要甩掉他们。我请她喝酒不过是为了有个开场白，好让她开口和我聊聊。"

"聊'苹果树'吗？"

"我要写的书是关于仪式虐待案审判的，我打算单独列出一章写写'苹果树'的案子。"

"'苹果树'的案件已经过去二十年了。那起案件早就已经结了，不是吗？"

"对于有些人来说，这事远远没有了结。"

"你是说马丁·施塔内克?"

"他现在还对这个案子耿耿于怀,这有什么好奇怪的吗?毕竟他们一家都因为它分崩离析,他的整个人生都被毁掉了。"

"有趣的是,你怎么不提那些同样被毁掉一生的孩子?"

"你这么说,是因为你觉得马丁是有罪的。你就从来没想过,施塔内克一家可能是无辜的吗?"

"陪审团不这么认为。"

"我曾经花了好几个小时采访马丁,梳理过案件的全部审判记录,读了所有检方对他提出的指控。那些指控简直太荒谬了。有一个二十年前指控他的孩子想要收回证词,她都已经准备好要签署一份宣誓书,证明之前的证词是假的了。"

"等等,你和其他孩子谈过了?"

"对,卡桑德拉·科伊尔。"

"你是怎么找到她的?你也跟踪了她吗?"

"不,是她找上我的。那些孩子的名字都被法庭匿名了,所以我根本不知道都有谁。去年九月,卡桑德拉读了一篇我写的关于仪式虐待案审判的文章,然后就联系了我。她知道我写过洛杉矶的麦克马丁案,还有圣地亚哥的费思教堂案,她建议我去写一下'苹果树'案。"

"为什么?"

"因为她一直回想起一些当年的记忆片段。那些回忆起来的细节让她意识到,马丁·施塔内克是无辜的。我也开始研究那起案子,很快我就明白了,这场审判就是一场闹剧。和卡桑德拉想的一样,我相信施塔内克一家,他们没有犯下任何罪行。"

"那是谁绑架了莉齐·迪帕尔马?"

"这才是最复杂的那个问题,对吗?到底是谁带走了那个女孩?那起儿童绑架案为接下来的一切闹剧搭好了舞台。人们歇斯底里的怒气,邪恶仪式虐待的指控,还有破绽百出的被操控的审判。莉齐·迪帕尔马的失踪吓坏了所有社区居民,他们愿意相信任何事情,即使是老虎在天上飞这种故事也有人买账。我的书就是讲这个的,警探。否则,通情达理的人又怎么可能变成一群愤怒又危险的暴徒?"说出这段话时,她的脸涨得通红。随后她松了一口气,身体靠坐在了椅背上。

"你对这件事似乎十分在意,桑德里奇小姐。"弗罗斯特指出她突然激动的情绪反应。

"我确实在意,你们也应该在意。一个无辜的男人半辈子都毁在了监狱里,我们都应该为此感到难过。"

"难过到愿意帮他复仇?"简问。

邦妮皱眉:"什么?"

"那些站出来控告施塔内克一家恶行的孩子中现在有三个人被杀,还有一个失踪。是你帮助马丁·施塔内克找到他们的吗?"

"我都不知道他们是谁。"

"你知道霍莉·迪瓦恩的名字。"

"那是卡桑德拉告诉我的。她说,霍莉是第一个指控施塔内克一家的人。霍莉是整个审判的起点,我想查出这其中的原因。"

"你应该知道吧,你给霍莉的那杯酒是会被送去化验的。若是化验结果显示酒里面有氯胺酮,你就完了。"

"什么?不,你们都搞错了!我只是想要揭露美国司法的真面目,想告诉公众那段荒谬的历史,捕风捉影的恐慌是如何把无辜的人关进监狱的!"

"莉齐·迪帕尔马的失踪是确确实实发生的。"

"但那不是马丁做的,也就是说,真正的凶手还没有落网。那才是你们应该担心的。"邦妮看了一眼墙上的时钟,"你们已经关了我够久了。除非你们正式批捕我,不然我现在就要回家。"

"你要先回答问题。"简说道,身体微微前倾,盯着邦妮的眼睛,"马丁·施塔内克现在在哪儿?"

邦妮没有说话。

"你真的打算保护这个男人?在他做了那么多丧尽天良的事之后?"

"他什么都没做。"

"没做吗?"简将带进审讯室的一个文件夹打开,翻出尸检照片,放到桌子上递给她看。邦妮看到卡桑德拉·科伊尔的死状后不由得瑟缩了一下。

"我知道她被杀了,但不知道她被……"邦妮看着卡桑德拉空洞的眼眶,颤抖地说道,"这不是马丁做的。"

"他是这样跟你讲的吗?"

"他为什么要杀死一个竭力想要证明他清白的女人?卡桑德拉已经准备好写下宣誓书,证明那些指控从来都没发生过,她是在检察官的引导下说的那些证词。不,马丁需要她活着。"

"也许那都只是他的一面之词。也许你就是世界上最大的冤大头,被他骗了,被他利用,帮他追踪他的被害人。你负责找到他们,而他来杀掉他们。"

"你在胡扯些什么?"邦妮说道,但她的语调里已经有了一丝犹豫。显然邦妮完全没有考虑过这种状况会发生:马丁·施塔内克,一个她眼中的司法不公的受害者,把她耍得团团转,并利用她实现他的血腥复仇。

"马丁从来都没有怪过那些孩子。"邦妮说道,"他知道那些孩子不过是一些大人手中的提线木偶。"

"那他怪谁？"

邦妮的脸色变得冰冷。"除了那些大人还能是谁？那些任由那场闹剧发生的人，那些一手导演了那场戏的人。那个检察官，埃丽卡·谢依，她把那场诉讼当作事业的踏板，而且毫不意外，那个女人的野心没这么容易满足，她想要的远不止如此。你们应该和她聊聊，就会发现她在乎的根本不是事件的真相，只是诉讼的输赢罢了。"

"比起她，我更想和马丁·施塔内克聊聊，所以，我再问你一遍——他在哪儿？"

"他不相信你们这些警察，他觉得你们就是想要他死。"

"他在哪儿？"

"他吓坏了！他找不到任何人帮他！"

"他在你家里，对不对？"

邦妮神色慌张地绷紧了脸："求求你们，不要伤害他，答应我不要伤害他！"

简转向弗罗斯特，说："我们走。"

"那女人就是拼图的最后一块。"简说道，"邦妮追踪那些被害人，跟着他们进酒吧，然后请他们喝酒。接下来的事情马丁就接手了。"她看了一眼弗罗斯特，"你还记得认出卡桑德拉·科伊尔照片的那个鸡尾酒餐馆的女侍者吧？"

"我们当时以为她看错了，因为她说看见和卡桑德拉在一起的是个女人。"

"她没看错，卡桑德拉那天晚上确实和一个女人坐在一起。"

简有些得意地拍了拍方向盘,"终于抓到他了,两个都抓到了。"

"就怕那杯酒的化验结果里面没有氯胺酮。"

"会有的,肯定会有。"简看了一眼后视镜,克罗和塔姆的车就在后面,在拥挤的车流中紧紧地跟着。

"这一切都要谢谢疯狂的霍莉·迪瓦恩。"弗罗斯特说道。

"是啊,她很疯狂,也很聪明,像条狐狸。她知道我们在监视她,所以她自己作饵,然后果真就有人上钩了,是个女人。"怪物有着不同的外表,最危险的那种就是你最想不到的那类人,你以为你可以相信的人。人们常常会忽视像邦妮·桑德里奇这样的中年女子,以至于在你没发现的时候,她已经悄悄接近了你。因为大家都把注意力放在那些年轻漂亮的姑娘和魁梧帅气的男人身上,这些年长的女性却在众目睽睽之下失去了存在感,成了隐形人。再过几十年,简会不会也变成这些隐形的灰发团体中的一员呢?那时会不会有人认出她本来的样子:一个坚韧强大的女人,可以毫不犹豫地扣动扳机?

他们把车停在了邦妮·桑德里奇的房子外面,一起下车,与此同时,简顺手解开了腰带上的枪套。他们不知道施塔内克会不会在无路可逃的时候狗急跳墙,只能做最坏的打算。街对面的一条狗察觉到了邻居家的入侵者,开始狂吠。

房内亮着灯,一个人影在一楼的窗前闪过。

"有人在里面。"克罗说道。

"你们两个去后面,我和弗罗斯特走前门。"

"你们打算怎么进去?"

"我们会先礼后兵,我会先按门铃,看施塔内克——"她突然停住了,被里面清晰的几声枪响吓了一跳。

"是从屋内传来的!"塔姆喊道。

没有时间制订行动计划了,四个人全部从正门冲了进去。塔姆是第一个进去的,简紧跟在他身后。刚一进去,简便看到了客厅里的血迹,到处都是,尤其是墙上那一大片,还有沙发上、地板上,一摊血液像光环一样慢慢地从马丁·施塔内克破碎的头骨处蔓延开来。

"放下枪!"塔姆喊,"放下你的武器!"

男人居高临下地站在马丁的尸体旁,握着枪的手并没有放开。他有些生无可恋地看着四个警探,他们都拿着枪,黑洞洞的枪口对着他,随时都会发出枪林弹雨的攻击。

"迪瓦恩先生,"简说道,"放下武器。"

"我必须得杀了他。"他开口道,"你知道的。你也是当母亲的人了,警探,所以你能明白的,对吧?只有杀了他,我的霍莉才能安全。只有这样,这个狗杂种才不会伤害她。"他厌恶地看了一眼施塔内克的尸体,"现在一切都结束了。我把问题解决了,我家丫头再也不用害怕了。"

"这些我们待会儿再说。"简轻轻地说道,试图劝慰他,"您先把枪放下。"

"没什么好说的了。"

"要说的东西还有很多,迪瓦恩先生。"

"但我已经没什么好说的了。"他的枪微微抬起。简一下子握紧了手中的枪,将手指放在扳机上,准备开火。但她没有立即行动,只是将枪对准了迪瓦恩的胸口,心脏怦怦直跳,这种震动甚至传到了握紧手枪的手掌中。

"想想霍莉,"简说道,"想想这件事会对她造成什么样的打击。"

"我这么做就是为了霍莉着想,这是我送给她的最后的礼物。"他的嘴角微微扬起，露出一个悲伤的笑容，"这样一来，所有问题就都解决了。"

迪瓦恩举起双臂，枪口对准了简，克罗立刻朝着他的胸口开了三枪，简却只注意到了厄尔·迪瓦恩一直挂在脸上的微笑。

32

莫拉站在邦妮·桑德里奇家的客厅，看着法医办公室的工作人员将尸体放在担架上推出去，心里不禁想道：原来这就是结局。最后两起死亡事件，最后两具尸体。凛冽的寒风从敞开的前门直吹进来，但这股冰冷的新鲜空气还是不足以清除房内的血腥气。谋杀有着独特的气味，血液、恐惧和敌意的化学物质挥发到空气中，莫拉现在就能闻到这股味道，就在马丁·施塔内克和厄尔·迪瓦恩死去的客厅里。她沉默地站着，感受空气的味道，打量着房间。警方的无线电设备不时传来声响，莫拉还听到犯罪现场调查人员在各个房间走动的声音，但对她而言，墙上的血迹才是故事的讲述者。她看了一眼血液飞溅到墙上的痕迹，还有水滴状流淌的血迹，研究着尸体倒地时地上汇成的两个血液池塘。警方也许会觉得这是正义得以伸张的圆满结局，但莫拉看着眼前的两摊血液感到有些不安。较大的那摊是马丁·施塔内克留下的，在他死后，他的心脏还短暂地跳动了一会儿，所以更多血液从他头上的致命伤口处泵了出来。厄尔·迪瓦恩的心脏并没有跳动那么久。克罗警探枪法极佳，曾获得过金星勋章，所以他射出的三颗子弹全部命中厄尔·迪瓦恩的胸口。不过每次警察开枪处决罪犯后，都会有一大堆问题接踵而来，想要解决这些问题，就必须对尸体进行尸检。

"听我的没错,这几枪射得好。我们在场的这几个人都可以做证。"

莫拉转头看向简,说道:"'射得好'这种说法不矛盾吗?我从没听说过。"

"你知道我的意思。而且你应该也知道,要是杀人不犯法,我恨不得把达伦·克罗那个浑蛋扔到公交车下面碾死,但他这次射击没有错。厄尔·迪瓦恩杀了施塔内克,他本人也承认了,然后他又用枪指着我。"

"但你没对他开枪,你犹豫了。"

"对,所以,也许克罗确实是救了我一命。"

"也许你的直觉告诉你,厄尔·迪瓦恩不会真的对你开枪。也许你读到了他的真正意图。"

"如果我错了呢?我可能已经死了。"她摇摇头,嗤笑道,"天哪,我居然欠了克罗那狗东西的人情,还不如一枪打死我。"

莫拉再次低头看着地上两摊汇聚到一起的血,现在已经渐渐凝固干涸。"厄尔·迪瓦恩为什么要这么做?"

"他说是为了保护他的女儿,说这是他能给女儿的最后的礼物。"

"那之后为什么又要用枪口指着你?他肯定知道这么做会有什么样的后果,这显然是借警察之手完成的自杀。"

"所以省去了大家庭审的麻烦。想想吧,莫拉,他要是还活着,案子经历庭审,他肯定要申辩说这么做是为了保护他的女儿。那样一来,当年'苹果树'的案子就又要重新回到人们的视野中,然后所有人就都会知道霍莉童年时期遭受过猥亵。也许厄尔给霍莉最后的礼物不只是保证她的安全,还要保护她的隐私。"

"谋杀案里从来没有什么隐私。不管怎样,所有细节都会被公之于众。"莫拉摘下手套,"克罗的武器是谁在保管?"

"他上交了。"

"明天一定要让他离尸检室这边远一点儿。我不希望厄尔·迪瓦恩的尸检引起任何质疑。这事一旦登上《波士顿环球报》,说一名六十七岁的海军老兵被警察枪杀,公众肯定要闹起来。"

"但那个海军老兵当时可是拿枪指着我呢。"

"这种细节在报道的第二段才会出现,有一半的人连第一段都看不完。"莫拉转身离开,"我们明天在尸检室见吧。"

"我一定得去吗?我知道这两个人都是怎么死的,不会出什么问题的。"

莫拉停住脚步,回头看了一眼整个房间,看着被溅了血迹的墙壁。"你永远也不知道尸检会检查出什么。我总感觉这事结束得太干净了,而且,还有好多问题没找到答案。"

"邦妮·桑德里奇就是剩下问题的答案。只差她亲口认罪就结束了。"

"你没有任何能够证明她帮助施塔内克行凶的证据。"

"证据肯定就在这房子里,或是在她的车里。被害人的毛发或衣物纤维、藏起来的氯胺酮。我们肯定能找到些什么的。"

听简的口气,她对搜查很有信心,但莫拉远不如她这般自信。她走到屋外,上了车,坐在车里看着灯火通明的房子。犯罪现场调查人员的身影在窗前晃来晃去,正在寻找他们已经确定存在的证据,来证明他们已经确信的推论:邦妮·桑德里奇是谋杀案的帮凶。"确认偏误"曾给许多科学家带来不少麻烦,对警察来说也一样。他们只会找到那些他们希望找到的东西,对其他事物往往视而不见。

手机响起收到新消息的提示音，莫拉低头看了一眼发件人号码，便立刻将手机放回了包里。但只这一眼，就让她紧张得胃里翻腾。不，现在不行，我还没准备好去想你的事情。

在开车回家的路上，那条她没有回复的短信就像一颗定时炸弹，静静地躺在她的包里。莫拉强迫自己双手都放在方向盘上，眼睛看着前方的道路。她不应该将两人之间紧闭的门打开，连一条缝隙都不应该打开。现在，他们又开始交谈了，她却如此渴望让丹尼尔重新回到她的生命里，回到她的床上，除此之外别无所求。不应该这样的，莫拉。坚强一点儿，莫拉。你要做一个能够掌控自我的女人。

回到家以后，她先给自己倒了一杯仙粉黛葡萄酒，她现在急需喝上一杯，然后给"野兽"端上迟来的晚餐。猫咪吃饭的时候看也不看她一眼，吃完之后仔细地舔干净碗里的鸡肉糜，转身径直走出了厨房。莫拉不由凄凉地想，这小畜生就是这么陪伴自己的，还不如这瓶酒给的关爱多啊。

她啜饮着杯中散发芬芳的葡萄酒，尽量不去看放在厨房料理台上的手机。那部手机对她来说，就像是瘾君子眼前的鸦片，不断引诱着她回到心碎的旋涡中去。丹尼尔发来的信息很简短：有需要就打给我。短短几个字而已，却让她不由自主地瘫坐在椅子上，不断地思索其中蕴含的真正意图。那几个字——有需要——到底是什么意思？有什么需要？是说需要他的专业知识帮助案件调查吗？

还是在指我们之间的事？

莫拉喝光了杯中的酒，又倒了第二杯。接着，她拿出今晚在死亡现场手写的笔记，打开了笔记本电脑。现在，她要趁着记忆还清晰，整理一下她对案件的看法。

她的手机就在这时响了。丹尼尔。

莫拉只犹豫了片刻就快速拿起了手机,不过屏幕上显示这是一个陌生号码的来电。打电话的并不是丹尼尔,而是一个女人,带来了一个让她既期待又恐惧的消息。莫拉任由电脑在餐桌上发着幽光,快速起身拿起外套。

"他们发现兰克夫人在牢里昏倒了,失去了意识。"王医生说道,"监狱的护士立刻对她进行了心肺复苏。虽然她的心跳恢复了,但你可以从心脏监护仪上看到,她频繁出现室性心动过速。"

莫拉透过ICU病房的窗户,看着里面的阿玛提亚,她现在还处于深度昏迷中。"为什么?"她轻声问道。

"心律失常可能是她化疗的并发症,这些药物可能有心脏毒性。"

"不,我是问为什么他们还要抢救她?他们应该知道她已经是癌症晚期,没救了。"

"但是兰克夫人还在疾患全力抢救名单上。"他看着莫拉,"可能您还不知道,但是兰克夫人上周签了一份医疗委托书,委任您为她的代表。"

"我确实不知道。"

"您是她唯一的亲人,所以您有这个权利,您想将她的状态改为'放弃抢救'吗?"

莫拉看着阿玛提亚的胸部随着呼吸机的运转忽高忽低地起伏着。"她对刺激物有反应吗?"

王医生摇了摇头:"她已经不能自主呼吸了。没人知道她昏迷了多久,所以她很有可能出现缺氧性脑损伤,也许还有其他神经方面的问题。我还没有要求做脑部扫描，不过这是下一步诊断，还是说，您决定……"他停顿了一下，看着莫拉，等待她的回答。

"不要抢救了。"她平静地说。

王医生点头："我觉得您的决定是正确的。"他犹豫了一下，然后拍了拍莫拉的胳膊，但动作有些僵硬，似乎这样触碰另一个人让他很不适应。对莫拉来说，这种触碰也同样不自然。他们知道人体的运转机制，却不知道该如何安慰一个深陷悲伤的人。

莫拉走进病房，站在阿玛提亚的床边，打量着所有哔哔作响的医疗设备。她用医生的专业眼光注意到病人尿袋里并没有多少尿液，心脏监护仪屏幕上心脏的跳动不自然，缺乏自主呼吸。这些都是身体机能衰竭、大脑不再工作的迹象。不管阿玛提亚·兰克曾经是谁，现在，她所有的思想、情感和记忆都已经消失了，只剩下这副骨肉支撑的躯壳。

心脏监护仪上的警报响了。莫拉抬头看了看屏幕上显示的心律，看到了一连串锯齿状的高峰。室性心动过速，血压直线下降。透过窗户，她看到两名护士正向病房跑来，但王医生在门口拦住了她们。

"她已经不需要抢救了。"他告诉他们，"我刚刚签了指令。"

莫拉伸手关掉了警报器。

通过监护仪，她看到阿玛提亚的心律恶化为心室纤颤，也就是她垂死的心脏最后的电痉挛。然后血压降至零，致使最后幸存的脑细胞缺氧。你生下了我，莫拉想，我身体的每一个细胞都携带着你的基因，但除此之外，我们就像陌生人。莫拉想起了收养她、疼爱她的父母，他们现在已经不在人世。那才是她真正的父母，因为一个人真正的家庭不是由血缘，而是由爱定义的。在这一点上,这个女人和莫拉没有任何关系。她注视着阿玛提亚生命的最后时刻,却感觉不到丝毫悲伤。

心脏终于停止了最后的颤动,一条直线横过屏幕。

护士走进来关上了呼吸机。"我很遗憾。"她喃喃地说。

莫拉深吸了一口气,说:"谢谢。"她走出了小隔间,不停地走着,走出了ICU,走出了医院。寒风刺骨,当她穿过停车场走向车子时,手和脸已经冻得失去了知觉。身体上的冰冷一如她内心的麻木。阿玛提亚死了,我的父母也走了,而我可能永远也不会有自己的孩子,她想。长久以来,她一直觉得自己会在这个世界孤独到死,也接受了这个事实。但今晚,在寒风凛冽的停车场,她站在自己的车旁,意识到其实自己并不想接受这个事实,也没必要接受。她的孤独是一种选择。

我可以改变这个选择,至少在今晚。

莫拉坐进车里,拿出了手机,再次翻出丹尼尔的短信。有需要就打给我。

她按下了拨号键。

丹尼尔比她先到她家。

莫拉到家时,看到丹尼尔的车停在她家的车道上。他人就在车里坐着,全世界都能看到他。去年他们还很谨慎,怕人们认出丹尼尔。每次他来找她都要像做贼一样,小心翼翼地。但今晚他抛开了所有顾虑,甚至没等莫拉关掉引擎,他就已经从车里走了出来,打开了她的车门。

她走下车,扑进他的怀里。

没必要解释她为什么会打给他,不需要多说一个字。双唇刚刚碰到他的，莫拉便放下了最后一丝抵抗。我又回到那个旋涡里了，她想。他们一路亲吻着走进家，穿过走廊。

来到她的卧室。

在那里，莫拉完全停止了思考，因为她不再关心任何后果。最重要的是，她觉得自己又活过来了，又完整了，她灵魂中缺失的那部分重新回来了。爱上丹尼尔也许很愚蠢，也很不幸，但不爱他是不可能的。这几个月来，她努力过着没有他的生活，吞下了自我克制的苦果，得到的无非是孤独的漫漫长夜和麻醉神经的酒精。她说服自己，离开他是明智的，因为她永远不可能拥有他，因为她的情敌是全知全能的上帝。但理智让她每晚独守空房，在凄凉长夜辗转反侧，她再也没有感受到幸福，也从未停止过对这个男人的渴求。

漆黑的卧室里，他们没有开灯，也不需要开灯。对方的身体已经是彼此熟悉的领域，她对他的每一寸皮肤都了如指掌。莫拉能够感受到，丹尼尔和她一样，也消瘦了，他们对彼此的渴望似乎变成了一种真实的饥饿。她不知道两人下次满足对方会是什么时候，所以这就是她最后的晚餐，她贪婪地享受着这份禁忌的欢愉。这就是你错过的美妙啊，丹尼尔，她想，将这份美妙从我们的人生中剔除，你的上帝该有多么吝啬又残忍。

但之后，两人大汗淋漓地躺在一起，莫拉感到旧日那种熟悉的悲伤再次悄然而至。这就是上帝对我们的惩罚，她想。不是地狱和硫黄，而是不可避免的离别之痛。他们不能相守，总要说再见。

"告诉我为什么。"丹尼尔低声说。他不用说更多，莫拉也明白他在问什么。几个月之前，她斩钉截铁地断绝了二人的关系，为什么今天又邀请他回到她的床上？

"她死了。"莫拉说,"阿玛提亚·兰克。"

"什么时候?"

"今天晚上。我去了医院,看着监护仪上她的最后几下心跳,直到消失。她得了癌症,所以我知道她快死了,几个月之前我就知道了。但是真到了那个时候……"

"我应该陪在你身边的。"他喃喃道,莫拉感受着发间暖暖的气息,"你只要打一个电话,我就会赶过去,你知道的。"

"很奇怪,几年前我根本不知道阿玛提亚的存在。现在她死了,我与这世界唯一的联系没有了,我才意识到自己有多孤独。"

"那是你自己选择的孤独。"

他这样说,好像孤独真的是一种选择,好像她还有别的选择似的。她并没有选择这条既快乐又痛苦的路,她也没有故意选择去爱一个在自己和上帝之间摇摆不定的男人,是选择找上了她。几年前,那个杀手将这个选择带到了他们生命里。那时,丹尼尔冒着生命危险也要去救莫拉,这还不能证明他深爱着她吗?

"你不是一个人,莫拉。"他说,"你还有我。"他将莫拉的脸转向自己。黑暗中,莫拉能看到他眼里的深情。"我一直都在。"

今晚,她相信他。

第二天一早,丹尼尔已经离开了。

她一个人起床,穿好衣服,一个人吃早饭,一个人读报纸。也不是完全一个人,那只小猫咪还在,有些心不在焉地在一边晃悠着,吃完它的金枪鱼奢华早餐之后,在莫拉身边悠然地舔着爪子。

"不予置评,是吧?"莫拉这般询问高冷的猫咪。

而后者甚至没有抬头看她。

莫拉洗干净餐盘,将笔记本电脑装到包里,不禁又想到了丹尼尔。他现在应该正在为新的一天做准备吧,去慰藉那些需要拯救的灵魂。他们之间所有的火热温馨,都是以这样的方式结束的:两人只有一夜温存,随后回归各自平凡而琐碎的工作中。从这方面来说,他们和其他已婚夫妇没什么不同。夜晚同床共枕,白天分道扬镳。

在她喜忧参半的爱情里,今天算是幸福的一天吧。

从享受甜美爱情的暗夜,过渡到面对冰冷死亡的白天。

上午,莫拉走进尸检室便看到了沉默地等待她的厄尔·迪瓦恩的尸体。吉岛已经对尸体进行了 X 光检测,现在检测图像就显示在电脑屏幕上。莫拉穿好防护服,先看了看胸片,注意到了子弹嵌在脊椎上的位置。她在死亡现场检查过尸体身上的枪伤,有两颗子弹穿过了胸部,从身体里射了出去。这是唯一一颗留在厄尔·迪瓦恩体内的子弹,它的弹道被迪瓦恩的椎骨挡住了。

简走进了验尸室,和莫拉一起坐在电脑屏幕前:"让我猜一猜,死因是致命枪伤吧。我是不是也能做法医了?"

"有一颗子弹嵌在他的第六节胸椎里。"莫拉说道。

"我们在现场找到了另外两颗子弹。这就证实了我昨晚说的话,克罗开了三枪。"

"当时情况危急,他开枪也是正当合理的。我觉得他没什么要担心的。"

"不过,他还是很懊恼。没办法,我们几个昨天晚上还带他出去喝了点儿酒,想让他放宽心,别太在意。"

莫拉看了简一眼，打趣道："我没听错吧？你好像还很同情你的死对头啊？"

"是啊，你敢相信吗？这世界简直是乱了套了。"简微微停顿，忽然端详起莫拉的脸来，"你最近是做了什么保养吗？"

"什么？"

"看你今天早上红光满面的，整个人都在发光，像做了水疗似的。"

"不知道你在说什么。"但莫拉当然知道简在说什么。在她看来，今天全世界都是明亮的，幸福给眼前的一切都镀上了色彩。简的观察力很敏锐，所以她一定看出了一些差别。如果我告诉她昨晚的事，她肯定会反对，但我不在乎。我不在乎简怎么想，也不在乎别人怎么想。今天，我选择快乐。莫拉这样想着，轻快地点了一下鼠标，打开下一张X光片，胸部的侧位图出现在屏幕上。莫拉对着椎体上硬币形状的浅色阴影皱起了眉头，就在子弹射入位置的上方。按理说，枪伤不会造成那个位置的病变。

"是换了新化妆品吗？还是在吃维生素片啊？"简问道。

"什么？"

"你，不对劲。"

莫拉并没有理会她。鼠标在屏幕上点击，画面回到胸部的正面视图，将第五和第六节椎骨放大。但子弹进入身体后，肺部被撕裂，空气和血液都进入了胸腔，迫使胸腔内的器官偏离了原本的位置。所以在这张错位的扫描图中，莫拉无法看到自己要找的东西。

"发现什么有意思的东西了？"简问。莫拉再次点开胸部侧位图，指着椎体上的病变说道："我不确定这是什么。"

"就算不是医生，我也能看出来，这应该不是一颗子弹。"

"对，这不是子弹。椎骨上有东西。我得验证一下，是不是和我想的一样。"莫拉转身来到尸检台，厄尔·迪瓦恩的尸体正大大方方地伸展着，任她宰割。"我们打开他吧。"莫拉说着，戴上了口罩。

莫拉开始在尸体上划出 Y 形切口。简说："我希望你不是在怀疑他被枪击的原因。"

"不是因为这个。"

"那你在找什么？"

"一个合理的解释，简。这个人为什么要选择借警察的手自杀。"

"那不是心理学家的工作吗？"

"眼下这种情况，尸检也许就会给出答案。"

莫拉动作利落而熟练，带着一种她在看 X 光片之前从未有过的紧迫感。死因和死亡方式都很明显，她本以为这次尸检只是证实她早就知道的枪击事件的真实性。但侧胸 X 光片让故事有了反转的可能，让人窥见了厄尔·迪瓦恩的行为动机和精神状态。一具尸体能揭示的不仅仅是身体上的秘密，有时，它还能让我们洞察曾经存在于肉体中的人格。不管是手腕上的旧划痕、针孔，还是整容手术留下的疤痕，每具尸体都在讲述此人生前的故事。

莫拉打开尸体的肋骨时，她觉得自己即将打开一本包含着厄尔·迪瓦恩秘密的书，但当她抬起胸骨，露出整个胸腔时，她发现那些秘密已经被"满腔冷血"淹没了。克罗警探开的三发子弹完全摧毁了目标，刺穿了肺部，割穿了主动脉。血液爆炸般地溢出，空气的外泄使得右肺塌陷，形态也发生了变化。莫拉戴着手套的双手伸进了冰冷的血液里，手指盲目地摸着左肺的表面。

没过多久她就找到了她要找的东西。

"这里都是血，你能看到什么？"简问。

"我确实看不到什么，但我已经可以告诉你，这个肺不正常。"

"嗯，都中了一枪哪里还会正常？"

"和中枪无关。"莫拉又伸手去拿手术刀。这种时候，一般人都会失去耐心，选择走捷径，直接去看肺部的异常，但这种匆忙经常会造成失误，让人遗失掉尸检中重要的细节。莫拉不会这样，她耐住性子，像往常一样继续该做的每个步骤，首先解剖舌头和颈部，从颈椎中将咽和食道分离出来。在这部分，她没有发现任何异常，厄尔·迪瓦恩的喉咙结构与其他六十七岁男人的没有什么区别。稳住，不要有任何失误。莫拉能感觉到，在一旁看着她的简越来越困惑了。吉岛把钳子放在托盘上，锵锵的声音像枪声一样尖锐。莫拉继续工作，她的手术刀切开了胸腔入口的软组织和血管。她的双手再次深埋在冰冷的血液中，释放了胸膜壁层，将肺和胸壁分开。

"盆。"莫拉说道。

吉岛立刻拿出一个不锈钢盆，举到她身旁，接住莫拉拿出来的器官。

莫拉将心脏和肺从胸腔中取出，脏器扑通一声落在盆子里。随着滴滴答答渗出液体的内脏被移出，空气中冰冷的血肉腥气更加浓厚了。她将盆拿到水槽里，冲洗掉脏器上黏糊糊的血液，露出了她之前用手摸到的左肺表面的异物：那块在 X 光片上被创伤掩盖的病变。

莫拉切下了一小块肺，凝视着手指上闪着微光的灰白色标本，她已经可以预见这些组织在显微镜下会呈现出什么样子。她想象着密集的螺旋状角蛋白和奇怪、畸形的细胞。她想起了厄尔·迪瓦恩居住的房子，那里的窗帘和家具上都弥漫着尼古丁的气味。

她转头看向简："我需要他生前的药物清单。还有，查出他的医生是谁。"

"为什么？"

莫拉举起那块楔形的组织："因为这就是他自杀的原因。"

33

"我一点儿都不知道。"霍莉·迪瓦恩说。她坐在自己公寓客厅的沙发上,双手交握在一起,平静地放在腿上。"我知道父亲最近瘦了很多,不过他告诉我他只是得了肺炎,而且快好了。他从来没说过自己快要不行了。"她看着坐在茶几对面的简和弗罗斯特,"也许他自己也不知道。"

"你父亲当然知道。"简说,"我们搜查了他的药柜,发现了肿瘤医生克里斯蒂娜·卡迪为他开的处方药。四个月前,你父亲被确诊患有肺癌,癌细胞已经扩散到骨头了。艾尔斯医生研究了X光片后,在你父亲的脊椎上发现了转移性损伤。他那时一定非常痛苦,因为我们在他的浴室里发现了医生不久前给他开的维柯丁。"

"他告诉我他拉伤了肌肉,而且疼痛已经开始缓解。"

"他的情况并没有好转,霍莉。迪瓦恩先生的癌症已经进入了肝脏,疼痛只会越来越严重。医生建议他接受化疗,但他拒绝了。他告诉卡迪医生,他想要活得充实些,只要他还活着,就要活得有质量,因为他女儿需要他。"

父亲去世才两天,但霍莉在处理这个新消息时显得异常镇定且双眼干涩。外面,一辆卡车隆隆驶过她的公寓大楼,三只茶杯在看上去很单薄的茶几上被震得嘎嘎直响。霍莉公寓里的每样东西似乎都很廉价,就像是那种成箱运来的简易组装家具,要主人自己按照说明一块一块地拼凑在一起。对于一个仍处于事业最底层的女孩来说,这间简陋的公寓也没什么不妥,但霍莉肯定正在努力往更高的地方爬。她身上有一种狡黠,目光中总会透出一丝难掩的精明,这一点简也是到现在才发现。

"他肯定是怕我担心,所以从来没告诉过我他得了癌症。"说着,霍莉悲伤地摇了摇头,"为了让我开心,他什么都愿意做。"

"他甚至为你杀了人。"简说。

"他做了自己认为必须做的事——把女儿身边的怪物赶走,这难道不是父亲该做的吗?"

"那不是他该做的,霍莉。那是我们该做的。"

"但你们保护不了我。"

"因为你不让我们保护。相反,你几乎是在邀请杀手动手。你不听我们的建议,去了酒吧,还接受了那个女人送你的酒。你是在故意送死,还是说,这些都只是你计划中的一环?"

"单凭你们,根本找不到他。"

"所以你决定自己动手?"

"你在说什么?"

"你的计划是什么,霍莉?"

"我没有任何计划。我只是在下班后去喝了一杯酒,仅此而已。我告诉过你,我去酒吧是为了见一个朋友。"

"一个根本没出现过的朋友。"

"你认为我在说谎?"

"我认为我们还没有听到故事的全部。"

"全部的故事是什么?"

"你去酒吧,是想引施塔内克和他的搭档上钩。你不让我们找到他,却选择去做一个义务警察。"

"我选择了反击。"

"亲手伸张正义?"

"既然事情已经发生了,怎么发生真的重要吗?"

简盯着她看了一会儿,突然意识到,在某种程度上,自己其实是认可霍莉的做法的。她想到了那些因为某个警察或律师犯了程序错误而逍遥法外的罪犯,她知道这些罪犯绝非无辜。她常常会想,她多么希望有这样一条捷径,可以省去所有麻烦,直接把罪犯绳之以法,把那些畜生扔进监狱里关一辈子,让他们所有的恶行都得到应有的惩罚。她想到了约翰尼·塔姆警探,他曾走过这样的捷径,用自己的方式伸张了正义。只有简知道塔姆的秘密,而她会将这个秘密保守到死。

但霍莉的秘密是守不住的,因为波士顿警察局清楚地知道她和她父亲的计划。霍莉必须接受警方的质询。

"是你把他们引出来的,"简说道,"让他们暴露了自己。"

"这样做并不犯法。"

"谋杀是犯法的,而你是一个帮凶。"

霍莉眨了眨眼睛:"你说什么?"

"你父亲在这世上做的最后一件事,就是保护他的宝贝女儿。他得了肺癌,已经快死了,所以即使是杀了马丁·施塔内克,他也没什么好失去的。而这些,你早就已经知道了。"

"我不知道。"

"你当然知道。"

"我怎么会知道?"

"因为是你告诉他该去哪里找施塔内克的。就在我们逮捕邦妮·桑德里奇后不久,你给迪瓦恩先生打了电话。短短两分钟的通话，却足够让他知道邦妮的名字和住址。然后，他带着武器去了她家，准备杀死威胁他女儿的人。"

面对这种指控，霍莉的反应却惊人地平静。简已经列出了霍莉是马丁谋杀案帮凶的证据，但这似乎丝毫没有让她感到慌乱。

弗罗斯特说："对此你有什么想说的吗，迪瓦恩女士？"

"没错。"霍莉坐直了身子，"我确实给我父亲打了电话。我当然会打电话给他。我刚刚遇到了一个计划要绑架我的女人，我肯定想告诉他我没事，很安全。任何一个女儿都会打这个电话吧？我可能在电话里提到了邦妮的名字，但我从来没说过要让他杀了她。我只是告诉爸爸，让他不要担心，因为你们已经把那女人抓起来了。我不知道他会去她家，更不可能知道他还带了枪。"霍莉深吸了一口气，低下了头。当她再次抬起头时，两行泪水楚楚可怜地挂在脸上。"他为我献出了生命，你们怎么能把他说得像是一个冷血杀手？"

简望着那双因泪水而变得闪亮的眼睛和她颤抖的红唇，心想：这姑娘的演技真是绝了。虽然简并不会被她的演技打动，但其他人可就说不准了。他们没有霍莉和她父亲通话的录音，也没有证据能表明霍莉真的知道厄尔的计划。在法庭上，这位演技高超又早有准备的影后可以轻松地应对所有质询。

"我现在需要一个人静一静。"霍莉说，"失去爸爸对我来说真的很痛苦。求求你们，你们先离开吧，好吗？"

"当然。"弗罗斯特说，然后起身离开。他不会真的信了霍莉的邪吧？弗罗斯特总是对处于困境的姑娘没有抵抗力，尤其是那些年轻貌美的姑娘，但就算是他也应该看出来了，事情有多不对劲。

简和弗罗斯特离开了霍莉的公寓。一路上，简一直保持着沉默,直到他们走出大楼,两人都上车以后,她才忍不住脱口而出:"她可真能鬼扯,也真会演戏啊。"

"你觉得她是在演戏?我倒觉得她看起来确实很伤心啊。"弗罗斯特说道。

"你是说那几滴设计好的泪珠吗?"

"行吧,"弗罗斯特叹了口气,"你觉得哪里有问题吗?"

"这女人不对劲,她有问题。"

"具体哪里不对劲?"

简想了想,霍莉身上到底有什么让她感觉如此不舒服?

"两天前,我们告诉她厄尔死了,你还记得她听到这个消息时的反应吗?"

"记得啊,她哭了。是个女儿都会哭吧。"

"对,她是哭了,这没错,还是号啕大哭的那种。但在我看来,那都是假的,她是在演戏,就好像她只是在按照我们期望的样子哭而已。我发誓,她刚才也是掐准了时机哭的。"

"你到底是看她哪里不顺眼?"

"我不知道。"简发动了车子,"但我觉得我看漏了一些东西,而且是很关键的东西。她真的有问题。"

回到凶案组,简浏览了堆积在她桌子上的所有文件夹,想知道她是否忽略了什么重要的细节,为什么她总觉得事情没完,总体会不到那种圆满。这些案宗她都已经梳理过了,包括波士顿的卡桑德拉·科伊尔和蒂莫西·麦克杜格尔的谋杀案、纽波特的萨拉·巴斯塔拉什谋杀案,以及比利·沙利文在布鲁克莱恩的失踪案。三个不同司法管辖区的四名被害人,他们的死法差异很大,所以人们才会忽略他们在几十年前有过的关联。卡桑德拉·科伊尔,她的眼珠被挖出来并放进手中,像圣露西一样。蒂莫西·麦克杜格尔,胸口被箭射穿,就像圣塞巴斯蒂安一样。萨拉·巴斯塔拉什,像圣女贞德一样被烧成灰烬。比利·沙利文,几乎可以确定,被埋在某个坟墓里正在腐烂,就像圣维塔利斯一样。

二十年前的孩子们只有一个还活着,就是第一个指控施塔内克一家虐童的霍莉·迪瓦恩,她的生日是十一月十二日。在那一天,教堂纪念圣利维努斯,佛兰德斯的圣徒,在被异教徒折磨后殉道。异教徒为了阻止他传播上帝的福音,还拔掉了他的舌头。但根据传说,即使在他死后,利维努斯被截掉的舌头仍在继续布道。霍莉呢?她会不会在夜里辗转难眠,被她出生日期所注定的血腥命运所困扰?一想到她的嘴被撬开,舌头被割掉,她会不会不寒而栗?简想到了自己,那个绰号"外科医生"的杀手将她作为猎物。在得知自己被杀人魔盯上时,简打心底升起无尽的恐惧。她记得自己从睡梦中惊醒,浑身冷汗,想象着凶手的手术刀刺进她的皮肉。

如果霍莉也经历过这种恐惧,那她真的藏得很好。太好了。

简叹了口气,揉了揉太阳穴,思索着要不要再看一遍这四个被害人的案宗。

不,被害人不止四个。简坐直了身子。是五个。

她在一堆文件夹里翻来翻去,找出了莉齐·迪帕尔马的案宗,那个二十年前失踪的九岁小女孩。莉齐的失踪仍被认定为悬案,但调查人员确信,马丁·施塔内克绑架并杀害了她。二十年过去了,这个女孩仍然下落不明。

弗罗斯特吃完午饭回来,看到简的桌子上摊开的文件,摇头说道:"你还在看这些东西?"

"我总觉得事情不对。结束得太干净了,就像是有人给整个事件包得密不透风,又系上了一个漂亮的蝴蝶结。我们的主要嫌疑人就这么恰到好处地死了。"

"我觉得没什么问题啊。"

"我们一直都不知道这个小女孩身上到底发生了什么。"她敲了敲面前的文件夹，"莉齐·迪帕尔马。"

"那都是二十年前的事了，而且也不是我们的案子。"

"但这起案件才是一切的开始。她的失踪就像是第一张倒下的多米诺骨牌，引发了接下来的所有事情。莉齐失踪，她的帽子出现在马丁·施塔内克驾驶的校车上。忽然之间，针对施塔内克一家的指控雪片一样堆积起来。施塔内克一家是猪狗不如的畜生！他们猥亵孩子长达好几个月！那么这几个月以来，大家就一点儿不对劲的地方都没发现吗？"

"总会有人第一个站出来的。"

"第一个站出来说话的孩子就是霍莉·迪瓦恩。"

"也就是你一直觉得奇怪的那个女孩。"

"每次和她对话，我都觉得她的话是精心设计过的。就像是在下棋，她总会领先我五步。"

弗罗斯特的手机响了。他转身去接电话，简继续翻看着莉齐·迪帕尔马的案件记录，想知道这么长时间过去，这个案子是否还有进展。人们在苹果树日托中心进行了彻底搜查，想要找出女孩的遗体。虽然在施塔内克的校车上发现了她的微量血液，但血迹的来源也是有证可查的，据说案发一个月前，莉齐曾在校车上摔倒，并磕破了嘴唇。对指控马丁·施塔内克的谋杀罪行来说，最有力的证据是在校车上发现的莉齐的串珠帽子。那正是她失踪时戴的帽子。

凶手一定就是马丁·施塔内克。

而现在他已经死了，故事结束了。简叹了口气，合上了文件夹。

"你应该不太想听到这个消息。"弗罗斯特说着,挂了电话。

她转向他:"又出了什么事?"

"你还记得邦妮·桑德里奇吧?她在酒吧里给霍莉点了一杯酒。实验室那边的化验结果出来了,没有氯胺酮存在的痕迹。"他摇了摇头,说道,"我们必须放了她。"

34

就在两天前，邦妮·桑德里奇还戴着手铐，因涉嫌胁从谋杀被关押，今天她就大摇大摆地走进波士顿警察局的审讯室，像是回到自己家一样从容。虽然她的红发里已经生出银发，几十年的风吹日晒将雀斑点在了她的脸上，眼周也出现了蚀刻的皱纹，但她还是走路带风，一副女人特有的健朗姿态。她一直将自己收拾得很漂亮，活得也很漂亮。此时，她在审讯室的桌前坐下，轻蔑地看着对面的简和弗罗斯特。

"让我猜猜，"她率先开口，"那杯酒里除了酒什么都没有。"

"我们需要谈一谈。"简说。

"你们那样对我，我凭什么要配合？"

"因为我们只是想知道真相。帮帮我们吧，邦妮。"

"我宁愿向大众曝光你们的无能。"

"桑德里奇小姐，"弗罗斯特语调轻柔地好言劝慰道，"你被捕时，我们有足够的理由怀疑你可能会对霍莉·迪瓦恩不利。因为凶手的作案手法已经出现规律，而你恰好点了一杯酒给霍莉，这一做法又恰巧符合凶手的作案手法。"

"什么手法？"

"在卡桑德拉·科伊尔被害当晚，一名酒吧的女侍者曾说，她看到了卡桑德拉和一个女人一起喝酒。"

"然后你们就认为那个女人是我？哦，亲爱的，但是你没办法证明，因为那个女侍者认不出我来。我说得对吗？"

简说道："但是，请你一定要理解我们逮捕你的原因。那晚我们见到你和霍莉在一起之后，不得不迅速采取行动，因为我们认为她的情况很危急。"

"霍莉·迪瓦恩会情况危急？"邦妮嗤笑道，"那姑娘就像是滑不留手的泥鳅，就没有她逃不掉的危险。"

"为什么这么说？"

"咱们何不问问男士的看法呢？"邦妮将目光转向弗罗斯特，"你认为霍莉这人怎么样，警探？提到她你脑袋里出现的第一个词是什么？"

弗罗斯特犹豫了一下："她很聪明，有魅力——"

"啊哈！有魅力。对于男人们来说，他们总会想到这方面。"

"还足智多谋。"弗罗斯特赶紧补了一句。

"你还没说，勾人魂魄，引人遐想，令人垂涎。"

"你说了这么多，到底是什么意思，邦妮？"简问道。

女人转头看着简："霍莉·迪瓦恩是典型的反社会人格。我并不是在批判这种人，我认为具有反社会人格的人的行为并不会多么异于常人，他们的举止也在正常的人类行为范畴之内，毕竟，这世上像霍莉一样的人还有很多。"她有些轻蔑地看了简一眼，那样子好像在说：你不知道的还多着呢。如果说有什么人能像凶案组的警察一样顽强坚韧，那一定是调查记者。简发现，自己竟然开始对面前这个女人生出一丝敬意。饱经风霜的邦妮更像是一位征战沙场的老兵，脸上始终带着一丝不服输的傲然气魄。"别告诉我，你一点儿都没察觉到霍莉身上的蹊跷？拜托，你可是和这姑娘面对面打过交道的。"

"我发现她……很不一样。"简回答。

邦妮被逗笑了,她一边大笑,一边说道:"这说法真是太客气了。"

"为什么你觉得她有反社会人格?那天晚上在酒吧里,你是第一次和她说上话吧。"

"你们和'高才生传媒'里她的同事们聊过吗?问过他们对她的看法吗?她办公室里的人,基本上是个男人就对她有色心,想占她的便宜,但是女人们对她的态度就很微妙,很保守,甚至有些谨慎。女人们不信任她。"

"也许她们是嫉妒。"弗罗斯特说。

"不,她们是真的不信任霍莉。起码卡桑德拉·科伊尔是不信任她的。"

简皱起了眉头:"她是怎么说霍莉的?"

"谈话中,是卡桑德拉先提起霍莉的。她直截了当地告诉我,叫我不要相信霍莉·迪瓦恩。在'苹果树',其他的孩子都认为霍莉是个奇怪的女孩,他们都躲着她。他们能感觉到她哪里怪怪的,很不对劲。唯一和她一起玩的孩子,是比利·沙利文。"

"其他的孩子为什么害怕霍莉?"

"我也想知道原因。我想看看为什么这些孩子都觉得她奇怪,但是没人知道她在哪儿。我花了好几个月的时间,才知道她在'高才生传媒'工作。我本来打算采访她,为了单独写一章'苹果树'案件的故事。她是案件中第一个指控施塔内克的孩子,我想知道她当时说的话是真是假。"

"案件里是有实证的。"弗罗斯特说道,"她身上有很多伤痕。"

"造成她身上那些伤的可能是任何东西。"

"她为什么要撒谎说自己被猥亵了？"

邦妮耸了耸肩。"也许是为了引起人们的关注，也许是她精神不正常的母亲灌输给她的。不管是什么原因，霍莉挑了一个完美的时机站出来。莉齐·迪帕尔马失踪了，整个社区的居民都陷入恐慌，家长们急需一个答案。而霍莉给了他们答案：都是邪恶的施塔内克一家做的。然后比利·沙利文声称他也遭到了猥亵，之后，施塔内克一家就完了，就这么简单。"邦妮说着打了一个响指。"惊慌失措的家长不断询问他们的孩子，将已认定的故事灌输到孩子们的脑袋里。于是又有别的孩子重复这些故事，这也就不奇怪了。如果有人一遍又一遍地问你同一件事，你就会开始相信这件事真的发生过，你会开始构建一段本不存在的记忆，认为自己真的记得这件从未发生过的事情。案件里，最小的孩子才五六岁，随着人们一遍又一遍地询问，孩子们的回答也变得越来越离谱。会飞的老虎！死掉的婴儿！施塔内克一家人骑着扫帚在天上飞。"邦妮摇了摇头，"一群被洗脑的孩子随口说出的故事而已。陪审团就是听信了这样的故事，才把施塔内克一家都送进了监狱。卡桑德拉·科伊尔已经开始怀疑自己遭受虐待的那段记忆的真实性。她说她联系过了其他孩子，想问问他们愿不愿意和我谈谈，但她只说起过霍莉·迪瓦恩这一个名字。如果我要写这本书，这个人就是唯一一位在世的、我可以采访的对象。"

"为什么要写这本书？为了洗清马丁·施塔内克的罪名吗？"

"我对这个案子了解得越多，就越气愤。所以，没错，最重要的就是证明他的清白。即便是现在，这依然很重要。"邦妮眨了眨眼，将头转向一边，"就算他已经死了。"

简看到邦妮的眼里流出晶亮的泪水。她轻声问道："你爱上他了吗？"

这个问题让邦妮突然绷紧了下巴。

她转过头惊讶地看着简:"你在说什么?"

"很明显,对于这件事你似乎投入了很多个人情感。"

"因为我很在意这件事,所有人都应该在意。"

"为什么你尤其在意?"

邦妮深深地吸了一口气,然后坐得更直了。"先回答你的问题。不,我没有爱上马丁,但我为他感到难过。他遭遇的那些事,他家人遭遇的那些事,我他妈的——"她停住了,情绪明显变得激动,所以说不出话来。她的双手攥成了苍白而瘦削的拳头。

"为什么你会这么气愤?"简问。

邦妮的拳头握得更紧了,但她依旧没有回答。

"肯定是有原因的,为什么你格外在意这起案子?你还没告诉我们原因。"

邦妮久久地沉默着,当她终于开口时,声音轻得像是在耳语。"对,我很在意。因为我也经历过同样的事。"

简和弗罗斯特震惊地互相对视一眼。弗罗斯特轻声问道:"你经历过什么,桑德里奇女士?"

"我有过——我有——一个女儿,"邦妮说道,"她快满二十六岁了。再有三周就是她的生日了,我最想做的事,就是陪在她身边,和她一起庆祝。但我不能去见艾米,也不能给她打电话,连写信都不行。"她肩膀耸立起来,像是要准备战斗一般,她看着简和弗罗斯特,"艾米读大一那年患上了恐慌症。她总会在半夜时在宿舍惊醒,说是有人在她房间里,要杀了她。恐慌症发作时十分可怕,她必须整夜开着灯睡觉。学生健康服务中心给她推荐了一名心理医生,一个声称自己是治疗'返童现象'专家的女人。心理医生通过催眠手段去挖掘艾米小时候的记忆，试图找出这种惊恐发作的原因。

"整整八个月，艾米一次又一次地去见那个……医生。"邦妮说出这个称呼像是吐了什么脏东西一样，立刻用手擦了一下嘴唇，仿佛要把这个词的味道抹去。"随着治疗的继续，艾米开始记起一些事情，那些她本该压抑的记忆。她记得小时候躺在床上的情景，记得门开了，有人从黑暗中走进来，有人掀开她的睡衣，然后……"邦妮再度停下，深呼吸，继续艰难地开口道，"这些并不是模糊的记忆。她记得非常详细，连猥亵她的人用的什么物品她都记得——一个木勺，还有梳子柄。心理医生的诊断是，艾米之所以会患上恐慌症，是因为童年时期遭受过很多年的性侵害和虐待。现在艾米都记起来了，而她接下来需要做的，就是勇敢面对猥亵她的那个人。"邦妮抬起头，她的睫毛上闪烁着泪光："也就是我。"

简皱眉："你真的——"

"我当然没有！那些都是假的，连那些细节都是！没有一丝一毫是真的！我是个单亲妈妈，家里只有我们俩，没有别人，所以她指控的人只能是我。我就是那个夜晚溜进她房间猥亵她的畜生，那个给她造成情感创伤的禽兽。艾米和那个咨询师进行面诊的次数越多，她就越焦躁。而我还什么都不知道，直到有一天晚上，事情终于走到了最后一步。

"那个心理医生打电话给我，要我去和她见一面。在去她办公室的路上，我还在想，艾米的治疗肯定是有进展了。然而，我发现艾米竟然也在。那个心理医生就坐在一边听着，鼓励她。艾米开始跟我讲述我在她小时候对她做过的那些可怕的事情。她突然记起了所有的性侵、虐待，我还和其他陌生人分享她。我告诉她这都是她想象的，我从来没做过她说的任何一件事，但她笃定这些事情都发生过，她都记得。然后她……"邦妮擦了一下眼泪，继续道，"她告诉我，她再也不想见到我，不想和我说话，到死都不想。我试着和她讲道理，想要说服她这些记忆都是假的，那个心理医生却说，我很幸运艾米就这样放了我，他们本来应该报警，把我抓起来。她说这是因为艾米的宽容大度，所以让过去的一切就这样算了。我哭着求着，让我的女儿听我说话，但她直接站起来走出房间了。那是我最后一次见到她。"邦妮伸手摸了摸眼睛，在脸上留下湿亮的泪痕："这就是我会在意'苹果树'案的原因。"

"因为你认为，施塔内克一家也经历了同样的事。"

"卡桑德拉·科伊尔也这么认为。她告诉我，这件事对她影响极深，她甚至受这件事的启发，拍了一部电影。"

"她拍的恐怖电影？《西米安先生》？"弗罗斯特问。

邦妮讽刺一笑："有时候，虚构的故事才能讲述真实。"

"可她的同事告诉我们，《西米安先生》讲的是一个女孩儿失踪的故事，和孩子被猥亵一点儿关系都没有啊。"

"这部电影还讲了时间如何让记忆扭曲，真相又是如何基于不同视角形成不一样的解读。"邦妮坐直身体，调整好了自己的情绪，"你们听说过伊丽莎白·洛夫特斯医生吗？"

"那个心理学家？"弗罗斯特说道。

简有些意外地看了他一眼："你怎么会知道这个人？"

"爱丽丝跟我说过她。"弗罗斯特说，"她在法学院上课时，在课堂上出现过这个人的话题，主要讨论证人的证词是否可靠。"他看着邦妮，说道："爱丽丝是我的妻子。"

曾是你的妻子。简很想这样说，但并没有开口。

"在九十年代中期，"邦妮继续说道，"洛夫特斯医生在《精神病学年鉴》上发表了一篇具有开创性的文章，主要描述了她对二十四名成年人进行的一项实验。在这项研究中，实验对象的近亲会和这些人进行交流，向实验对象提起他们童年时发生过的四件事。但这四件事中只有三件是真实发生过的，另外一个完全是虚构的。实验要求受试者回忆起有关这四件事的细节。几个星期之后，他们能记起来的东西越来越多，记忆里的细节变得非常复杂。就算是那件从未发生过的事，他们也都描述出了相当清晰的细节。

"实验结束之后，在这二十四个人中，有五个人无法分辨四件事中哪件事是虚构的，他们仍然相信那件虚假的事情真的发生过。洛夫特斯医生成功地在这五个人身上植入了虚假的记忆。给别人植入一段记忆并不难，你只要不断地告诉这个人这件事真的发生过，不断煞有介事地谈论它、描述它、反复提及它。过不了多久，被植入记忆的对象就会开始自己填充事件细节，给这幅谎言画卷添上颜色、增加纹理，直到那段记忆变得栩栩如生，与现实生活别无二致。"邦妮身体向后，靠在椅子上，"洛夫特斯医生的研究对象是成年人。试想一下，如果对象变成一群孩子，植入记忆会容易得多。只有你想不到的，没有孩子们信不了的。"

"比如会飞的老虎，还有地下密室。"弗罗斯特接话道。

"你们看过那些孩子的访谈记录，应该知道他们的话有多离谱——动物献祭，魔鬼崇拜。还有一点，你们不要忘了，这些孩子里最小的只有五六岁，根本还是说胡话的年纪，但他们的胡话害得施塔内克一家都进了监狱。整件事正是现代版的'塞勒姆女巫审判'。"她的目光停在简和弗罗斯特的身上，"你们和当年的检察官埃丽卡·谢侬聊过了吗？"

"还没有。"简答道。

"多亏了'苹果树'一案,她才能平步青云。陪审团认为马丁·施塔内克绑架莉齐·迪帕尔马的罪名不成立,但她还是用仪式虐待的罪名把施塔内克一家关进去了。对她来说,只有输赢,她根本不在乎事情的真相,更别提什么公平正义。"

"您这是很严重的指控啊,"弗罗斯特说道,"您等于是在说,检察官明知道被告无罪,却故意把无辜的人送进了监狱。"

邦妮点头:"没错,我就是这个意思。"

"相信我,马丁·施塔内克是罪有应得。"埃丽卡·谢依说道。

这位检察官今年已经五十八岁,看起来比二十年前报纸上'苹果树'审判报道里贴出的照片更加冷峻,令人心生敬畏。那时的她穿着剪裁考究的裙装,一头金发梳到脑后,挽成一个发髻,身姿笔挺,一副坚毅无畏的样子。二十年的时光抹去了她脸上曾经的柔美,她的颧骨变得突出,尖锐的鼻子像是鸟喙一般,整张脸棱角分明。她的目光直视着来访者,似乎随时准备战斗。

"施塔内克当然会说自己是无辜的。罪犯都这么说。"

"无辜的人也会这么说。"简说道。

埃丽卡靠向椅背,眼神冰冷地注视着红木桌子对面的两位警探。她的办公室布置得很雅致,一面墙上挂着一些埃丽卡的文凭证书、获得的表彰和几幅照片:埃丽卡和马萨诸塞州历届州长的合影,和两个国会议员的合影,甚至还有和总统的。这面墙向每一个来访者清晰地传达了这样的信息:我认识很多大人物,你惹不起。

"我不过是履行了自己的职责,在法庭呈上了指控马丁·施塔内克的证据。"埃丽卡说道,"是陪审团一致认为,应当判处他有罪。"

"他被判猥亵儿童。"简继续说道,"而对于绑架莉齐·迪帕尔马的指控,他的罪名并不成立。"

埃丽卡的眼中闪过一丝厌恶。"那是陪审团的失职。我自始至终都认为就是他干的,是他杀了那个小姑娘,我们所有人都知道。"

"我们真的知道吗?"

"只要看看那些证据就知道了。一个星期六的下午,九岁的莉齐·迪帕尔马失踪了。她戴着最喜欢的银珠装饰的帽子,骑着自行车离开家,然后就再也没出现过。她的自行车在一点五英里[①]外的路边被找到。两天后,苹果树日托的一个孩子在校车上发现了莉齐的帽子。那是一顶很特别的帽子,是他们全家去巴黎旅行时买的。周末时,校车就停在施塔内克家的车道上,也上了锁。校车的司机只有马丁·施塔内克,没有别人,而且车里还发现了莉齐的血迹。现在,你来告诉我,帽子为什么会出现在校车上?"

"案发一个月之前,莉齐在车上摔倒了,磕破了嘴唇。她妈妈当时在法庭上解释过这件事。"

埃丽卡立刻嫌恶地嗤笑一声:"莉齐的妈妈就是个蠢货。这件事根本就不应该在法庭上提起。"

"但那是事实,不是吗?"

"这个事实让陪审团产生了合理的怀疑,他们开始质疑我们提交的一切证据。然后辩方就开始鬼扯,捏造推论,说绑架莉齐的另有其人,而且莉齐很有可能还活着。"埃丽卡再次厌恶地摇

[①]一英里约合一点六一千米。

头,"至少陪审团定了他们虐待的罪名,让他们蹲二十年监狱。我觉得二十年还不够,但至少这二十年里,施塔内克一家不会伤害其他人了。然后怎么着?他恢复自由,就又开始杀人了吧。因为那些孩子说出了真相,害他被关进监狱,所以他想报复。"

"真相?有些证词可是和事实一点儿边都搭不着。"弗罗斯特说道。

"孩子是会夸大事实,要么就是搞混一些细节,但他们不会说谎,也不会对被虐待这种事说谎。"

"他们还会被引导,被教唆,去相信——"

"别告诉我你们现在要替他狡辩?"

她突然加大的音量让弗罗斯特忍不住向后一缩。这个女人在法庭上一定更为凶猛,像是角斗士一样,一往无前,绝不退缩。简可以想象,当年只有二十二岁的马丁·施塔内克惊慌失措地站在证人席上,绝望无助地面对眼前这个女人,承受这位凶悍对手的无情绞杀。

"我和每个孩子都谈过,"埃丽卡说,"和他们的父母也都谈过。我检查了霍莉手臂上的瘀伤和抓痕,就是她在校车上发现了莉齐的帽子,是她勇敢地告诉了她妈妈在日托中心发生的一切。接着比利·沙利文证实了她的话,那时我就知道,他们说的都是真的,施塔内克一家就是一窝毒蛇。被他们虐待猥亵过的孩子都吓坏了,什么都不敢说,直到霍莉和比尔站出来。我花了好几周的时间进行采访,反复询问,最终,那些秘密还是被一点点地挖出来了。孩子们所看到的,以及发生在他们身上的可怕罪行,全都揭露出来了。"

"您刚提到那些孩子,具体有多少个?"简问。

"很多。不过我们最后只选了一部分孩子的证词。"

"因为其他孩子编的故事更离谱?"

"这事已经过去二十年了,你们为什么到现在还来质疑我的工作?"

"有一个记者说,您给那些孩子灌输了虚假的记忆。"

"邦妮·桑德里奇?"埃丽卡不屑地哼了一声,"她说自己是个记者,其实就是个疯子。"

"所以,您认识她?"

"我尽可能避开她。她这几年一直在搞什么研究,想要写一本关于仪式虐待审判的书。之前她说要采访我,但那次访谈根本就是她对我的质问。她自己有一套扭曲的认知,认为这些审判都是无中生有的'猎巫'闹剧。"埃丽卡摇了摇头,"她说什么跟我有什么关系?"

"卡桑德拉·科伊尔觉得有关系,她想要邦妮帮她修改证词。卡桑德拉认为施塔内克一家一直都是无辜的,她已经开始联系当年的其他几个孩子,想问问他们都还记得什么。"

"邦妮·桑德里奇是这么跟你们说的?"

"手机通话记录证实了她说的话。卡桑德拉·科伊尔确实联系过萨拉·巴斯塔拉什和蒂莫西·麦克杜格尔,还有比利·沙利文。我们一直查到差不多一年前的数据,才找到这些记录,所以一开始我们都忽视了这条线索。当年那些孩子中,卡桑德拉唯一没有联系的就是霍莉·迪瓦恩,因为没人能联系上她。"

"二十年过去了,突然之间,卡桑德拉想要帮施塔内克一家申冤了?"埃丽卡摇头,"为什么?"

"您真的一点儿都不怀疑您可能把一个无辜之人送进了监狱吗?"

"是的,我没什么好怀疑的。他就是有罪,陪审团也这么认为。"埃丽卡站起身,表明他们的会面该结束了,"正义得到了伸张,除此之外我没什么好说的。"

35

"罪犯克星里佐利!大获全胜!"简的父亲喊道,嘭的一声打开了一瓶酒。气泡酒洒得到处都是,弄脏了安吉拉最喜欢的托斯卡纳风格黄色桌布。

"低调点儿,爸。"简说道,"不是什么了不起的事情。"

"当然了不起!不管怎么说,咱们的姓可是登上《波士顿环球报》了,必须得庆祝!"

简看了一眼弟弟:"嘿,弗兰基,你去抢个银行什么的吧,只要一见报,咱家就能开一瓶真正的香槟了。"

"你就等着瞧吧,咱们弗兰基这几天也要上报纸了。我现在都能看到新闻标题了:特工小弗兰克·里佐利,单枪匹马打击国际犯罪集团!"老弗兰克斟满一杯香槟,递给了儿子,"我就知道,我的孩子肯定会让我骄傲的。"

"我们的孩子。"安吉拉说着,把一盘烤牛肉放到了桌上,"不是你一个人生的。"

"弗兰基要做联邦特工,简已经上了报纸。现在就差米奇了,他还没想清楚自己的人生目标,但我知道,将来肯定也会给我争光。这么好的日子,他要是也在家就好了,不过也好,我的三个孩子里有两个在,已经够让人知足了。"

"我们的孩子。"安吉拉再次纠正道,"又不是你一个人把他们养大的。"

"是，是，我们的孩子。"他举起自己的气泡酒，"这一杯，敬简·里佐利警探。感谢你，又消灭了一个浑蛋。"

父亲和弟弟将杯中的气泡酒一饮而尽，简看了一眼加布里埃尔，后者有些好笑地摇了摇头，也十分配合地小酌了一口。里佐利一家专门给自己办了庆功宴，用弟弟的话说，是为了祝贺她破获了"挖眼杀手案"。但与家人的兴奋不同，简感受不到一丝胜利的喜悦。案件里还有好多谜团没有解开，但嫌疑人已经死了，这叫她如何庆祝？她总觉得事情远没有结束，这种感觉一直萦绕在脑海里，她似乎错过了重要的信息。气泡酒里只尝出了苦涩，没有任何胜利的甜美，又喝了一口之后，简放下了酒杯。就在这时，她才注意到安吉拉也没有喝酒。这都怪她爸，买了一瓶廉价的劣质酒，稍微有点儿味觉的人尝了第一口之后，都不会想尝第二口。

但这并不能阻止弗兰克和小弗兰克，两人互相庆祝着里佐利家族的胜利，顺便将一瓶酒咕咚咕咚地喝了下去。如果正义真的以这种方式降临，那它似乎落错了地方。简想起尸检台上的厄尔·迪瓦恩身患绝症的尸体，他悲伤的秘密被揭开了。她想起马丁·施塔内克，到死都在坚称自己是无辜的。

如果他说的是实话呢？

"怎么还拉着脸啊，珍妮？你得融入啊。"父亲说着，将盘中的牛肉切开，"今晚大家都在为你庆祝啊！"

"也不是什么促成世界和平的大事。"

"你把活儿干得这么漂亮，难道不值得干一杯香槟吗？"

"是气泡酒。"安吉拉喃喃道，但似乎没人听到她的话。她远远地坐在桌子的一头，肩膀低垂着，餐盘里的食物碰都没碰。丈夫和儿子将她准备的晚餐狼吞虎咽地吃下去,她却连餐叉都没有拿起来。

"我就是有点儿想不通,"简说道,"案子怎么会就这么结了。"

"凶手死了,问题没了。"弟弟笑着说道,随后伸出拳头轻轻地碰了一下简的胳膊。

"他打妈妈!"瑞吉娜抗议道。

"我没有打她,小家伙,"弗兰基说道,"我是在给她鼓劲儿,恭喜她。"

"你打她了,我看见了!"

简亲了亲女儿愤怒的小脸。"没关系,宝贝,弗兰基舅舅在和妈妈闹着玩儿呢。"

"大人们总会闹着玩儿。"弗兰基说道。

"你们打人?"瑞吉娜皱眉看着他。

童言无忌。

"你得学着保护自己,小家伙。"弗兰基举起拳头,和小外甥女玩起了拳击游戏,"来啊,让弗兰基舅舅看看,你怎么还手。"

"别。"安吉拉阻止道。

"就是和她玩玩,妈。"

"她是个小女孩,用不着学打架。"

"当然得学,她可是里佐利家的孩子。"

"严格来说,"简插嘴,看着她一直以来都很耐心的丈夫,"她是迪恩家的孩子。"

"但她身上也有一半里佐利家的血统。我们里佐利家的人,都要为自己战斗。"

"不,我们没有。"安吉拉说。她的脸变得通红,眼里露出晶亮的火光。"我们家里也有人从来没为自己反抗过，里佐利家也有懦夫。我就是。"

弗兰基嘴里塞满了烤牛肉，皱眉看着自己的母亲。"你在说什么呀，妈？"

"你听见了。我一直都是个懦夫。"

老弗兰克这才放下餐叉。"现在是在搞什么？"

"你，弗兰克，还有我。我们两个，就是他妈的一团糟。"

瑞吉娜看着加布里埃尔："爸爸，她说脏话。"

安吉拉红着脸，转头看着小外孙女："哦，宝宝，是，我说了脏话，对不起，对不起。"她推开椅子站起了身，"外婆要自己待会儿。"

"她确实该自己待着！"随着安吉拉的身影消失在厨房里，弗兰克喊道。他随后看了一眼桌边的众人。"我不知道她是中了什么邪，这几天一直有点儿阴阳怪气的。"

简站起身："我去和她聊聊。"

"用不着，让她自己待着。她需要反省。"

"她需要有个人听她说话。"

"随你怎么说。"弗兰克嘟囔着，手再次伸向那瓶气泡酒。

妈妈确实得冷静一下，不然她可能会忍不住杀人。

厨房里，简看到安吉拉正站在料理台前，眼神有些不妙地看着角落刀架里的刀具。

"妈，你知道的，下毒的话现场会更干净。"简说道。

"士的宁要多少用量才能致命？"

"我要是告诉你的话，得先把你抓起来。"

"不是给他准备的，是给我。"

"妈？"

安吉拉转头面对女儿，脸上是极度的痛苦。"我做不到，简。"

"我当然也希望你做不到。"

"不，我是说，我做不到这些。"安吉拉说着，展开双臂，给简展示厨房的一切：洗碗池里的锅碗瓢盆，溅满油渍的烤炉，料理台上等着上桌的甜派，"我之前就在这样的火坑里爬不出去。这都是他想要的生活，可我不想。我试过了，我真的试过了。但你看看，我已经被逼到了什么份儿上了？"

"想要吃士的宁自杀。"

"没错。"

虽然厨房的门是关着的，但她们还是能听到餐厅里男人们的笑闹声。弗兰克和弗兰基，吃着安吉拉精心准备的晚餐，咯咯大笑。他们尝出了安吉拉藏在烤牛肉和土豆里的关心了吗？仅仅是一门之隔，安吉拉已经做了一个重大的决定，这个决定会改变将来餐桌上他要吃的每一顿晚餐，他们感受到了吗？

"我决定了，"安吉拉说，"我要离开他。"

"哦，妈。"

"不要劝我。要么离开他，要么就让我去死。我发誓，这么下去我会被耗死的。"

"我不会劝你。我告诉你我要做什么。"简将双手放到她母亲的肩上，直视着她的眼睛，"我要帮你收拾行李，然后带你去我那里住。"

"现在？"

"只要你想的话。"

安吉拉的眼睛噙满了泪水。"我想。但我不能和你一起住，你家地方没那么大。"

"你可以先和瑞吉娜睡一个房间,她肯定愿意和外婆一起住。"

"我不会长住,我保证。天啊,你爸知道了肯定很生气。"

"用不着告诉他。我们直接上楼去装行李。"

她们一起从厨房里走了出来。弗兰克和弗兰基还聊得热火朝天,沉浸在男人的话题里,他们甚至没有发现两个女人从餐厅穿过去,只有加布里埃尔用眼神表示了询问。是啊,她的丈夫一定会注意到她们,他时刻观察着周围的一切。简只是摇了摇头作为回应,随后跟着母亲上了楼。

卧室里,安吉拉打开抽屉,拿出毛衣和内衣。她只带了小住几天需要的东西。过两天,等到弗兰克不在家的时候,她再回来拿些别的衣服,这样就不用应付弗兰克的纠缠。两年前,弗兰克经历中年危机,和一个白痴金发女人有过一段短暂的婚外情。那时,他抛弃了安吉拉。但弗兰克并不是通情达理的人,如果别人反过来抛弃他,少不了要大动一番干戈。如果她们动作快些,也许能在不被他发现的情况下离开这里。

简提着行李箱走下了楼,发现加布里埃尔已经在门口等着她们了。"要我帮忙吗?"他轻声问。

"把这个放到车里。妈一会儿和我们一起回去。"

对于这一消息,加布里埃尔没有任何不悦,甚至一句话都没问。刚刚那一幕他已经看出了一些问题,知道该做什么了。于是听到简的吩咐后,加布里埃尔二话不说,提起箱子走了出去。

"我得开自己的车走,"安吉拉说,"我不能把车留在这儿。你们先走吧,我随后就到。"

"不行,你现在需要人陪着,妈。我和你开一辆车吧。"简说道。

"和她开一辆车去哪儿?"父亲问,他皱着眉头在走廊上看着他们,"你们在这儿说什么悄悄话呢?怎么了?"他颐指气使地问道。

"妈要去我们家,和我们一起住。"简回答道。

"为什么?"

"你知道为什么。"安吉拉说,"如果你不知道,那你应该好好想想了。"她从衣柜里拿出外套,"甜点在厨房,弗兰克,是蓝莓派。冰箱里还有香草冰激凌,就是你要吃的牌子,本和杰瑞的。"

"等等,难不成你要离开我?就你?"

"你之前也离开我了。"

"可是我已经回来了!我为了这个家回来了!"

"你回来是因为那个白痴不要你了。我这辈子只活一次,弗兰克,我不想活在痛苦里。"她抓过门厅桌子上的背包,走出了门。

弗兰克却满脸不屑地对简说道:"她还得回来,你看着吧。"

我看未必了。

简走到车道上,发现安吉拉正坐在驾驶座上,车子已经启动了。"让我开吧,妈。你现在情绪不好。"

"我没事,快上车吧。"

简坐进副驾驶座,拉上车门。"你确定要这么做吗?"

"我这辈子从来没有这么确定过。"安吉拉双手握住方向盘,"我们快点儿离开这儿。"

她们开着车渐渐驶离车位,简回头看了一眼父母的房子,就在这里,安吉拉养育了三个孩子。但是今天,她告诉简自己要抛弃这一切,她该有多绝望、多痛苦,才会做出这样的决定?这几个月以来,简是能够看出母亲的难过的。她总是一脸寂寥,不再打理头发,肩膀也永远无力地耷拉着。这些迹象父亲不可能看不到,但他从不相信安吉拉会为此采取行动。就算到了现在,他还以为妻子只是一时兴起离家出走,过不了几天就会回去。他甚至不屑看着她们离开,而是自顾自地转身回屋,关上了门。

"我保证,我就住几天。"安吉拉说道,"我会尽快找到落脚的地方。我就是需要个地方让我安排好这些事。"

"妈,咱们先不用担心这个。"

"但我没办法不担心,所有事都让我担心。女人一旦到了我这个年纪,对谁来说都是负担,要么就得担起别人的负担。我不知道这两种情况哪个更糟,不管怎样,哦,那边是……"她看了一眼路牌,发出一声哀鸣。

"是什么?"

"那个路口是去他家的路。"她用不着说出那个人的名字。简知道安吉拉说的是谁:文斯·科尔萨克,在弗兰克出轨离开的那段日子,这个男人曾短暂地进驻到母亲的生命里。"他现在一定已经开始和其他人交往了。"安吉拉轻声说。

"我之前告诉过你,我不知道,妈。"

"他肯定会,像文斯这么优秀的男人。"

科尔萨克?简差点儿笑出来。文斯·科尔萨克是一名已经退休的警探,他就连走几步路都有心脏病发作的风险,超重、高血压、胃口极好可社交能力极差。但他一直真心爱着安吉拉,所以安吉拉与他分手而回到弗兰克身边时,科尔萨克几乎是伤心欲绝。

这时,安吉拉毫无征兆地将车子转了一个弯,车胎在地上发出刺耳的鸣叫。她将车子在路中间掉头,又开了回去。

"你在干吗呀,妈?"简喊道,"你刚刚可是违法了啊!"

"我必须得知道。"

"知道什么?"

"我还有没有机会。"

"和科尔萨克?"

"和他分手的时候,我让他伤透了心,简。他可能永远都不会原谅我。"

"他知道你面临的难处,你要考虑爸还有家人。"

"我不知道他还愿不愿意和我说话。"安吉拉的脚从油门踏板上收了些力道,仿佛在反思自己一时的冲动到底值不值得。接着,同样突然地,她又踩下了油门,车子朝前冲了出去。

简唯一能做的,就是拉好车子的手环,安静地坐着。

车子一路疾驰,伴随着尖锐的刹车声,他们在科尔萨克的公寓楼外停了下来。安吉拉深深地吸了一口气,试着鼓起勇气。

"要不你直接打电话给他?"简建议道。

"不,不行,我必须要看着他的脸。我需要知道,见到我时他是什么感受。"安吉拉推开车门,"在车里等我一下,珍妮。我应该很快就会下来。"

简看着母亲下了车。她先是在人行道上站了一会儿,伸手抚平外套上的褶皱,又用手指梳理了一下头发。安吉拉看起来就像是那些第一次约会的女孩,简惊讶地看着她的转变——她的肩膀不再丧气地垂着,下巴扬起,准备迎接可能发生的一切。终于,她打开公寓楼的门,消失在大楼里。

简在车里等了又等。

二十分钟过去了,安吉拉还没回来。

简猜着里面发生了什么事,然而在她的想象里,大多不是什么好事。万一安吉拉上楼之后发现科尔萨克和另外一个女人在一起，那个女人的嫉妒心又很强，该怎么办？也许安吉拉现在就躺在楼上，身中数刀，血流不止；或者是科尔萨克躺在地上，身中数刀，血流不止。做警察就是这一点不好。在她的脑子里，事情总是朝着最糟糕的那一面发展，因为她已经见过太多这种糟糕的场面了。

简掏出手机给母亲打了过去，然后发现安吉拉的手机放在了包里，而她没有带包出去。于是她又给科尔萨克打了电话，但呼叫音响了四声之后就转到了语音信箱。

完了，现在他们两个都躺在地上，身中数刀，血流不止。而你还在这儿干坐着，什么也不做。

简无奈地叹了一口气，也下了车。

她上次去科尔萨克的公寓已经是几个月前的事了，但几个月过去，这栋楼一点儿都没变。那棵假的棕榈树还摆在大厅里，地砖还是裂开的，电梯也还是坏的。她走到二楼，敲了敲二一七号的房门。里面没有人应答，但透过紧闭的门，简听到房内电视机的声音似乎被开到了最大，尖叫声和刺耳的噪声不断传来，同时还能听到让人情绪紧张的鼓点。

门没有锁，她推门走了进去。

公寓里与她记忆中的样子一模一样：黑色的皮沙发，被烟熏黄的茶几，宽屏电视。这是一个经典的单身汉的巢穴。电视上正播着一部老旧的黑白恐怖电影，这是昏暗客厅里的唯一的光源。屏幕里一张张惊恐的面孔盯着天空中飞翔的未知事物，是不明飞行物，所以这是一部外星人入侵地球的电影。

这时，她听到了交谈的声音——真实的人的说话声，于是简顺着声音向厨房走去。

简刚从走廊朝厨房的方向瞥了一眼,就看到了她不应该看到的场景。安吉拉和科尔萨克站在一起,双臂环抱住彼此,双唇吻在一处,手也在对方的身体上游移。在简的一生中,她被迫目睹过许多景象,一些她永远不想看第二次的景象,而自己的母亲与文斯·科尔萨克相拥着热吻的画面肯定算是其中之一。简后退几步,走进黑暗的客厅,一屁股坐在沙发上。

现在又该怎么办?

坐在电视映出的不断闪烁的光亮中,简思考着她要等多久那边的两位才能亲热完。她要不要打电话给加布里埃尔,让他把她母亲的手提箱送过来?她倒不愿意打扰那两个人的温存,但是,说真的,他们俩还要亲多久啊?

电视上,一个女人跌跌撞撞地穿过树林,逃离一个穿着巨大橡胶蚂蚁服的男人。她记得科尔萨克收集了一些这种古老的恐怖电影,因为,用他的话来说,想要女孩子对你投怀送抱,看恐怖电影百试百灵。说得好像只有恐惧才能逼女孩子投入他的怀抱似的。

这只怪物蚂蚁从灌木丛中钻了出来,橡胶外壳闪闪发光。那个女人被树根绊了一下,不出所料地摔倒了。每个在森林里逃跑的女人都会被绊倒,这应该是另一个恐怖故事必备桥段。现在,笨拙的女人摇摇晃晃地站了起来,抽泣着,歇斯底里地喊叫着,而橡胶怪物蚂蚁正要扑过来杀了她。就在这时,简突然想起了一件事。她想起了另一部恐怖电影,同样是一名年轻女子在树林里奔跑,被凶手追赶。

她坐直了身子,盯着屏幕,回想着卡桑德拉·科伊尔创作的电影《西米安先生》。卡桑德拉的同事说,这部电影的灵感来自卡桑德拉童年时经历过的一个真实事件。一个失踪的女孩。

那个女孩就是莉齐·迪帕尔马。

"哦，珍妮。你来了啊。"安吉拉说。

简没有回头，她的目光还盯在电视上，思绪仍然在卡桑德拉和莉齐。简沉浸在自己的疑虑中，思索着案件为何这样就结束了，那些没有解决的问题的答案又在哪里。

"我不跟你回去了，"安吉拉说，"我想留在文斯这里。亲爱的，希望你不要介意。"

科尔萨克说道："她当然不会介意。为什么要介意？我们都是成年人了。"

"事情还没有结束。"简说着跳了起来。

"不，当然还没结束。"安吉拉微笑着对科尔萨克说，"实际上，现在才是最好的时候。"

"我得走了，妈。"

"等等，我的行李箱怎么办？"

"我让加布里埃尔送过来。"

"这么说你同意我和文斯住在一起了？你不觉得我这样做……不对吗？"

简看着科尔萨克放在安吉拉屁股上的胖手，一想到今晚他的卧室里会发生什么，简就尴尬得鸡皮疙瘩都要掉一地了。"人生苦短，妈。"她说，"而我还有事要忙。"

"你这么着急是要去哪儿？"科尔萨克问。

"去看个电影。"

36

"电影还没有进行色彩分级,也没填背景乐,所以你看的时候不会有那么强的代入感。"特拉维斯·张说道,"但这是定剪之后的版本,差不多就是电影最终版的样子,所以我觉得这片子现在可以给你们看了。"

简还记得上次和弗罗斯特来到"疯狂红宝石影业"时这里乱糟糟的样子,现在看来,三位电影人终于腾出空来把这里收拾了一番。屋子里之前堆着的比萨盒和汽水罐已经不见了,垃圾桶也是干净的,空气里臭袜子的味道也消失了,取而代之的是微波爆米花的香味。安贝尔正将爆米花倒进一个大碗里,好让大家一起分享。不过,他们几个还是没顾得上用吸尘器彻底打扫这里,简在沙发上坐下时,还得先把沙发垫上之前掉落的爆米花掸到一边。

本和特拉维斯坐在了简的两侧,他们都用看外星人的目光看着简。"所以说,警探啊,"本开口道,"我们都很好奇。"

"好奇什么?"

"你怎么改主意了?你之前告诉我们,你不喜欢看恐怖片,这会儿又突然过来,还是在周六晚上,坚持要和我们一起看《西米安先生》,到底是为什么啊?"

"因为睡不着?"

"别开玩笑了,"特拉维斯说,"到底是为什么?"

三个电影人全都看着她,等着她说出真实的原因。

"我找你们谈话的那天晚上,就在发现卡桑德拉遇害的当晚,"简说,"你们中有人告诉我,《西米安先生》这部电影的灵感来源于真实事件,一件发生在卡桑德拉童年时候的事。"

"没错,"安贝尔回应说,"她说有个小女孩失踪了。"

"她跟你们说过那个女孩叫什么名字吗?"

"没有,就是她小时候和她上同一所学校的孩子。"

"我觉得,她说的那个孩子是一个叫莉齐·迪帕尔马的小姑娘。她在九岁那年失踪了。"

安贝尔皱起眉头。"但是在凯西的剧本里,失踪的是一个十七岁的女孩。"

"我猜这个角色代表的就是九岁的莉齐。我还认为你们电影里的那个凶手就是绑架莉齐的人。"

"等一下,"特拉维斯突然说道:"《西米安先生》是来自真实事件吗?"

"在你们的电影里,这位'西米安先生'是谁?"

特拉维斯走向他的台式电脑,在键盘上敲了几下。"要回答这个问题,最好还是直接给你看看电影。所以你赶快挑一个舒服的姿势吧,警探,电影开始了。"

安贝尔将房间的灯光调暗,"疯狂红宝石影业"的片头标志出现在宽屏电视上,一个个碎片拼接在一起,组成了一个立体的女人的面孔。

"那个标志是我设计的,"安贝尔说,"它代表着将所有不相关的片段连接成一个视觉整体的过程。简言之,这就是电影制作。"

"瞧，看见了吗？"特拉维斯说着，从碗里抓了一把爆米花，在简脚边的地板上坐了下来，"光是这个在树林里的开场镜头，我们就拍了四天。本来要出演的那位明星喝傻了，所以我们只好换人，连夜换了个主演。"

"就在拍那段戏的时候，我崴了脚。"本说，"我一瘸一拐地走了好几个星期。这电影一开始拍就很不顺，好像触了什么霉头似的。"

银幕上，一个金发美女正在奔跑，她的牛仔裤上溅满了泥浆，就这样跌跌撞撞地穿过黑暗的树林。即使没有任何诡异的背景音效，简依旧能够从她惊慌失措的表情和剧烈的喘息声中感受到她流露出来的紧张情绪。跑着跑着，她回头一看，只见一道亮光闪了出来，照亮了她的脸，她的嘴因恐惧而大张着。

画面一转。同一个女孩，正躺在粉色的卧室里安静地睡着。屏幕上标着一行字："一周前"。

"刚刚在树林里的那个场景只不过是一种闪回，"安贝尔解释说，"现在我们回到一个星期前，看看我们的主角安娜为何会在树林里逃命。"

镜头切换到安娜的生物课课堂上，镜头对着教室里的学生们：两个女孩咯咯地笑着，传递着纸条；一个满脸无聊神情的运动员穿着校队夹克没精打采地走过；还有一个面色苍白、勤奋好学的男孩真正认真地做着笔记。镜头慢慢转到教室前面，对准了老师。一个男人。

简盯着老师的那个角色，他那张娃娃脸和一头金发，还有那副金属框的眼镜。她很清楚卡桑德拉为什么选这个演员来演这个角色，他和年轻时的马丁·施塔内克长得一模一样。

"他是我们的'西米安先生吗'？"她轻声问。

"可能是，"特拉维斯回答道，同时又狡黠一笑，补充说，"也可能不是。我们不想给你剧透。你只要一直看下去就知道了。"

屏幕上，学生们鱼贯走出教室，一边打开走廊储物柜一边聊着天。这是每一部青少年恐怖片的标准角色配置：健壮的体育优等生，小透明，书呆子，刁钻恶毒的啦啦队队长，聪明沉稳的黑发女生。当然了，这个黑发女生肯定会活到最后。在恐怖电影中，头脑冷静的女孩通常都能活下来。

电影开始二十分钟后，黑发女生被一把斧子砍掉了脑袋。

死亡的镜头是一个被刻意放慢的血腥画面，喷射的血液和飞行的头盖骨在屏幕上被细致地展现出来。看到这一幕，简在沙发上忍不住蜷缩起了身体。天啊，这就是她不看恐怖片的原因，这种镜头总会让她想起自己的工作。她盯着躺在树林里的黑发女孩的无头尸，回想起在多尔切斯特看到的年轻女子的尸体，躺在浴缸里，被她的疯子前男友砍下了头。这种恐怖是真实存在的，但至少在现实生活里，她不用亲眼看见这一恐怖事件发生的全过程，况且遇到这种情况，总会有人事先给她提个醒，告诉她接下来将会遇到什么，让她有所准备。通常由先到现场的警官打电话给她，用冷酷的声音告诉她，这个现场很惨烈。得益于这种"预防针"，简会在走进现场之前就做好充分的心理建设，准备去面对那些血腥暴力的场景。因为在所有的凶杀案现场，都会有一些巡警在一边有意无意地等着、看着，想知道这位女警察够不够坚强。而简每次都会确保自己足够坚强。

她瞥了屋内的三个电影人一眼，对他们来说，这些假的血浆不过是拍电影时常用的普通道具，荧幕里的厮杀也只是种娱乐。对我来说，血腥和死亡从来都只是悲剧。

画面中，凶手只有一个模糊的轮廓，没有脸，没有五官，只是一个笼罩在无头尸身上的阴影。一把铲子插进了地里。那颗被砍下的头颅在夜色中划出一道弧线，然后"砰"的一声落在了挖好的坟墓里。

本朝简咧嘴一笑。"我敢打赌，你没想到凶手会这样杀人吧。"

"没想到。"简低声说道。这部电影里到底藏着怎样的玄机？卡桑德拉，你想告诉我们什么？这个故事与现实生活中发生的谋杀案有着可怕的相似之处：同样是五个潜在被害人，同样可怕的杀人及毁尸手段，同样出现在一家课外补习班的凶手。卡桑德拉是否真的预见了自己和其他孩子的命运？

电影又进行了二十分钟左右，没露脸的西米安先生再次出手了，这次他用斧子砍断了体育优等生肌肉发达的脖子。这倒也不足为奇，在血浆片里，徒有其表的强壮运动男总是难逃厄运。同样会有凄惨下场的，还有娇俏刻薄的啦啦队队长。简毫不意外地看着她脑浆迸溅，倒在血泊中。刻薄的女孩本就该死，这是每个电影观众心中阴暗的恶趣味，在电影中报复那些让他们在现实生活里相形见绌的傲慢女孩。

特拉维斯转头看着简。"看到现在了，你觉得电影怎么样？"

"呃，挺吸引人的。"她承认道。

"你猜出西米安先生是谁了吗？"

"很明显，就是那个人。"简指着那个长得像马丁·施塔内克的角色说道。那人此时正蹲在一个黑暗的壁橱里，透过墙上的缝隙，鬼鬼祟祟地窥视着女卫生间里面的情形。另一边，小透明撩起裙子，调整了一下裤袜。偷窥她的老师眼睛冒出猥琐的光。"这人这么恶心，肯定是个变态。"

"确实,但凶手会是他吗?"

"不是他还能是谁?全片里除了孩子和他们的父母,再没有别的嫌疑人了。"

特拉维斯咧嘴一笑,意味深长地说:"那些看起来显而易见的不一定就是真相。你在警探学校没学过这个吗?"

简畏缩了一下,因为突然间,鲜血喷到了偷窥者眼睛贴着的那面墙上。那个诡异的老师——简以为是西米安先生的男人——倒在了地上,一把斧头插进他的头骨。慢慢地,真正的西米安先生的身影一点一点来到了镜头里,来到了光明处。凶手是一个简从未怀疑过的人,正戴着一顶镶满银色串珠的针织帽。

"惊不惊喜?意不意外?"特拉维斯说道,"恐怖电影必备桥段之———凶手往往是你最想不到的那个人。"

简拿出手机,拨通了弗罗斯特的电话:"我们都搞错了。"她对弗罗斯特说道,"案子的重点从来都不在'苹果树'身上,和施塔内克一家没关系。"她盯着屏幕,看着一脸惊恐的安娜在树林里慌张地逃命,身后追杀的那个人现在终于露出了真面目,"重点在莉齐·迪帕尔马的失踪案上,在她身上到底发生了什么事。"

距离女儿失踪到现在,已经过去十七年了,阿琳·迪帕尔马还住在原来的街区上原来的房子里,那是九岁的莉齐失踪前的家。也许是因为她一直抱有希望,也许哪一天莉齐就会推开门,自己走回来。也许是失去女儿的痛苦太过沉痛,她无法走出来,也无法接受任何改变,只好这样浑浑噩噩地活着。但两年前,丈夫中风去世,时间还是将改变带到了她的生活里。

突然的寡居生活让阿琳从行尸走肉般的状态中清醒过来。丈夫去世后的第二年，她卖掉了布鲁克莱恩的老房子，搬到了科德角半岛拐角处的东法尔茅斯去了，那是一个海滨社区，很多人选择在这里退休养老。

"我一直想住在离水近一点儿的地方，"阿琳说，"我也搞不懂自己怎么这么晚才搬过来，可能是因为我一直觉得自己还没老，还没到退休养老的时候，其实我已经老了。"她的目光穿过客厅的窗子，凝视着楠塔基特海峡，那边的海水在寒冬的阴云之下灰得有些吓人，"生莉齐时我已经四十岁了，是个高龄产妇，也是老来得女。"

也就是说，现在的阿琳已经六十九岁了，简想着。这个女人的脸上刻满风霜。悲伤会让人变老，它加速了时间的流动，让人灰白了头发，瘦削了面颊。壁炉台上摆着一张照片，那是阿琳新婚时拍的，照片中的她容颜娇艳。那个年轻的阿琳已经被时间带走，消失不见了。同样失去踪影的，还有她的女儿莉齐。

阿琳将目光从窗子上收回来，在简和弗罗斯特的对面坐下。"我以为警察已经把她忘了，毕竟过了这么久。你们今早打电话过来时，我很惊讶，也忍不住想，也许你们终于找到她了。"

"很抱歉，迪帕尔马夫人，让您失望了。"简说道。

"二十年了，那么多虚假的线索，但它一直没有消失，你们知道吗？"

"什么没有消失？"

"希望。我想着，我的女儿也许还活着，也许这么久她都没回来，是被人囚禁在某个地下室里，就像新闻里俄亥俄州的那些姑娘，或者是像可怜的伊丽莎白·斯玛特，因为害怕而一直不敢从绑匪身边逃跑。我一直在心里期望着，绑走她的人只是想要一个孩子,所以会像对待亲生女儿一样好好照顾她,希望我的莉齐还记得她是谁,有一天会拿起电话打给我。"阿琳深吸了一口气,"有可能的,都有可能的。"她低语。

"是的。有可能。"

"不过你们两个说的是谋杀案,已经有四个人被杀了。现在我仅有的希望也没了。"

坐在沙发上的弗罗斯特身体微微前倾,握住女人的手。"他们一直没有找到她的尸体,迪帕尔马夫人。在找到尸体之前,我们谁都不能说她已经死了。"

"可你们认为她已经死了,不是吗?所有人——甚至连我丈夫都这么想。但我无法接受。"她直直地看着弗罗斯特,"你有孩子吗?"

"没有,夫人。不过里佐利警探有。"

阿琳看向简。"男孩还是女孩?"

"小女孩,"简回答说,"今年三岁了。而且我跟您一样,我也永远都不会放弃希望,迪帕尔马夫人,做母亲的永远不会放弃。这也是我来找您的原因,我们想知道莉齐身上到底发生了什么。我想听您亲口回答。"

阿琳点了点头,坐直了身体。"说吧,要我怎么帮你们?"

"二十年前,莉齐失踪的时候,案件的主要嫌疑人是马丁·施塔内克。他因为猥亵儿童被判处有罪,进了监狱,但对于绑架您女儿的指控,他的罪名并不成立。"

"当年的检察官说,她已经尽了最大的努力。"

"审判的时候您出庭了吗?"

"当然,很多苹果树日托中心的家长都去了。"

"所以您也知道案子里的那些证据。指证马丁·施塔内克的时候,您是在场的。"

"我一直希望他会在证人席上认罪,能告诉我们他对莉齐做了什么。"

"您认为是马丁·施塔内克绑架了您的女儿吗?"

"所有人都这么认为,包括警察和检察官。"

"其他孩子的家长呢?"

"霍莉的父母肯定是这么想的。"

"和我们讲讲霍莉·迪瓦恩吧。关于这孩子,您还记得些什么吗?"

阿琳耸了耸肩。"没什么特别的事情。她是很文静的一个小姑娘,很漂亮。为什么问这个?"

"您有没有觉得那孩子有些不一样?"

"我不太了解她。她比莉齐大一岁,两个人在不同的年级,所以她们不算是朋友。"她皱眉看着简,"你问起她,是有什么特别的原因吗?"

"在校车上发现莉齐串珠帽子的孩子就是霍莉·迪瓦恩,她也是第一个指控施塔内克猥亵和虐待孩子的人。由她开始,所有事件才串在一起,因为她,施塔内克一家最终才被判刑。"

"为什么现在又提起这件事?"

"因为我们在怀疑霍莉·迪瓦恩说的是不是真的,案件里所有的证词是不是都是真的。"

简话中暗示的可能性似乎令阿琳难以置信,她抓住椅子扶手,努力理解这句话的含义。"你不会认为,我女儿的失踪和霍莉有关系吧?"

"确实有人提出了这种可能性。"

"谁?"

一个已经死掉的人,简在心里回答。提出这个可能性的是卡桑德拉·科伊尔,她从黑暗无光的坟墓里传达了这个消息,通过一部电影《西米安先生》说明了这一点。在电影中,那名在所有人看来嫌疑最大的老师并不是真正的凶手,就像现实中嫌疑最大的马丁·施塔内克。这个老师不过是转移人们视线的工具,这一送上门来的替罪羊吸引了所有人的注意,而真正的凶手一直躲在暗处——那个所有人都忽略了的"小透明"。

不过是另一个恐怖故事必备桥段而已。

阿琳·迪帕尔马摇着头。"不,我想象不到那样一个小姑娘会伤害我女儿。如果说是那个男孩子倒是有可能,但霍莉为什么要那么做?"

"男孩子?"简看了弗罗斯特一眼,后者同样一副不解的表情,"哪个男孩子?"

"比利·沙利文。莉齐很讨厌他,他们在学校里也不是同一个年级——他比莉齐大两岁。但莉齐已经足够聪明了,知道要尽量离他远些。"

简突然倾身,她的注意力此时全部调动起来,如同高效运转的雷达一样。简轻声问道:"比利对您女儿做过什么吗?"

阿琳叹了一口气,说道:"最开始就是小孩子之间常见的打闹。孩子之间,总会这样,莉齐又不是一个甘愿吃亏的孩子,总是要为自己反抗,越是这样,比利对她就越过分。我觉得那孩子应该很少有不如意的时候,莉齐又一点儿也不让着他,所以他做得越来越过火。像是课间的时候推莉齐一把,或是偷莉齐的午餐钱。不过那小子很狡猾,做这些事的时候从来不会让人看见。因为没人看见,莉齐说的话也没人信,两个人都各说各的。我给他妈妈打过电话,说过这事,但他妈妈苏珊根本不信我的话。

哦,用她的话说,她家比利是天使一样的乖孩子,绝不会做这种事。比利是个懂事的孩子,而我的莉齐是个骗子。就连那次莉齐回家的时候嘴唇都破了,苏珊还是不信,说这都不是她儿子干的。"

"莉齐的嘴唇流血了,是那次在校车上出的意外吗?所以警察后来才在车上发现了莉齐的血?"

"就是那次。比利伸出脚绊倒了她,莉齐摔倒了,磕伤了嘴。但和往常一样,没人信莉齐的话。"

"为什么这些事从来没有在法庭上说明过?"弗罗斯特问。

"也算是说过的。我在法庭上解释,因为莉齐的嘴唇之前受伤了,所以他们在校车上发现了莉齐的血,但没有人问我为什么莉齐的嘴唇会受伤。而且那个检察官——埃丽卡·谢依,因为我说了这件事对我大发脾气。她不想有任何事情影响她针对马丁·施塔内克提起的诉讼,因为她本人确信,就是他绑架了我的女儿。"

"您呢?现在也这样认为吗?"

"我不知道。我现在已经糊涂了。"阿琳叹息一声,"我只想让我女儿回家。不管是死是活,我想让我的莉齐回家。"

屋外,积压了一天的阴云终于将鹅毛大雪洒向深沉的海洋。夏天时候,来这里的海滩晒晒太阳应该很舒服,还可以用沙子堆个城堡什么的。但今天,屋外的阴冷与屋内沉重的悲伤氛围一样,令人难过。

阿琳终于调整好自己,再次坐直身体,看着简。"之前从来没有人问过我比利的事情,好像没人在乎这件事。"

"我们在乎。我们在乎事情的真相。"

"好,那我实话说吧,比利·沙利文就是个小坏种。"她停了一下,好像无法相信自己刚刚脱口而出说了什么,"好吧,我说出来了。我当年就应该对他妈妈这么说,虽然说了苏珊也不会信。我的意思是说,所有人都相信,人之初,性本善,但有的人就是天生的坏种,那种喜欢伤害别人还喜欢撒谎的坏蛋。那孩子明明坏事做尽,又偷又抢,他那没脑子的父母却什么都不知道。"她停了片刻,又说道:"你们见过苏珊·沙利文了吗?"

"她儿子失踪后我们去找过她了解情况。"

"我知道背后说一个失去孩子的母亲不好,但苏珊也有责任。每次比利做错了事,她总有借口替他开脱。你们知道吗,那孩子有一次把一只小负鼠的皮扒了,就因为觉得好玩。莉齐跟我说比利就喜欢给小动物开膛破肚。他会去池塘里捉青蛙,然后在青蛙还活着的时候把它们的心脏挖出来,为了看心跳玩。如果他小时候就已经扭曲到这种程度,我无法想象他长大之后会变成什么样子。"

"您和苏珊还有联系吗?"

"天哪,当然没有。案子宣判之后,我就尽量避开她了。也许是她在躲着我。我听别人说,比利在金融业上班。你想想吧,他那种狡猾的人,最适合做这种工作了。他手上掌管着别人的上百万美金,还给他妈妈在布鲁克莱恩买了一个大房子,在哥斯达黎加买了个度假房。至少他对自己的妈妈还算不错。"她再次看向窗外,雪花被寒风席卷,飞来飞去,"我知道,我应该联系苏珊,安慰一下她。虽然莉齐失踪后,她从来没对我说过一句安慰的话,但是我知道我不应该同她一样。毕竟,她儿子也失踪了啊。"

简和弗罗斯特对视一眼,两人的心中升起同样的怀疑。真的失踪了吗?

37

　　父亲生前所住的房子里弥漫着百合花的香气，这馨香让我恶心。我真想打开窗子，让风吹散这浓重的味道，然而我知道，这样做不符合待客之道，毕竟屋里还有三十二位前来哀悼父亲的客人。他们在客厅和餐厅里站得满满当当，吃着开胃菜。每个人都压低声音窃窃私语着什么，每个人都想要凑过来安慰我，拍拍我的肩膀或是握一下我的手臂，然而面对这样的触碰我感觉像是被攻击了。但我并没有表现出丝毫排斥，只是忧郁地说着感谢的话，甚至还流出几滴泪水，让泪珠挂在脸上。熟能生巧。这并不是说我对父亲的死毫无感觉。我当然也很怀念他，怀念那种被一个人宠爱的感觉，这个人可以为了我做任何事情，而他也确实这样做了。他牺牲了自己本就罹患绝症的身体，还有本就时日无多的生命，保证了我的安全。尽管他本来也已经活不了多久，而且仅剩的日子一定很痛苦，但我觉得，再不会有人像他这样爱我了。

　　虽然埃弗里特·普雷斯科特正在努力扮演这个角色。

　　参加完爸爸的追悼会之后，埃弗里特就一直黏在我身边，不停地给我续酒，给我拿东西吃。我对这种过分周到的关注感觉有些厌烦，因为他不给我一点儿独处的时间。我去厨房从冰箱里拿另一盘奶酪和饼干的工夫，他也要跟着我，在我剥掉塑料包装袋时在我身边磨蹭。

"有什么我能做的吗，霍莉？我知道你一定很难受，要和这么多客人打交道。"

"我能应付得来。现在只需要保证食物够吃。"

"来，让我来吧。喝的东西呢？需要我再开几瓶酒吗？"

"不用紧张，放松，埃弗里特，他们只是我爸爸的朋友和邻居。他肯定不希望我们在这种事情上承受过大的压力。"

埃弗里特叹了一口气："我要是认识你父亲就好了。"

"他会喜欢你的。他总是说他不在乎这人是穷是富，只要真心待我好就够了。"

"我会努力的。"埃弗里特笑着说。他拿起一盘奶酪和饼干，我们回到餐厅，那里的每个人都同情地看着我，和我打招呼，千篇一律的怜悯表情让人生厌。我把桌上的餐盘装满食物，把花瓶重新摆好。这些人带来了很多百合花，花香让我反胃。我总忍不住去每个花束里寻找，看看有没有棕榈叶，但一片都没有，这就对了。马丁·施塔内克已经死了。他伤害不到我了。

"你父亲做了一件非常勇敢的事，霍莉，我们欠他一句感谢。"伊莱恩·科伊尔说。卡桑德拉的母亲站在旁边，一只手拿着一盘小吃，另一只手拿着一杯葡萄酒。几天前，她的前夫马修在昏迷数周后最终去世了，但伊莱恩依然体面而优雅。她身上穿的黑色礼服，就是上个月出席自己女儿葬礼时穿过的那件。"如果我当时有机会，我也会亲自开枪打死那个浑蛋。我知道不光我一个人这么想。"她指了指站在她身旁的一位女士，"你还记得比利·沙利文的母亲吧？"

我已经很多年没和苏珊·沙利文说过话了，但她看起来并没有变老。她的金色头发向上梳起，被完美地定了型，她的皮肤也平整得诡异。这样子似乎与她的财力相符。

我同苏珊握了握手。"谢谢您亲自前来,沙利文太太。"

"我们都很难过,霍莉。你父亲真的是个英雄。"

伊莱恩紧握苏珊的手臂。"你来这儿也很勇敢啊。比利他前几天才……"她的声音渐弱。

苏珊勉强挤出一个微笑。"我觉得最重要的是,我们都能来悼念那个有勇气结束这一切的人。"她转向我,"你父亲做了警察永远做不到的事情,现在一切终于都结束了。"

两位夫人说完慢慢退到一旁,其他客人开始走上前来表达他们的哀悼和惋惜之情,对其中一些人我只有很模糊的记忆。最近新闻频道一直在报道我父亲的死讯,我怀疑这些邻居来这里只是出于好奇。毕竟,我父亲是个英雄,打死了猥亵女儿的畜生,亲手伸张了正义,而他也为此牺牲。

现在大家都知道我是"苹果树"案件的受害者之一。

每当我经过他们身边时,他们的脸上都带着同情和些许难堪。你真的能坦坦荡荡地直视一个被猥亵过的人吗?真的能在面对她的时候不想象她身上发生过的事吗?原本过了二十年之后,人们已经渐渐忘却了这个案子,但现在它再次登上了报纸头条——父亲杀死猥亵女儿者后,被警方击毙。

我一直高昂着下巴,从容地回视每一双探寻的眼睛,因为我对我的遭遇并不感到羞耻。其实我也不知道羞耻是什么感觉,但我知道如何表演一个失去父亲的、伤心欲绝的女儿,所以我不断地与人们握手,忍受他们的拥抱,听着他们轻声细语地说"我很遗憾",听他们说"如果有任何需要就打电话给我"。其实他们心里知道的,我不会打给他们中的任何人,但这句话是这种场合必备的客套话。我们这一生总要说一些符合别人期待的话,因为我们不知道除此之外还能说什么。

几个小时的寒暄问候之后,人们终于开始离开,最后几个逗留的客人也走了。那时我已经累得要命,只想安静地休息。我瘫倒在沙发上,对埃弗里特请求道:"天哪,我需要喝一杯。"

"没问题。"他说着,朝我微笑了一下。我看着埃弗里特走进厨房,几分钟后他拿了两杯威士忌走出来,然后将其中一杯递给了我。

"你是在哪儿找到威士忌的?"我问他。

"就在你爸爸橱柜的最里边。"他关掉了所有的灯。在壁炉温暖的火光中,我能感觉到紧绷了一天的神经正在渐渐放松。"很显然,你爸爸很懂苏格兰威士忌,这是一瓶上等的单一麦芽威士忌。"

"这倒有趣,我都不知道他居然喜欢喝威士忌。"我喝了一口杯中的酒,抬起头,随后被洗手间内传来的马桶冲水声吓了一跳。

埃弗里特叹息道:"看来还有一位客人没走,我们刚刚怎么没注意到?"

苏珊·沙利文从洗手间走了出来,表情有些尴尬地环顾空荡荡的房间,看了看壁炉里闪烁的火光。"哦,亲爱的,看来我留到最后了呀。让我帮你收拾一下吧,霍莉。"

"太麻烦您了,但我们两个就足够了。"

"我知道你今天肯定累坏了,让我帮你做点儿什么吧。"

"谢谢,不过我们打算先这样放着,明天早上再收拾。现在我们想早点儿休息。"

苏珊似乎没有听出话中明显的送客暗示,依旧站在那里,看着我们。埃弗里特没办法,出于礼貌对她客气地说:"您要不要和我们一起来一杯威士忌?"

"那太好了。谢谢你啊。"

"我去厨房拿个杯子。"他说道。

"你就坐着不要动了,我自己去拿。"她转身走进了厨房。埃弗里特用口型对我说:对不起。但我并不能怪他邀请苏珊喝酒,因为那女人明摆着并不想走。苏珊再次回到了客厅,带着一杯威士忌和酒瓶。

"你们两个的酒也该满上了。"说着,她礼貌地先给我们两个的酒杯续上威士忌,然后坐到沙发上。她将酒瓶放在茶几上,发出一声清脆的响动。我们谁都没有说话,只是安静地坐在那儿,喝着自己杯中的酒。"追悼会办得不错。"苏珊看着壁炉里的火苗说,"我知道,我应该也为比利办一场,但我不想。我不能接受……"

"您儿子的事情,我感到很遗憾。"埃弗里特说道,"霍莉跟我讲过了。"

"关键就是,事情没有一个了结。他没有死,他失踪了。对我来说,只要没有死,他就一定还活着。但这都是希望在作祟,它让一个母亲永远没办法放弃。"她喝了一口威士忌,火辣辣的口感让她轻轻地呻吟,"比利不在了,我也没理由活了,什么盼头都没有了。"

"不是的,沙利文太太,总有一些东西可以让您坚持活下去。"埃弗里特说着,将快见底的酒杯放到茶几上,伸手轻轻触碰沙利文太太的胳膊。这是最常见的安抚举动,埃弗里特总是很自然就能做到这些,而我只能去学习。"您的儿子肯定希望您能好好活着,享受生活,不是吗?"

她对埃弗里特露出了一个悲伤的微笑。"比利总是说,我们应该搬到一个暖和一点儿的地方去，搬到一个有海滩的地方。我们计划退休后就搬去哥斯达黎加，我们也存够了钱。"她凝视着远方，"也许我应该去那儿。在那里我可以重新开始，忘掉这里的一切。"

我开始感到有些头晕，虽然我只喝了几口而已。我把威士忌递给埃弗里特，他顺手接过，甚至没有注意到那是我的就喝了一大口。

"或是去墨西哥。那边有好多漂亮的房子可以买，就在水边。"苏珊转头看向我，她的眼睛很亮，似乎有火光在里面闪烁。

"一片沙滩。"埃弗里特喃喃道，摇了摇头，"啊，是啊，我现在就可以看到一片沙滩，然后好好睡上一觉……"

"哦，亲爱的，我待得太晚了。你们两个已经累坏了，早点儿休息吧。"苏珊站起身，"我先走了。"

她说着系上了大衣的扣子，我忽然感觉房间里变得好暖，甚至有些热，好像是火炉里的热浪翻滚出来了。我看了一眼壁炉，以为里面有扑出来的大火，然而那里只有寥寥几簇火苗。那些火苗好美，我情不自禁地盯着它们看，甚至都没有注意苏珊是什么时候走的。然后，我听到了关门声，外面的冷空气吹到了屋里，火苗抖动起来。

"真……为她难过，"埃弗里特口齿不清地说道，"太可怕了，失去儿子。"

"你都不认识她儿子。"我依旧目不转睛地看着那些火苗，它们似乎在随着我心跳的节奏跳动着，好像我与这火之间有着神奇的联系。我就是火，火就是我。没人知道比利的真面目，没人比我更清楚。我低下头看着自己的双手，我的手指在发光，一条条闪亮的金色丝线从我的指尖一直延伸到壁炉里。我仿佛变成了木偶戏大师，只要动动手指就能让火焰跳起舞来。虽然我知道这一切看起来是如此美妙，但我也清楚这不是真的，这不对劲。这一切都错了。

我摇了摇头，试图集中注意力，但那些金色的丝线依旧连在我的手指上，在黑暗中飘动着。威士忌酒瓶映射着壁炉的火光，我眯着眼睛想要看清瓶身上的标签，但是上面的字模糊一片。我回想起埃弗里特走出厨房，端着两杯琥珀色的液体。我从来没看到过他倒酒的过程，从没怀疑过他递给我的酒水，或他是否给我下了什么药。我没有去看他，因为我怕他看到我眼里的怀疑。我一直盯着壁炉，在脑海中渐渐浓厚的大雾里挣扎着守住一丝清醒。我回想起第一次遇见他的那个夜晚。卡桑德拉被害的那晚，我们俩在尤蒂卡街附近喝咖啡。他说他约了朋友在附近吃饭，但如果他说的并不是真的呢？如果我们的会面是他设计好的呢？会不会我们之间所有的一切都是为了这一刻？我还记得他带给我的那瓶酒，现在还在我的厨房里放着，没有开封。我想起来，他听我说起谋杀案调查的细节时，表情有多么认真。

我真的了解埃弗里特吗？

我这般想着，感觉脑海中的大雾越来越浓，四肢也开始麻木。我要动起来，趁现在我还能控制我的腿。我摇摇晃晃地站了起来。只走了两步，我的腿就不听话地自顾自行动了，身体失去平衡，我的头撞到了茶几的一角，疼痛穿透了脑袋里的迷雾，突然间，一切都变得清晰起来。就在这时，我听到了前门砰的一声又关上了，一阵冷风吹了进来。地板上传来吱吱嘎嘎的脚步声，随后，脚步声在我身边停了下来。

"小霍莉·迪瓦恩，"一个声音说道，"还是喜欢到处惹麻烦啊。"

我眯起眼睛看着那张盯着我的脸，那个过去几年一直跟踪我的男人。人们都以为他已经死了，被埋在哪个不知名的坟墓里。当警察告诉我是马丁·施塔内克杀掉了比利时，我居然相信了。我早该想到的，像比利这样的人是杀不死的，他总有办法起死回生。这么多年来，我一直设法躲着他，为此我隐姓埋名，甚至改头换面，但他终究还是找到我了。

"她男朋友怎么样了？"另一个声音问道，那是一个我意想不到的声音。

"已经失去意识了，不会有问题。"比利说道。

我挣扎着努力看清苏珊，她的脸又回到了我的视线中。他们母子肩并肩站在一起，看着苏珊一手办成的"好事"。我转头去看埃弗里特，他躺倒在沙发上，看上去比我还要无助。也难怪，他不光喝完了他那杯威士忌，还喝了我的。我只抿了几口，就已经几乎动弹不得。

"我能看出来你还清醒着，小霍莉。"比利蹲下来，仔细看着我。他也有一双明亮的蓝色眼睛，童年时，我就是被这片眸光吸引。即便那时我们都还是小孩子，我依旧被他迷惑，被他利用，对他言听计从。其他孩子也是。

除了莉齐，因为她看清了他的真面目。那天，我们在游乐场抓到一只负鼠，比利燃起火柴想要烧死那小东西，是莉齐站出来，一把拍掉了他手里的火柴。后来，比利从一个同学的口袋里偷了钱，也是莉齐站出来说他偷了东西，是小偷。这件事惹毛了比利，大家都知道不能惹比利·沙利文，因为你承担不起后果。比利并不会立刻报复回去，但比利这种人有一个特点：他永远都不会忘记，总会寻找时机反击。

除非，你和他做个交易。

"为什么?"我费力地说出这几个字。

"因为只有你还记得当年发生了什么,知道这件事的人只有你还活着。"

"我发过誓,我不会告诉任何人。"

"你觉得我会冒这个险吗?已经有一位女记者开始写什么烂书了,她已经和卡桑德拉谈过了,我不能让她再找上你。"

"那里的人都不在了,没有人知道的。"

"可是你知道,而且你很可能会说出去。"他凑得更近,在我耳边悄声说道,"你看懂我给你的信息了,对不对,小利维努斯?"

圣利维努斯,他的纪念日也是我的生日。为了不让他开口,人们拔掉了他的舌头。我一直努力逃得远远的,不让比利抓到我,但他知道怎样传递信息给我,用我无法忽视的方式。他知道萨拉、卡桑德拉还有蒂莫西的死会引起我的注意,而我也能够看懂他留给我的那些暗语:萨拉家烧毁的废墟上摆着的棕榈叶、蒂莫西胸膛上插着的箭,还有卡桑德拉被挖出的眼球。

我知道这些暗语是他在告诉我:什么都别说,不然下一个死的就是你。

而我真的什么也没说。这么多年,那天在树林里发生在莉齐身上的事情,我没有告诉过任何人,但我的誓言对他来说还是不够。因为那个记者,真相就要被挖出来了,所以他来了,为了确保我像圣利维努斯那样,永远开不了口。

苏珊开口道:"这次必须要弄成意外事故,比尔,不能让任何人起疑。"

"我知道。"比利站起身,看着埃弗里特,后者已经完全不能动弹了,"而且这次要处理两个人,有些难布置。"他环顾房间,目光看向壁炉,那里面只剩一根木柴,上面的火苗也忽明忽灭,"这种老房子啊,"他沉吟道,"很快就会烧光。多不巧,你父亲居然忘了给烟雾探测器换电池。"说着,他扯过一把椅子,随后站上去,一把将烟雾探测器扯了下来,取出装置里的电池。接着,他又抱起一大堆木柴,扔进了壁炉里。

"我想到一个更好的主意,"苏珊说,"他们又累又醉,那他们会去哪儿?卧室。"

"我们先抬他。"比利说。

他们拖走了埃弗里特,我能听到他的鞋子擦着地板,一路进到我父亲的卧室。那一刻,我已经能料想到人们发现我们的时候,死亡现场会是什么样了。年轻的情侣喝得醉醺醺,不省人事地躺在床上,最后都被烧焦。又一出由大火和疏忽引发的悲剧。

新填进壁炉的木头使火苗重新旺盛起来,熊熊地燃烧着。我看着那地狱烈火一般的光芒时,几乎能够感觉到灼热的烈焰烧焦了我的头发,吞噬了我的皮肉。不,不,我不想这样死!恐慌刺激了我身体里的肾上腺素激增,我努力用手和膝盖将自己支撑起来。但就在爬向前门的时候,我听到了他们从卧室回来的脚步声。

我的双手被反剪在背后,脸撞到了壁炉边缘。我能感到我的脸颊肿起来了,肯定会留下难看的疤痕,但是应该不会有人看到了。烈火焚烧之后,一切都会被烧光。我太虚弱了,无法反抗,任由比利拖着我穿过走廊,进入卧室。

他和苏珊一起把我抬到床垫上,紧挨着埃弗里特。

"脱掉他们的衣服。"苏珊说,"他们肯定不会穿着衣服睡觉。"

他们配合默契,迅速脱下了我的裤子、衬衫和内衣。这母子俩像是在玩恶心的脱衣舞游戏，让我和埃弗里特一丝不挂地躺在床上。苏珊把脱下的衣服扔在椅子上，鞋子扔在地上。哦，是的，她想得很周全，一对年轻爱侣在做爱后精疲力竭，沉沉地睡了过去。她又思索了一阵子，然后离开了房间，回来时手中拿着两个空酒瓶、两个高脚杯和几支蜡烛。所有东西都用茶巾包着，没有留下她的指纹。苏珊将这些东西在床头柜上一一摆好，就像一名布景师在为一出舞台剧做准备。蜡烛点燃了窗帘，但是我和埃弗里特早已醉醺醺地睡着了，所以我们才没有被烟熏醒。结论就是，我们两个喝多了，来到床上纵欲之后便昏睡过去，忘记之前点起的蜡烛，最终玩火自焚。而火焰会烧毁所有的证据。指纹、毛发、纤维，还有我们体内的氯胺酮痕迹，全都会消失，就像火焰吞噬了萨拉被杀的证据一样。我们会像萨拉，像注定要死掉的圣女贞德一样化为灰烬，当年的真相也会和我一起被烧光。莉齐·迪帕尔马的真实遭遇永远不会有人知道了。

我知道，因为事情发生时，我就在树林里。

那是十月的一个星期六，秋叶如火焰般灿烂，在我们头顶的树上飘动着。我还记得当我们走路时，脚下的树枝被踩断，发出清脆的响声，像是我们细小的骨头折断的声音。我记得比利，十一岁的他就已经很强壮了，他把铁锹踩进土里，挖了一个墓。

苏珊再次离开了房间，比利在我的床边坐下。他抚摸着我裸露的乳房，捏着我的乳头。

"看看小霍莉·迪瓦恩，已经长大了。"

本能的抗拒让我的手臂肌肉收紧，可我没有动。体内氯胺酮的药效已经消去大半，但我没有表现出来。他不知道苏珊倒在我杯子里的威士忌我只喝了两小口，是埃弗里特喝光了我的酒。他现在承受着所有的药效。埃弗里特睁开了眼睛，轻声呻吟，但我知道他什么也做不了。能够反击的人只有我。

"你一直都很与众不同,霍莉。"他说着将手从胸部滑到了腹部。他能感觉到我的战栗吗?他能看到我眼中的嫌恶吗?"什么都敢尝试。我们两个联手,一定所向披靡。"

"我和你不一样。"我低声说。

"一样的,本质上来说,我们完全一样。我们都知道这世上什么才是最重要的。只有我们自己才是最重要的,再无其他。所以你这么多年没有告诉任何人,所以你一直保守着这个秘密,因为你知道会有什么后果。你也不希望你的生活被毁掉,对不对?"

"我那时才十岁。"

"已经够大了,十岁的你知道自己在做什么,可以自己做选择。你也打她了,霍莉。我递给你的石头,你也用了,是我们两个人一起杀了她。"他的手掌放在我的大腿上。他的触碰令我恶心,我差点儿就忍不住要反抗。

"我找不到塑料袋。"苏珊在门口说。

他转头看向苏珊:"厨房里没有吗?"

"我只找到了一些薄薄的购物袋。"

"我看看。"

比利和他的妈妈离开了房间。我不知道他们为什么需要塑料袋,但我知道这是我自救的最后机会。

我使出全身的力气,滚过床垫的边缘。砰的一声,我摔在了地板上,声音很大,厨房里的那两人肯定能听到。没有多少时间了,他们随时会回来。我胡乱地伸出手,在床底下乱摸,我的挎包就在这里。因为知道今天下午家里会来很多人,所以我提前找了个安全的地方把包藏起来。我了解人的本性。即使人们知道房子的主人正在服丧,依旧会有贼人铤而走险,来碰碰运气。我摸到了背包的皮带,把它拉近。包的拉链已经拉开了,我将手伸了进去。

"她爬到床下了。"苏珊说。我隐约能感受到她在我上方出现,俯视着我,一脸不耐烦。"要是就这么放着她不管,她可能会爬走。"

"那我们现在就得搞定她,就按传统的方法来吧。"比利说着,从床上抓起一个枕头,跪在我旁边。埃弗里特呻吟着,但他们连看都不看他一眼,注意力都在我身上。他们现在就要杀死我。我不用体会烈火焚身的感觉了,等大火席卷这个房间的时候,我早已经死了,被亚麻和聚酯纤维制成的枕头闷死。

"小霍莉,这就是你的命了。"比利说,"我相信你能理解的。你会毁了我的一切,我不能让这种事发生。"他把枕头盖在我的脸上,用力往下压。我喘不过气,又动不了,只能扭动身体,踢来踢去。但苏珊也压在了我的身上,把我的臀部压在地板上。我挣扎着想要吸进一些氧气,但枕头紧紧地贴住我的口鼻,我吸进的只有潮湿的布面。

"去死吧,妈,快去死吧!"比利恶狠狠地说道。

而我真的正在死去。麻木的感觉正在渗进我的四肢,挤走身体里最后一丝力量。战斗结束了。我只感到沉重的重量压在我身上,比尔压在我的脸上,苏珊压在我的胯部。我的右臂还在床底下,手还在包里。

在我最后的意识中,我知道了手中正握着的是什么。自从里佐利警探告诉我我有生命危险,马丁·施塔内克想要杀了我之后,我就把它藏在包里,已经放了好几周了。然而我们两个都大错特错。一直以来,躲在暗处想要猎杀我的人,不是施塔内克,是比利。他伪造了自己的死亡，今晚之后，他就会永远消失。

我看不到，所以也没办法瞄准，但我知道时间已经不多了，这是我陷入永夜之前最后的机会。我掏出了枪，胡乱地用它抵住苏珊的身体，扣动了扳机。

枪声将比利震到了一边。压在我脸上的枕头忽然松开，我急切地深吸了一口气。空气充盈了我的肺，驱散了头脑中的迷雾。

"妈？妈？"比利尖叫道。

苏珊倒在了我的胯部，她的重量压得我动弹不得。比利把她从我身上推下来，我听到她摔在地板上的声音。我推开枕头，瞥见比利蹲在苏珊的尸体上，血从她的胸部流出来。他把手按在弹孔上，试图止住血流，但他一定看出来了，那个伤口足以致命。

苏珊抬起手去摸他的脸。"快跑，亲爱的。别管我。"她轻声说道。

"妈，不……"

她的手滑开了，在他的脸颊上留下了一行血迹。

我的手臂颤抖着，无法瞄准，所以我射出的第二颗子弹击中了天花板，射掉了一大块墙皮。

比利将枪从我手中夺了过去。他的脸因愤怒而扭曲，他的眼睛像地狱之火一样明亮。这就是那天我在树林里看到的他的脸。那天，他拿起石头砸向莉齐·迪帕尔马的脑袋。二十年来，我一直保持沉默。为了保护自己，我必须保护他，我们的命运拴在了一起，这就是上天对我的惩罚。一旦你和魔鬼做了交易，付出的代价就是你的灵魂。

他两只手握着枪，我看见黑洞洞的枪管像一只无情的眼睛向我瞪视过来。

枪声如雷，我吓得往后一缩——一连串的爆炸声来得如此之快，我来不及数到底响了多少次。枪声终于停止时，我的眼睛还闭着，耳朵嗡嗡作响，但并没有感觉到疼痛。为什么不痛？

"霍莉！"一双手抓住我的肩膀，用力地摇晃着，"霍莉？"

我睁开眼睛，看到里佐利警探正紧张地看着我，有些惊惶地在我的脸上找寻着什么。

"你受伤了吗？跟我说话！"

"比利。"我只能低声说出这两个字。我试着坐起来，但还是不行，我的肌肉还不能动。我忘记了自己还光着身子，我什么都忘了，只记得自己还活着，我不明白这是为什么。弗罗斯特警探把他的夹克披在我身上，我用衣服包紧自己，不断地颤抖着，不仅是因为寒冷，还因为经历过刚才那一切之后的余悸。父亲的卧室里到处都是血。苏珊躺在我身边，目光呆滞，嘴张得大大的。她的一只胳膊在最后的垂死挣扎中伸向她的儿子。他们的手指并没有触碰到，反而是他们身下的两摊血汇聚在了一起。

母亲和儿子，在死亡中重聚。

38

"线索一直都在，就在卡桑德拉·科伊尔的电影里。"简说，"我昨晚才有机会看那部电影。"

"我还是不明白，你是怎么想到从一部电影里寻找答案的。"莫拉蹲在苏珊·沙利文和她儿子的尸体旁说，"我还以为那不过是一部普通的恐怖片。"

简低头看着莫拉，只见她乌黑发亮的头发里露出几根白发。她想：我们两个都在变老啊，我们见过太多的死亡了，什么时候才能结束呢？

"那确实就是一部普通的恐怖片，"简解释说，"但这个故事的灵感来自卡桑德拉的童年。她回忆起了她小时候的真实经历。她告诉邦妮·桑德里奇，施塔内克一家从来没有对她做过任何事，她却把无辜的人送进监狱，为此感到羞愧。因为愧疚感作祟，她不敢与朋友和家人谈论这件事，所以只能以一种她能做到的最安全的方式将这个故事讲出来：她创作了一个电影剧本，影片讲的就是一个女孩失踪的故事。就像莉齐·迪帕尔马那样。"

莫拉抬起头："《西米安先生》讲的就是这样的故事？"

简点了点头："这群少年没有意识到，他们之间藏着一个怪物。这个怪物和他们朝夕相处，是他们中的一员。在卡桑德拉的电影中，凶手是一个戴着珠饰帽子的女孩，和莉齐的那顶帽子一模一样。这是卡桑德拉在告诉我们,凶手是霍莉·迪瓦恩,但其实她猜错了。不过有一件事她说得很对,怪物藏在他们身边。"

莫拉皱眉看着比利·沙利文的尸体。"他自导自演了自己的失踪。"

"他必须消失。这几年,他从康韦尔投资公司的客户那里偷了好几百万美元,可能就是他存到加勒比海地区的那些钱。联邦调查人员要过几个月才能知道他到底私吞了多少。那天下午,我和弗罗斯特去他公司的时候,他们刚刚清理了他的办公室。我们都以为比利是施塔内克手下的另一个被害人,不知道在哪个坟里埋着,但其实,这起失踪是他一箭双雕的诡计。他要抛弃自己的身份,同时彻底掩盖他在二十年前对莉齐·迪帕尔马所做的一切。"

"他当时才十一岁。"

"不过用莉齐妈妈的话来说,他那时就是一个卑鄙的小坏种。警察找不到莉齐的尸体,因为他们找错了地方。"简低头看着比利和苏珊,"现在,我们已经很清楚该去哪里找她了。"

莫拉站了起来。"简,你知道规矩的。现在又出了警察枪杀事件,而且还不是波士顿警察局的管辖范围。这是布鲁克莱恩警察局的辖区。"

简透过门廊向外瞥了一眼,一名布鲁克莱恩的警探正站在走廊上对着手机说话,面带怒色。看样子又要有一番辖区权限的争论了。这里面还有很多事情需要简交代清楚。

"是啊,这不马上就要来质询我了。"简叹息道。

"话又说回来,真要说'打得好'的话,你刚才开的这几枪就打得很好。你还有一个平民证人可以给你做证,证明你开枪是为了救她的命。"莫拉脱下手套,"霍莉怎么样了?"

"救护车把她接走的时候,她还因为药效在打哆嗦,不过我相信她会没事的。我觉得那女孩好像永远都打不倒一样,是个令人充满惊喜的人。"

奇怪的女孩。邦妮·桑德里奇曾说过,其他孩子都觉得她很奇怪,霍莉·迪瓦恩之前的表现确实奇怪。简想到了这个女孩面对威胁时出奇的冷静,还有她探究地看着自己的样子,仿佛对她来说,简是另一种动物,人类是一种陌生的存在。

"她有没有告诉你今晚到底发生了什么?"莫拉问道。

"我听了一个大概。等她明天状况好些以后,我再去查问细节。"简再次低头,看着躺在血泊中的苏珊和比利,"不过看看眼前这两人,你应该也能猜个八九不离十了。儿子变态扭曲,母亲纵容溺爱,甚至还帮他掩盖所有罪行。"

"你之前总对我说,世界上最强大的就是母爱,简。"

"是啊,而这就是母爱泛滥的结果。"她深吸了一口气,闻到了那再熟悉不过的血腥和暴力的气息。今晚,这里还多了一股死亡的气息,和久久不散的令人不安的怨气。

第二天早上,简来到霍莉的病房,一进门就看见霍莉坐在床上吃早餐。她的右半边脸又青又肿,手臂上也满是瘀青,表明昨天晚上她进行了何等激烈的反抗。

"上午感觉怎么样?"简问道。

"浑身酸痛。我的样子很难看吗?"

"你还活着,这才是最重要的。"简瞥了一眼霍莉面前已经空了的早餐托盘,"我看你的胃口好像也还可以。"

"这里的饭太难吃了。"霍莉说,然后不好意思地耸了耸肩,

"而且量太少。"

简笑了起来,把椅子拉到床边坐了下来。"我们得谈谈昨晚发生的事。"

"我已经都告诉你了。"

"昨天晚上,你说比利承认那几个人都是他杀的。"

霍莉点了点头:"我是他最后的目标,他一直没有找到我。"

"你还说,他承认杀害了莉齐·迪帕尔马。"

"是的。"

"你知道他是在哪里、怎么杀掉莉齐的吗?"

霍莉看着手臂上的瘀青,轻声说道:"你已经知道是他杀的了,现在问这些细节还有意义吗?"

"是的,霍莉。对于莉齐的母亲来说,这些细节很重要。迪帕尔马夫人很急切地想找到女儿的尸体。比利有没有告诉过你,他把尸体藏在什么地方了?"

霍莉什么也没说,只是一直盯着她瘀青的手臂。简细细地打量着她,恨不得看穿她的头骨,揭开霍莉·迪瓦恩脑海中深藏的秘密。但当霍莉再次抬起头时,简什么都看不出来。这就像是在凝视着一只猫的眼睛,碧绿而美丽,又充满神秘。

"我不记得了。"霍莉说,"那些药让我的脑子变得有些混乱。我很抱歉。"

"也许之后你会想起更多细节。"

"也许。如果我记起什么,我会告诉你的。但现在……"霍莉叹了口气,"我真的累了。我想睡一会儿。"

"那我们以后再谈吧。"简站了起来,"等你康复得差不多了,我们需要你提供一份完整的证词。"

"当然。"霍莉用一只手擦了擦眼睛,"我不敢相信,这一切终于结束了。"

"结束了,这次真的结束了。"

至少对于霍莉来说,的确结束了,简想。如果阿琳·迪帕尔马也能得到解脱就好了,可是比利·沙利文已经把莉齐命运的秘密带进了坟墓,他们可能永远也找不到那个女孩的尸体了。

离开霍莉的病房,简还有一个人要去探望。她继续沿着走廊寻找埃弗里特·普雷斯科特的病房。昨晚,救护人员把他抬上救护车时,他体内的氯胺酮药效还没退,什么也说不清,只能含糊地嘟囔几个字。今天早上简看到他时,他已经醒了,此时正躺在床上盯着窗外看。

"普雷斯科特先生?我可以进来吗?"

他眨了几下眼睛,似乎刚刚回过神,在看到简时,埃弗里特有些疑惑地皱起了眉头。

"你可能不记得我了。我是里佐利警探,昨晚我在现场,在你和迪瓦恩小姐——"

"我记得你。"他说,然后平静地补充道,"谢谢你,救了我的命。"

"差一点儿就救不成了。"简拉过一把椅子,在埃弗里特的床边坐下,说道,"跟我说说你还记得些什么吧。"

"枪声。然后你们就来了,站在我身边。你和你的搭档,还有救护车。我从来没有坐过救护车。"

简笑了:"希望这是你最后一次坐。"

他并没有被简的笑容感染,相反,他的目光又移到了窗外,再次看向外面阴郁的灰色天空。对于一个死里逃生的人来说,从他的脸上完全看不到劫后余生的喜悦,反而是满满的忧虑。

"我和你的医生谈过了。"简说,"他说单剂量氯胺酮不会对你造成长期影响,不过你可能会有一些记忆闪回。也许这一两天你会觉得状态不太稳定,但只要你不继续使用氯胺酮,这些副作用就都是暂时的,会很快消失。"

"我不吸毒,我不喜欢毒品。"他讽刺地笑了笑,"因为吸毒就会造成昨晚那种情况。"

他看上去确实是那种有良好生活习惯的人,身材精瘦、匀称,形容整洁。昨晚警方对他进行了背景调查,得知他是一名景观设计师,在波士顿一家知名事务所工作。他的身上没有通缉令,也没有犯罪记录,甚至连一张停车罚单都没有。如果有人质疑昨晚警察枪击的正当性,埃弗里特·普雷斯科特会是极佳的辩方证人人选。

"我想你今天应该就可以出院了。"她说。

"是的,医生说我可以走了。"

"我们需要你就昨晚发生的事情提供一份详细的证词。如果你明天能来波士顿警察局,我们就直接给你录一份。给,这是我的名片。"

"他们都死了,我的证词还重要吗?"

"真相总是很重要的,不是吗?"

他想了一会儿,目光转向了窗户。"真相。"他轻声重复道。

"那你明天就到施罗德广场来一趟。上午十点左右,可以吗?还有,如果你回想起什么细节,请把它们写下来,什么都可以。"

"确实有一件事,"他看着她,"你们应该知道。"

39

埃弗里特要来喝鸡尾酒。

自从一周前我们各自出院后我就再没见过他,因为我们都需要时间休养。至少我是需要的,我还有很多琐碎的事情要处理:读我父亲的遗嘱;处理父亲的狗,那家伙现在还在我父亲的房子里;清理他的房子,尤其是溅满血迹的卧室;还要与警方谈话。我已经和里佐利警探聊过三次了,有时候,她给我的感觉像是要把我的脑子整个拿出来用吸尘器吸干净,吸出那晚发生的每一个细节。我一次又一次地告诉她,我不记得其他的事情了,没有什么可以告诉她了,到最后,她终于还给我一些清静。

公寓的门铃响了。片刻之后,埃弗里特站在我的门口,手里还拿着一瓶酒。和往常一样,他总是很准时。埃弗里特就是这样的人,中规中矩,甚至还有一点儿无聊。我想我可以忍受他的无聊,毕竟他这么迷人又精致,有个有钱的男朋友总没坏处。

他慢慢走进屋内,看上去有些疲惫,脸上有些阴郁。他走到我身边后,敷衍地轻吻了一下我的脸颊。

"要我打开这瓶酒吗?"我提议。

"你喜欢就好。"这算是什么回答?他今晚不冷不热的样子让我有些恼火。我把酒拿进厨房,在抽屉里拨弄着开瓶器,他却只是站在那边看着我,也不上来帮忙。我们明明一起经历了这么多,我以为他应该也会想要庆祝一下。他呢?一点笑脸也没有,反而像是家里死了人一样。

我打开瓶塞,斟满两个酒杯,递给他一杯。赤霞珠闻起来很香,香气丰富而醇厚,而且应该不便宜。他只抿了一口,就放下了杯子。

"有件事我想告诉你。"他说。

妈的,我早就应该看出来了——他想分手。他怎么敢跟我提分手?我努力保持冷静,透过酒杯的边缘望着他。"什么事?"我问。

"那天晚上,在你爸家里——我们都快死了的时候……"他长长地叹了口气,"我听到你对比利说的话了,还有他对你说的那些。"

我放下杯子,盯着他。"你听到了什么?"

"都听到了。那不是幻觉。我知道氯胺酮会迷惑人的大脑,让你看到和听到一些不存在的东西,但我知道那些是真的。我听到你对那个小女孩做的事了,你们俩都做过的事。"

我平静地拿起杯子,又喝了一口。"那都是你的胡思乱想,埃弗里特。你什么也没听到。"

"不,我听到了。"

"氯胺酮会搞乱你的记忆,所以人们才用它做迷奸药。"

"你用的是石头。你们俩一起杀了她。"

"我什么也没做。"

"霍莉,跟我说实话。"

"我们当时还只是孩子。你真的以为我能——"

"就他妈一次也好,跟我说实话!"

我用力放下酒杯。"你无权这样对我讲话。"

"我有！我真的爱过你啊。"

哦，这可太好笑了。就因为他犯蠢爱上我了，他就以为自己有权利对我提要求，要我对他毫无保留？没有任何男人有这种权力，对我绝对没有。

"莉齐·迪帕尔马当时只有九岁。"他说，"她是叫这个名字，对吧？我读到了她失踪案的报道。她母亲最后一次见到她是在一个周六下午，当时莉齐戴着她最喜欢的帽子离开了家，那是一顶从巴黎买回来的串珠帽。两天后，一个孩子在苹果树学校的校车上发现了莉齐的帽子，所以马丁·施塔内克才被警方怀疑，所以人们才指控他，说他绑架并杀害了那个女孩。"他停顿了一下，"发现帽子的那个孩子就是你。但莉齐的帽子，你并不是在校车上找到的，对吗？"

"你真的凭空想象出了不少结论。"我冷静而理智地回答道。

"比利递给你一块石头，你就用那块石头打了她。是你们两个一起杀了她的，而且你还留下了她的帽子。"

"你认为你编的故事在法庭上站得住脚吗？你被人下了氯胺酮，没人会相信你的。"

"这就是你的答案？"他嫌恶地盯着我，"对于一个失踪这么多年的小女孩，你就没有别的话可说了吗？想想那位失去孩子的母亲，莉齐心碎的母亲，你要说的就只有'这个在法庭上站不住脚'？"

"对，它就是站不住脚，不会有人信的。"我又拿起酒杯，心不在焉地喝了一口，"再说，我那时才十岁。想想你十岁时都做过些什么。"

"我从没杀过人。"

"事情不是你想的那样。"

"那是什么样的,霍莉?你说得对,我的话在法庭上站不住脚,所以你最好告诉我真相。我已经不打算再见你了,你没什么好失去的。"

我研究了他一会儿,想了一下,若他知道真相会怎么做。告诉警察?告诉媒体?不,我才没那么蠢。"给我一个理由,我为什么要告诉你。"

"为了那个小女孩的母亲——她等莉齐回家等了二十年。至少给她一个解脱,告诉她尸体在哪里,莉齐的尸体在哪儿?"

"然后毁了我的生活?"

"你的生活?只有你自己才最重要,是吗?"他摇了摇头,"我他妈的以前为什么就没看出来?"

"哦,得了吧,埃弗里特,你太小题大做了。"我伸手抚摸他的脸。

他颤抖着躲开了。"别碰我。"

"我们之间明明很特别的。想想那些美好的东西。"我微笑着说,"想想我们在床上有多合拍。求求你,我们把这件事放下吧,全都忘掉。"

"问题是,霍莉,那件事确实发生了。而现在,我也知道你是什么样的人了。"他转身离开了厨房。

我抓住他的胳膊。"你不会告诉任何人的,对吧?"

"我不应该说吗?"

"他们不会相信你的。他们会说,你是因为和我分手,不甘心,才会编造这些污蔑我。我会告诉他们你虐待了我,还威胁我。"

"这些事你是真的都做得出,对吧?"

"逼不得已的话。"

"其实,我不用告诉任何人,因为他们现在就在听着呢。你说的每一个字他们都听见了。"

我花了好一会儿才明白他说的话是什么意思。明白过来之后,我立刻抓起他的衬衫,将衣服猛地扯开。他来不及躲闪,衬衣上的纽扣被扯掉,丁丁零零地落在地板上。他站在那儿,衬衫敞开着,而我也看到了紧贴在他皮肤上的监听器。

我后退几步,快速回想刚刚我说过的话。警察听到了我的每一句话,但我从来没有承认过什么,我所说的一切都不能算作是谋杀供词。虽然那些话听起来冷酷无情,又有些颐指气使,但这些都不是犯罪行为。世界上有无数像我一样的人,那些成功的首席执行官和银行家,他们的无情非但不会受到惩罚,反而能得到报酬。他们不过是把自己真实的一面表现出来罢了。

埃弗里特不同。他和我们不是一类人。

他默默地把衬衫拢起来,盖住露出来的监听器,我看到他脸上的痛苦,甚至是心碎。他的幻想破灭了。霍莉·迪瓦恩在他心中幻灭了,他爱的女孩不过是一个幻觉。现在真正的霍莉就站在这里,他却不想与我有任何瓜葛。

"再见。"他说,然后走出了厨房。

我没有追上去,只是站在那里听着公寓的门砰的一声关上。

我拿起酒杯扔了出去,杯子撞到冰箱上,玻璃碎片炸裂开来,摔得粉碎。红酒像血一样滴在地板上。

40

两个月后。

站在父亲房子的后门廊上,我能看到林子深处有人影晃动,好像有什么事正在发生。达芙妮路上停着六七辆警车,不远处有只狗在叫。土地已经解冻,他们终于可以在这边挖掘了,只是他们没有具体的目标,不知道该从哪里开始。他们在比利·沙利文小时候住过的房子周围翻了两天,一无所获。现在,他们把搜寻现场搬到了他家外不远处的一片树林里。二十年前,查案的警察并没有搜过那片林子,他们所有的时间都花在了搜查苹果树日托中心以及比利丢掉莉齐自行车的那一段路,周围一英里半范围内的地方他们都搜过了。但没人想到要沿着达芙妮路去树林里搜索,因为我和比利把他们的怀疑引向了一个无辜的人。我们的谎言骗过了所有人,因为我们是小孩子,而孩子没有那么多心计,设计不出这么大一个局。至少在当时,人们都是这么认为的。

门铃响了。

打开门,我看到里佐利警探站在前廊上。她穿着登山靴和一件有泥土条纹的夹克,一节小树枝插在她乌黑的卷发里。我不想邀请她进来。我们冷冷地隔着门槛打量着对方,我知道我们都很了解彼此。

"不管怎么样,我们一定会找到她的尸体,霍莉。所以你还是直接告诉我们具体该去哪里找吧。"

"我能得到什么好处？金星勋章？"

"就当给自己积点儿德不好吗？知道自己做了一件正确的事，由此而产生的满足感？"

"满足感可不值金星勋章。"

"所以你在乎的其实只有这个是吧？你只在乎你自己，只考虑自己能得到什么好处。"

"我没什么好说的了。"我开始关上门。

她用手挡住门，又用力把它打开。"我要说的还有很多。"

"我听着呢。"

"这已经是二十年前的事了。你那时候才十岁，所以没人会追究你的责任。告诉我们她在哪儿，对你没有任何损失。"

"可也没有任何好处。你有什么证据证明我跟这件事有关？一个嗑了氯胺酮的窃听者？还有他不靠谱的记忆？一段我什么都没承认的对话录音？"我摇了摇头，"我觉得我没什么好说的。"

我的逻辑无懈可击。不管她怎么做，都不能强迫我配合他们。不管他们最后有没有找到莉齐的尸体，我都是干净的，谁也不能把我怎么样，而她也知道这一点。我们凝视着对方，就像一枚硬币的正反两面。我们都很坚强，也都很聪明，知道怎样活下去。但她在乎的东西太多了，而我什么都不关心。

除了我自己。

"我会盯着你的。"她平静地说，"我知道你做了什么，霍莉。你是什么东西，我清清楚楚。"

我无所谓地耸了耸肩："我不过是和你们不同，那又怎么样？我一直都知道自己是什么样的人。"

"你他妈的就是个反社会人格的疯子。这就是你。"

"但那不代表我有罪。我生来如此。有的人长了蓝色的眼睛,有的人擅长跑马拉松。我呢?我知道怎么样照顾好自己。这是我特有的超能力。"

"总有一天,你的超能力会把你拉进地狱。"

"但不是今天。"

她腰间的对讲机里发出哗啦啦的声音,打破了我们之间的僵持。她把对讲机从腰带上拿下来回应道:"我是里佐利。"

"寻尸犬有反应了。"一个男人的声音传过来。

"你们看到什么了?"

"很多树叶覆盖着,没别的,但是信号很明确。你要不要在他们动手挖之前回来看看?"

里佐利立刻转身,大步走下了门廊的台阶。我看着她钻进车里离开。我知道,这不会是我最后一次见到她。我们之间的对弈才刚刚开始,这只是另一番长久对峙的开场。此时的我们势均力敌,但我们对自己的对手都已经十分了解。

我再次来到后门廊,目光穿过父亲的后院,直直地盯着丛林的另一边。那些树上还没有长出叶子,透过光秃秃的枝杈,我只能看到达芙妮路,路上又来了几辆车。路的另一边是一片树林,紧挨着比利家的老房子。寻尸犬就是在那里闻到气味的。

他们也会在那里找到她。

41

莉齐·迪帕尔马的遗骸逐渐零零碎碎地在泥土中被翻找出来了。这边一块指骨，那边一块踝骨。在这个浅坟里埋了二十年，骨头上的肉早就已经烂没了，但一看到被挖掘出来的头骨，莫拉就确认了这具尸骨的身份。她一只手捧起头骨，另一只手用刷子拂去上颚的泥土，看向了简。

"这是一个孩子的头骨。从只长出一半的侧门齿判断，死者的年纪是八九岁。"

"莉齐那年九岁。"简说道。

莫拉轻轻地把头骨放在防水布上，拍掉手套上的污垢。"我想你已经找到她了。"

她们沉默地站了一会儿，俯视被挖出的坟墓。墓坑不足一英尺深，所以即便是过去了二十年，寻尸犬还是能捕捉到尸体的气味。这么浅的坟墓，两个孩子挖出来不是什么难事。十一岁的比利·沙利文已经长得很结实，可以轻松挥舞起铁锹。

可以杀掉一个九岁的小姑娘。

莫拉将头骨上大部分泥土都清理干净后，发现莉齐头骨的左颞骨出现凹陷性骨折，这不仅仅是由一次简单的侧击造成的。这一重击在她头部左侧，她当时很可能是躺在地上的。莫拉想象着当时的场景：女孩被推倒在地，男孩举起石头，重重地砸在女孩的头上。石头是最古老的武器，与人类的第一场谋杀同龄，就像该隐和亚伯一样古老。

"是霍莉帮他这么干的。我知道她也参与了。"简说道。

"但你怎么证明呢？"

"我想得头都要炸了，但是我没办法证明。就算我们让埃弗里特·普雷斯科特出庭指证她，辩方也会说那是谣传证据，尤其是我们的证人当时还服用了氯胺酮。我们派他去给霍莉录音时，她也什么都没承认。她实在是太狡猾了，一点儿都没说漏嘴，所以我们没有任何办法能把她和这起谋杀联系在一起。"

"这件事发生的时候她才十岁。她真的会被问责吗？"

"她协同别人杀了这个小姑娘。的确，二十年前她也还是个孩子，但我认为人是不会变的。她那时候是什么，现在就还是什么。毒蛇不可能长成小白兔。她还是一条毒蛇，她会继续毒杀别人的。除非有人站出来阻止她。"

"但这次不行。"

"没错，这次她逃过去了。不过至少我们可以还马丁·施塔内克一家一个公道，虽然对他们来说，这个公道来得有些迟了。邦妮·桑德里奇必须得好好写那本书，让所有人都知道，马丁一家是无辜的。"简的目光穿过树林，看向厄尔·迪瓦恩的房子，"我的天，你有没有感觉我们的身边一直都有这种人？像霍莉·迪瓦恩和比利·沙利文这样的衣冠禽兽？只要他们确定自己能全身而退，他们连眼睛都不会眨一下，立刻就敢拿刀割断你的喉咙。"

"但你不会任由他们作恶的，简。你会阻止他们，保护我们的安全。"

"问题是，这个世界上像霍莉·迪瓦恩这样的人太多了，而我这样的人太少了。"

"至少这次你做到了。"莫拉说着，低头看着莉齐·迪帕尔马的头骨，"你找到她了。"

"现在我们终于可以送她回家去见她的妈妈了。"

这样的团聚无疑是悲伤的，但她们依旧团聚了。在案件调查期间还有其他人团聚了。阿琳·迪帕尔马很快就会找回失踪的女儿，安吉拉·里佐利也与文斯·科尔萨克重归旧好，巴里·弗罗斯特终于与前妻爱丽丝破镜重圆——只是不知道未来这镜子还会不会再碎。

而丹尼尔也再次回到了我身边。

其实，他一直未曾离开过她，是她决定将丹尼尔推开的。因为彼时，她相信幸福就是排除一切不完美，就像切掉坏死的肢体。但生活里没有任何东西是完美的，至少爱情不是。

莫拉从未怀疑过丹尼尔对她的爱。他甚至曾为她准备赴死，她还需要别的证明吗？

那天晚上，当莫拉从犯罪现场回到家时，天已经黑了。而她的家里亮着灯，窗子里的光明亮而温馨，默默地对她说着"欢迎回家"。丹尼尔的车就停在院子里的车道上，像上次一样，就这样不遮不掩地让所有人都能看到。这是两人目前关系的进展，他们已经不在乎别人怎么看待两人的结合了。莫拉试过离开丹尼尔，自己一个人过，甚至一度以为自己已经走出来了，并觉得爱其实也是可以选择的。她以为逆来顺受地活着和快乐地活着没什么不同，但实际上，她只是在那段时间忘记了真正的幸福快乐是什么感觉。

看着屋子里的灯光和停在车道上的丹尼尔的车，她才又记起这种感觉。

我要重新幸福起来,和你一起。

莫拉走下车,唇边带着一抹微笑,从夜色中走向温暖的灯火。

42

　　你们也知道的吧,这个世界就是这样的。

　　有像我一样的人存在,也有视我为邪恶的人存在,就因为我与他们不同,因为我看悲情电影的时候不会跟着哭,参加葬礼的时候不会难过,听到《友谊地久天长》的旋律时也不会伤心。但每一个悲悯、同理心大盛的好人的内心深处,也都潜伏着一个和我一样的家伙:一个冷血的投机主义自私鬼。不然,保家卫国的士兵怎么会变成杀人不眨眼的刽子手,亲善友邻怎么会变成长舌的告密者,银行家怎么会变成偷钱的贼?哦,当然了,他们都会矢口否认,他们都以为自己比我更有人性。实际上,他们流下的不过是鳄鱼的眼泪,而我比他们纯粹一些,不会这样假慈悲。

　　除非有必要。

　　现在则完全没有假哭的必要。我站在树林中,站在警察们发现莉齐尸体的地方。一个星期之前,警察就收拾好所有装备离开了,只是这里依旧留着他们来过的痕迹——被挖开的泥土、树枝上挂着的明黄色警戒带。当然,这里迟早还会恢复原样。落叶会飘下来,盖住如今失去秘密的土地,树枝上会长出新的芽,树根会继续扎进更深处,在黑暗中蔓延生长。若是没人打扰,几年之后,这里就会和这片树林的其他地方别无二致。

　　就像二十年前,我和比利站在这里时一样。

我记得那个十月,空气里弥漫着林烟和湿叶子的味道。比利带着他的弹弓,他想要射几只鸟或者松鼠什么的,不管是什么东西,碰上他都会倒霉。不过他一直什么都没打中,这会儿他已经有些烦躁了,渴望着破坏些什么,渴望见血。我很了解他的情绪变化,知道他一旦烦躁起来,就会像一条择人而噬的眼镜蛇。不过我不害怕,因为我从他的眼睛里看到了自己。

我最黑暗的那部分自己。

他又射出一颗石子,不过依旧没打中,那个毛茸茸的小东西逃掉了。也就是在那时,他看到了路上的莉齐,她正推着自行车向前走。莉齐穿着一件粉色的毛衣,头上戴着针织帽,帽子上有闪闪发亮的串珠,那是她们一家去巴黎度假时买回来的。她戴着那顶帽子的样子可真神气啊!上个星期,她每天都戴着它去上学。吃午饭时我一直盯着它看,也想要一顶一样的。我想像莉齐一样,金发,漂亮,很快就能交到朋友。我知道妈妈肯定不会给我买这么漂亮的东西,因为这会吸引那些男孩子不怀好意的目光,然后他们就会像她叔叔对待她那样对待我。虚荣是一种罪恶,霍莉,还有贪婪也是。不要变成那样。现在,那顶闪着珠光的帽子就戴在莉齐美丽的头上。她并没有看到林子里的我们,正一边唱着歌,一边推着自行车沿着路向前走,那样旁若无人地唱着,好像全世界都是她的舞台。

比利的弹弓射出了一颗石子。

石子重重地打在莉齐的脸上。她立刻痛叫一声,转过头来,一眼就认出了我们。莉齐把自行车丢在路边,走进林子里,口中生气地叫嚷着。

"你摊上事儿了,比利·沙利文!你摊上大事儿了!"

比利又捡起一块石头,放到弹弓上。"把你的嘴闭上,什么都不准说。"

"我偏要说！要告诉所有人！这次，你就要——"

这次，弹弓射出的石头打中了莉齐的眉毛。她痛得跪在了地上，帽子也掉了下来，红艳艳的鲜血流了一脸。但即便是顶着半张鲜血淋漓的脸，莉齐依旧没有产生惧意。就算这样，她也没有求饶。莉齐抓起一把土扬了过来。

即便过去了这么久，当时的情景还是历历在目。比利被劈头盖脸地扬了一把土之后，发出一声怒吼。我记得自己看到他暴怒之后吓得发抖，还记得拳头打到肉体上的声音。他们两个都倒在了地上，比利骑在莉齐身上，莉齐口中不停地尖叫着。

但我最在乎的，只有那顶带串珠的帽子，我连忙跑过去，把帽子捡了起来。帽子比我以为的要重一些，上面镶着好几百颗闪闪发亮的珠子，可惜溅上了几滴血，不过我能洗干净的。妈妈已经教过我了，用凉水就能把床单上的血洗干净。我把帽子戴到头上，转身将我的战利品展示给比利。

他正在莉齐身体上方站着。"醒醒。"他命令道，然后踢了她一脚，"醒醒！"

我低头去看莉齐的脑袋。她的头皮已经裂开了，血流进她的头发里，流进了泥土里。"你做了什么？"

"她要跟别人告我们的状，要给咱们惹麻烦，现在她不能了。"说完，他把手里拿着的拳头大小的石头递给了我，石头上沾满了莉齐的血，"轮到你了。"

"什么？"

"打她。"

"可我不想打。"

"那你就别想留下那帽子。你也不再是我的朋友了。"

我站在那里，手中拿着那块石头，掂量着该如何抉择。我太喜欢头上的帽子了，我好喜欢它戴在我头上的感觉，不想放弃它。而且莉齐那样子，反正也是活不了了，就算没有这一下，她也要死了。

"打啊。"比利又说道，"不会有人知道的。"

"她都已经不动了。"

"你只管打就好了。"他靠过来，在我耳边低声说道，"你就不想知道会是什么感觉吗？"

我看着莉齐的头，那上面满是鲜血，我已经看不清她的眼睛是睁着还是闭着的。我打或是不打还能改变什么吗？

"很简单，"比利又说，"你要是还想做我的朋友，就动手。"

我蹲在莉齐的身上，然后举起手中的石头，突然感受到一阵战栗。那一瞬间我似乎无所不能。因为我手中握着的，是可以决定生死的力量。

我抡起石头，重重砸在莉齐的太阳穴上。

"好了，"比利说道，"这是我们两个之间的秘密。现在你得对我发誓，你永远不会告诉任何人，永远不会。"

我发了誓。

我们两个忙了整整一下午，才把莉齐的尸体埋在了树林里。等到一切都做完之后，我身上被荆棘丛刮了好几道口子，后来又因为没站稳，摔到身后的一块石头上，擦破了皮。不过我的努力还是有回报的。我得到了那顶银光闪闪的帽子，我把它藏到了书包里，所以妈妈不会发现。那天晚上，我把帽子上的血洗干净之后，在镜子前戴上了它。帽子戴在莉齐头上时，那些串珠闪闪发光，就像钻石一样，衬得莉齐蓝宝石一样的眼睛也更亮了。可是镜子里的这双眼睛既不晶莹也不透亮，就是普通的我戴着一顶普通的帽子而已,我曾以为帽子上可以变美的魔法消失了。

我把它塞到书包里,转身就忘掉了。

一直到星期一。

那时候,所有人都知道莉齐·迪帕尔马不见了。那天在学校里,我们五年级的老师凯勒夫人告诉我们,要小心注意自己的安全,因为社区里有可能藏着一个坏人。午饭的时候,我听到一些女生小声说着那些绑架犯会对女孩子做些什么。很多孩子都不来学校了,被父母因溺爱衍生出的恐惧小心翼翼地保护着。那天下午,接我们去苹果树日托中心的校车上只剩下五个人,所有人都很安静。就在一片沉默中,我的书包从座位上滑了下来,掉到了地上,发出了格外响亮的动静。我忘记把书包的拉链拉好,所以包里的东西都掉出来了。我的书、我的铅笔。

还有莉齐的帽子。

最先发现帽子的人是卡桑德拉·科伊尔。她指着那团镶着一堆串珠的毛线帽说道:"那是莉齐的帽子!"

我一把抓过帽子,塞进我的书包。"是我的。"

"不,不是你的。大家都知道,那是莉齐的!"

现在蒂莫西和萨拉也看了过来,看着我们两个。

"你怎么会有她的帽子?"卡桑德拉质问我。

我记得他们四个人都直直地盯着我。卡桑德拉和萨拉,还有蒂莫西和比利。在比利的眼睛里,我读到了冷冷的威胁:不能说出真相。永远都不能。

"是在那儿找到的。"我说,伸手指着校车后面,"夹在那边的座位缝里。"

就这样,所有的嫌疑都落到了马丁·施塔内克的身上。明明在今天之前,人们都还放心地任由他开着校车,从比尔森小学把我们接到苹果树日托中心。

案件调查就是这样开始的。因为一个孩子的一句话，因为失踪女孩儿的一顶帽子。一旦你看起来有罪，那么人们就会认为你有罪，这就是发生在马丁·施塔内克，一个二十二岁的校车司机身上的情况。从他开始，罪名慢慢牵扯到他的爸爸妈妈。因为人们都认为他的父母肯定是从犯，那就一样有罪。

想要把罪名栽到他们身上并不难，我还向医生展示了身上的伤口，就是那天下午在树林里埋莉齐时留下的瘀伤。后来比利也开始帮我编故事，他也指控了施塔内克一家的"罪行"。于是，他们的命运就这样被决定了。也是从那时起，我们编造的故事开始不断延续，像一颗种子渐渐长成枝繁叶茂的样子。如果你一遍又一遍地问那些孩子他们记不记得某一件事，最终他们就会说，他们记得。一个接一个的孩子，讲了一个又一个离奇的故事，于是，案子就成了。

但一切的开始，不过是因为我想要一顶帽子。后来，卡桑德拉·科伊尔拍摄的电影里出现了这顶帽子，它变成了一个只有事件知情人才能看懂的提示。卡桑德拉最终还是想明白了整件事，大家都以为当年的莉齐失踪了，但只有她知道，人们都错了。真相被藏在了一段二十年前的记忆里。在那段记忆中，我坐在校车上，抱着一顶不属于我的、镶着串珠的帽子。

我抬起头，仰望头顶的树木。树枝上已经开始冒出嫩芽，一派绿意盎然的样子。他们都死了，但我还在，我是唯一的幸存者。只有我知道莉齐·迪帕尔马到底是怎么死的。

不，确切来说，并不是只有我知道。里佐利警探已经拼凑出了真相，但她无法证实，永远都没办法证实。

她知道我做了什么，我知道她会一直盯着我。所以，从现在开始我要循规蹈矩，假装成一个总是按时交税、遵守交通规则、从来不偷不骗的好女孩。我必须装成另外一个人。但我装不了太久。

我就是我，没人会永远看着我。

致谢

我的母亲是一位来自中国的移民，她英语说得不太好，但她能看懂美国的恐怖电影，并且非常喜欢。后来，我也继承了她对这一类型电影的偏爱。在我很小的时候，我就会一遍又一遍地看我最爱的恐怖电影，包括《它们》《怪形》《天外魔花》，在无法控制的尖叫中感受恐怖电影的魅力。所以，当我终于有机会可以创作并制作自己的独立故事片时，我自然会选择拍恐怖片。《我知道一个秘密》的情节部分灵感来自我制作电影《零岛》的经历。感谢玛丽亚·克拉帕奇、乔希·格里森、马克·法尼，还有我的丈夫雅各布，以及《零岛》的全体演员和工作人员，感谢他们与我一起参与了这次大冒险。我们洒了一大堆假血，（故意）烧了一座房子，通宵熬夜，还喝了太多啤酒，但是，嘿，伙计们——我们真的拍了一部电影！在本书中，我写到的关于恐怖影迷的事情绝对是真的：我们是一个幸福的大家庭，我们并不是可怕的人，相信我。

我还要感谢所有帮助我出版《我知道一个秘密》的人：简·罗森文学经纪公司无与伦比的团队，我的编辑卡拉·塞萨尔（美国）和弗兰基·格雷（英国），金·霍维、拉里·芬利、丹尼斯·安布罗斯和他严谨的编辑团队（你们让我保持谦逊），以及我在大西洋彼岸不知疲倦的公关人员沙伦·普罗普森和艾莉森·巴罗。和你们一起工作是我的荣幸。

苔丝·格里森

I KNOW A SECRET: A RIZZOLI AND ISLES NOVEL by TESS GERRITSEN
Copyright © 2017 by Tess Gerritsen
This edition arranged with JANE ROTROSEN AGENCY LLC
through BIG APPLE AGENCY, LABUAN, MALAYSIA.
Simplified Chinese edition copyright:
2023 New Star Press Co., Ltd
All rights reserved.
著作版权合同登记号：01-2023-0522

图书在版编目（CIP）数据

我知道一个秘密 /（美）苔丝·格里森著；王冉译. —— 北京：新星出版社，2023.8
ISBN 978-7-5133-5124-9

Ⅰ. ①我⋯ Ⅱ. ①苔⋯ ②王⋯ Ⅲ. ①长篇小说 - 美国 - 现代 Ⅳ. ① I712.45

中国国家版本馆 CIP 数据核字 (2023) 第 040373 号

午夜文库
谢刚 主持

我知道一个秘密

[美] 苔丝·格里森 著；王冉 译

责任编辑	王 欢	**特约编辑**	郑 雁　郭澄澄
责任校对	刘 义	**责任印制**	李珊珊
装帧设计	hanagin		

出 版 人　马汝军
出版发行　新星出版社
　　　　　　（北京市西城区车公庄大街丙 3 号楼 8001　100044）
网　　址　www.newstarpress.com
法律顾问　北京市岳成律师事务所
印　　刷　北京天恒嘉业印刷有限公司
开　　本　910mm×1230mm　1/32
印　　张　10.875
字　　数　177 千字
版　　次　2023 年 8 月第 1 版　　2023 年 8 月第 1 次印刷
书　　号　ISBN 978-7-5133-5124-9
定　　价　54.00 元

版权专有，侵权必究。如有印装错误，请与出版社联系。
总机：010-88310888　　传真：010-65270449　　销售中心：010-88310811